FONGHONG

让世界听懂中国

总台央视记者
美国特别观察

王冠★著

民主与建设出版社
·北京·

图书在版编目（CIP）数据

让世界听懂中国 / 王冠著. -- 北京：民主与建设出版社，2021.9
ISBN 978-7-5139-3475-6

Ⅰ. ①让… Ⅱ. ①王… Ⅲ. ①纪实文学—中国—当代 Ⅳ. ①I25

中国版本图书馆CIP数据核字（2021）第065363号

让世界听懂中国
RANG SHIJIE TINGDONG ZHONGGUO

著　　者	王　冠	**特约编辑**	申丹丹
责任编辑	李保华	**出版统筹**	孙志娟
封面设计	金牍文化 DD.Culture Communication · 车球		
出版发行	民主与建设出版社有限责任公司		
电　　话	（010）59417747　59419778		
地　　址	北京市海淀区西三环中路10号望海楼E座7层		
邮　　编	100142		
印　　刷	三河市金元印装有限公司		
版　　次	2021年9月第1版	**印　　次**	2021年9月第1次印刷
开　　本	700毫米×1000毫米　1/16	**印　　张**	17
字　　数	200千字	**书　　号**	ISBN 978-7-5139-3475-6
定　　价	52.00元		

注：如有印、装质量问题，请与出版社联系

感谢妻子对本书文字的编辑和打磨。

感谢父亲、母亲的养育。

感谢恩师吴敏苏和曹培鑫老师对本书研究方法的指教。

感谢中央广播电视总台和中国国际电视台各级领导的栽培。

谨以此书献给所有关心国际时事和中国国际传播的朋友。

儒雅书生化茧成蝶

——中国国防部新闻事务局原局长、国防部前新闻发言人

中国传媒大学媒介与公共事务研究院院长 杨宇军

当我的手机屏幕上弹出《让世界听懂中国》书稿的时候，我正在北京参加一个关于如何加强国际传播的研讨会。我一口气把书稿读完并做出一个决定，等这本书正式出版后，我要第一时间把它介绍给参会的同行们。

最早结识王冠是在2010年7月，当时我俩分别作为中方新闻官和中方记者参加在宁夏青铜峡市举行的中国和巴基斯坦军队反恐联合训练。那时我是刚刚当了几个月中国国防部新闻发言人的菜鸟，王冠也是初次当中央电视台出镜记者的新兵。他对我进行过几次采访我已记不清了，而有一个场景却令我难以忘记。中巴两军观摩团团长在7月10日召开联合记者会。这是在野战条件下一个小山包上召开的记者会，没有麦克风、没有背景板，地方狭小，天气炎热。为了把带有中央电视台台标的麦克风举到两位将军面前，王冠硬是挤到几十位记者前面，用半蹲的方式完成了长达半小时的采访。等到他站起来的时候，已是汗流浃背，但略显稚气的脸上挂着开心的笑容。望着他一瘸一拐的背影，我不由得感叹这是一个有情怀的记者。

2013年1月，我随中国人民解放军新闻代表团赴美国访问，这时的王冠已经成为央视驻华盛顿记者。此时菜鸟不再是菜鸟，新兵也已成老兵。在我入住的宾馆里，王冠同我分享了一年来他对美国社会的观察和思考，并且一同探讨相关问题：美国政府与媒体、专家之间是怎样的关系？美国政府如何利用媒体设置议题？美国媒体的对华报道有什么特点？中美的话语体系有哪些不同？中国怎样做才能有效回应美方的指责和抹黑行为？讨论一直持续到深夜，但是其中许多问题我们只有模糊的认识，没有得到确切的答案。望着他消失在华盛顿黑夜里的背影，我赞叹他是一个爱思考的记者。

2018年11月，王冠回北京，在中国传媒大学的校园里，他不时被学弟学妹们拦住求合影。这时的王冠俨然已经成了大咖级的资深记者，但是依然谦逊而富有活力。而我则从新闻发言的一线转型，从事传播领域的教学、研究和咨询，再次做起了菜鸟。在我的办公室里，他兴奋地告诉我他的新书初稿已经完成，并分享了其中的主要观点。这令我又惊又喜，喜的是我们在华盛顿小宾馆里谈论的许多问题有了答案，惊的是他在美期间又要工作又要学习，还要谈恋爱，居然还有时间著书立说，我立刻脑补出他几年来付出的艰辛努力。看着他在学弟学妹们簇拥下的背影，我惊叹他确实是一个肯吃苦的记者，给学弟学妹们树立了很好的榜样。

翻看着手机上的文字，我试图把这本书的内容再梳理一遍。本书采取定性与定量相结合的方式，分析了包括“南海仲裁”、台湾问题、“一带一路”、中美贸易战、反恐、“九三”阅兵和“十九大”等焦点议题在内数百篇西方涉华报道，尝试揭示过去十余年西方媒体“污名化”和“妖魔化”

中国的六大手法。更有启发的是，此书还结合他在国际新闻一线的采访经历，提出了构建中国话语权、挑战西方舆论霸权的八大建议。

站在中国传媒大学的办公室里，凭窗远望操场上的学生，我更加深刻地认识到这本书的价值。假如你是一名传播学研究者，这本书将为你揭示西方操纵媒体、引导舆论的幕后黑手；假如你是一名新任驻外媒体人，这本书将为你展现一位中国媒体人在海外的艰辛工作；假如你是一名国际关系从业者，这本书将为你分析中美关系的舆论环境和软实力比拼；假如你是一名大学学子，这本书又将为你展示一名年轻记者的艰辛实践，体现一名儒雅书生化茧成蝶的心路历程。

当然，这本书如果能够对美国政府“新闻执政”的理念和做法进行更深层次剖析，客观评价其作用，揭示其虚伪和局限，就可以帮助我们更好地认清所谓“新闻自由”的本质，提高我们的国际传播能力。关于这一点，我毫不怀疑王冠今后能够做到，因为我坚信他是一名有才华、有实践力、更有情怀的年轻记者。

2019年6月25日

目录

第 2 章 拆解美国媒体

第 3 章 西方如何“塑造”中国

第 4 章 怎样让世界听懂中国

第 5 章 美国真的胸怀世界？

导言

我的国际传播梦

我与国际传播的缘分或许可以从2006年说起。

2006年4月9日，澳门国际会展中心，“21世纪杯”全国英语演讲比赛总决赛候场室。屋里的空气好像已经凝固，其他选手要么来回踱步，要么口中念念有词。我低头坐在角落，手中的演讲词已经背了不下百遍，心里依然觉得没底。

“加油”，另一个声音在给自己鼓劲。想起无数盘听烂的英语磁带，想起无数个在黑虎泉“英语角”度过的上午，想起画烂的三本语法书，想起过去几个月吴老师对我的“魔鬼训练”，心里又有了些底气。

“接下来，我们有请9号选手！”伴随着主持人刘欣姐充满磁性的声音和台下的掌声，我抢了半拍，走上台去。这是我第一次真正意义上走到了舞台的中央，此后无数次看到演播室的灯光亮起又熄灭，无数次在快节奏的前线报道中找到镜头上方那盏小红灯，都不曾再有过第一次走上“21世纪杯”舞台的心潮澎湃。

那场比赛的即兴演讲中，我抽到了这样一个题目：如何定义成功？如果你将来成功了会做什么？对着全场观众，我终于把藏在心中已久的梦想大声说了出来。

“在我看来，成功是机会‘遇到’了有准备的人……对我而言，成功就是成为一名了不起的沟通者（a great communicator）。我现在是国际新闻专业的一名大学生，我想在未来成为中国和世界沟通的纽带，把我对中国文化的理解，用西方人能够听懂的方式讲述给他们。这是我眼中的成功。这也是我的梦想。”

最终，在那届同时有中国内地、香港、澳门及台湾地区选手参加的全国总决赛中，我以第 4 名的成绩获得了一等奖，创下了当时中国传媒大学在此项比赛的历史最好成绩。

感谢这场比赛带给我的鼓励，让我在实现理想的道路上更加坚定地走了下去。

10 年之后的 2016 年，所谓的“南海仲裁”结果揭晓。国际舆论风起云涌，西方媒体颠倒黑白，一边倒地指责中国“不守国际法”“在南海搞军事扩张”，中国国家形象经受了近年来最严重的一次扭曲。在这期间，我与西方的专家、学者进行过几轮电视辩论，用国际法和国际史实揭露了美国的双重标准。这几段视频点击量数亿次，上了热搜，也转遍了朋友圈，引发海内外热议。大部分看过视频的人，包括一些西方外交官和主流媒体记者，都认为我们赢得了辩论。一时间，自己竟成了一名“网红”，颇感意外。作为一个 80 后，作为一个中国人，我只是觉得自己说出了一些西方人长期不愿意去思考和直面的观点，尽了本分而已。父老乡亲们突然而至的支持是一种鼓舞，也是一种从未有过的压力。

从“21 世纪杯”到南海辩论，从演讲台上那个信誓旦旦要“用西方人能听懂的方式”讲述中国的懵懂青年到国际新闻一线的驻美首席记者兼英文主播，我在这条道路上奋力前行了 13 年，却依然感到前路漫漫。在国际舆论场的竞争中，道路阻且长，还有太多的责任，需要我们这一代人担起。

当然，十余年的记者生涯以及几场电视辩论，迎来的也不只是赞誉，也有质疑甚至批评。面对质疑和批评，我一直沉默。因为我明白这几段“网红”视频背后的人生起伏、艰苦付出和不曾改变的执着信念，不是几句话能说清楚的。若想沽名钓誉，这实在不是一条捷径。我由衷感念应接不暇的赞誉、鼓励、鞭策和质疑，它们会转化为我职业生涯不竭的动力、强大依托和责任。

很庆幸，如今终于有机会在这里把自己的心路历程和盘托出，让大家在聚光灯外，看到一个更真实的我。

1997 年我上初一。当时的济南，没什么英语培训班，没有新东方，没有互联网，更没有智能手机和学习软件。爸爸听说在黑虎泉有一个免费的“英语角”，每个星期天早上，爱好英语的人们三三两两聚在这里，互相帮助，提高英语口语。也经常有山东大学、山东师范大学的外教和留学生参加。于是每个周日，爸妈便轮流骑自行车陪我来到这里。几年如一日，刮风下雨，从未间断。那时生活在济南的老外很少见，每当他们出现在“英语角”，立刻就会像明星一样被围得水泄不通。当时，能和老外练几句口语算得上是一种福气。当年 13 岁的我，有时挤不到核心的位置，只能站在外围，探着脖子，踮起脚尖，使劲听着老外和身旁哥哥姐姐们的对话。能用英文同老外交流的基本都是大学生和已经工作的人，我虽然年纪小，却不甘示弱地见缝插针，把课上刚学到的单词和句式用出去。老外的回答我只能听懂一点点，无法真正接话，只能当对方回答完后，我再问一个有时候八竿子打不着的新问题。旁边的哥哥姐姐听得哭笑不得，但也都十分担待我这个初生牛犊。泉水叮咚，杨柳拂岸，跟一帮哥哥姐姐一起学习、对话、提高，那些日子成了我对家乡最美好的回忆之一。

离开“英语角”，一般正午已过、落日尚早，通常我会骑车去不远处的泉城路新华书店。一进门径直走向二楼英文专柜区，习惯性地在英文原声带专区搜索，看看还有哪些我尚未拥有的“漏网之鱼”。那些年，济南市面上能找到的所有英语原声磁带基本都被我如获至宝地捧回了家。对英语学习的痴迷贯穿了我的少年时代，房间里到处是英语学习资料，每个夜里都是伴着磁带中的声音入睡，墙角的磁带最后摞得比我的身高还高。对我来说，学习英语不仅是打磨一项技能，而是打开了一扇门，让我看到了世界的辽阔和人生的无限可能。

2001 年高一暑假，我参加了山东省教委组织的为期两周的暑假澳大利亚游学，第一次坐飞机，第一次走出国门去英语语言国家体验他们的生活，也第一次交到了外国小伙伴。在昆士兰州布里斯班的阳光海岸，我和寄宿家庭的哥伦比亚裔小伙伴乔治（Jorge）每天上午一起去学校学习，下午一起在海滩踢球，晚上彻夜长谈，结下了今生不解的情谊。乔治身上热情、奔放和重情重义的拉丁性格让我们之间的文化差异消失于无形，甚至让我觉得与自己家乡的文化息息相通。我还结交了一群来自英国、阿根廷、比利时、尼加拉瓜的小伙伴。青葱少年们纯真烂漫，朝气蓬勃，真实袒露地交往，有不同无芥蒂。那是一段我与西方世界的“文化蜜月”，那时的我曾经认真地以为外面的世界就是一个放大版的布里斯班海岸：虽有种族、肤色和语言的不同，但凭借着热情和真诚，就可以换来真心的朋友。

回到山东后，与全世界小伙伴交流的快乐激励我更加不知疲倦地学习，期许着未来更广阔的天地。然而，高考的现实是残酷的。在山东这样一个高考大省的省重点学校，课业压力沉重，早 7 点到晚 10 点，周而复始。高三班主任张守忠老师治学严谨，对我们进行了军队般的“铁腕”管理。感谢那段没有色彩的日子，磨炼了我更坚强的意志，也让我后来的人生能变得色彩斑斓。2003 年 6 月，“非典”肆虐，我和全国千万考生一起，戴着口罩步入了考场。后来，我被北京广播学院（现中国传媒大学，北京广播学院于 2004 年改名为中国传媒大学）的国际新闻专业录取。

中国传媒大学的国际新闻专业由众多学界著名教授压阵，学风开放又严谨，是学校的王牌专业。专业为业界培养了众多风云人物，不仅有陈鲁豫、陈晓楠、段暄等知名主持人，还有央视北美分台总监麻静，中国国际电视台总监刘聪，国际台英语中心副主任李培春、关娟娟等如今国际传播一线的中流砥柱。“国新”4年，为我的英语听说读写和国际新闻理论素养夯实了基础。回首大学4年，自己取得的些许成绩离不开所有教过我的老师。尤其要感谢吴敏苏老师的悉心栽培。作为我“21世纪杯”英语演讲比赛的全程辅导老师，吴老师可谓呕心沥血。我是个优势和劣势都比较明显的学生，性子急，刚开始演讲的时候语速偏快，发音不够清晰，虽然反应还算敏捷但容易一激动中途卡壳，忙中出错。吴老师在最大限度保护个性、帮我“扬长”的同时，千方百计让我“避短”，动用一切资源和方法反复训练我的发音吐字、讲故事和表达观点的能力。在备战的大半年时间里，吴老师无数次把我叫到家里加练，等我走了她再忙家务活和准备第二天的功课。直至今日，吴老师都会时常关心和指导她曾经的学生。我常能收到吴老师的电话和微信提醒，小到报道中消息源引述的不精准和遣词造句的不准确，大到职业选择和人生规划。一日为师终身为母，不过如此。

离开了学校这座“象牙塔”，一个更真实的世界在眼前展开了。从学习基本动作的大学时光到步入“真刀真枪”的国际新闻一线，这个转变来得如此突然，我几乎连适应的时间也没有。2006年秋，我读大四，承蒙吴老师的推荐，我获得了去美联社北京分社电视新闻部面试的机会，被成功录用后，成为一名新闻学徒：为记者查资料、给外采做摄像助理，兼给老板取报纸买咖啡。西方记者扎堆的建国门外外交公寓成了我国际新闻学业的第二所课堂。在那里，我结识了很多西方记者。必须公道地讲，不少西方记者高度的敬业精神、一流的报道手法、出众的调查能力让我永远难忘。他们给予我这样一个初出茅庐的大学实习生在新闻专业领域的帮助与鼓励，也让我感怀颇深。

只是工作久了会发现，这些西方记者报道中国其实也是有特定角度的。除了偶尔报道大熊猫的憨态可掬，他们的眼光大多聚焦于中国政治的“负面新闻”、持不同意见者的活动，以及西藏、香港和台湾地区。报道叙述的主线经常是对“异见者”的人性化、故事化的描述，暗线则是来自权威部门的“高压”。看上去通篇不使用带褒贬色彩的形容词，也引述正反双方的表态，但在严实的包裹下，到处可见左右观众认知的措辞。

这些与我朝夕相处的外国人再也不是当年布里斯班海滩上的小伙伴了。在私下互动中，一些记者会透出“人生阅历”与“知识储备”上的居高临下和价值观上的优越感。一些人有渲染力地讲述自己在中国各地采访见闻，很多故事和描述都在影射权威部门的“邪恶和落后”。作为一名尚未走出校园的实习生，我即使满腹疑惑也无从查证，偶尔抓住机会反驳也显得语无伦次，语速稍慢还会被呛得面红耳赤。令我自尊心最受挫的不只是语言，而是整个表达——观点交锋时我发现，自己的脑子里基本都是初高中考试背诵的政治和历史课本里的只言片语，很难瞬时将其无缝切换成英文，更别说去说服和感染对手。很长一段时间里，是这些驻京西方记者为我讲述中国的故事，除了倾听，我能做的并不多。在佩服他们专业能力出众的同时，不解、困惑甚至不服也在一天天酝酿：每当中国出了事情，为什么总是他们在定义发生了什么？为什么他们报道的“新闻事实”可以影响世界上大多数人对中国的认知？我们自己人去哪里了？我想起了甘地的那句话：欲变世界，先变其身（Be the change you want to see in the world.）。可跟在这些一流西方记者身后如何改变自己和世界呢？也是在那段日子里，我报考了中央电视台。

在美联社近一年的实习结束了。我这个被外国同事评价为“总是准备过于充分、随时蓄势待发（always too ready）”的年轻实习生也获得了老板的认可，破例从总部为我争取来签约合同，竭力劝说我留下。而几个星期之后，我也接到了央视人事部门的通知：通过多轮笔试和面试，我被央视录取。2007 年夏天，我人生的第一个重大决策摆在了面前：央视还是美联社？一个是扛鼎国家表达责任的电视平台，一个是世界第一大通讯社。最终，我选择了央视，并被分到了英语频道。

初到央视，工资并不算多，但不知为什么，心里倒也觉得踏实。当时自以为顶着全国英语演讲比赛一等奖和美联社实习的光环，可以撸起袖子大干一场。可是，职场的大课堂给我实实在在地上了一课。在一个数万人的庞大机构里，新人总要从最基层做起，从编辑、写稿开始，到后来值大夜班，一做就是3年。值大夜班做后期写稿的那一年多的时间里，我每天的生活都是从夜里11点开始，在军事博物馆地铁站旁边的永和大王吃份“早餐”，再走进空荡荡的办公楼。工作以编译通讯社或外电的国际新闻为主。除了文字编译写作，还要找画面，用老式对编机做画面剪辑。每天清早8点下班，走出办公室，迎着刺眼的朝阳，逆着早高峰的人流回家，有时觉得我的人生也仿佛走上了一条逆行之路。

2008年奥运会把北京推到了全世界的聚光灯下，到处都是热火朝天的建设场面，看着满街的志愿者和外国来客，我常常体会到一种生活在“大时代”的热血沸腾，而转眼又为自己的碌碌无为而懊恼。而我唯一能做的，就是每天在凌晨时分，坐在偌大的写稿间里，编译子夜新闻。日复一日的夜班，竟然连精力状态也似乎不如以往。离开美联社时的雄心壮志是否依然还在？“向西方讲述中国”的学生时代的梦想只是太过幼稚？这些都已经成为我内心深处不敢触碰的问题。

好在，我没有在最无望的时候选择离开；好在，逆境的锤炼最终都成了前进的动力。

2010年4月，上海世博会即将召开。而当时，青海玉树突发7.1级地震，英语频道采访组的多名记者被紧急派往地震灾区。采访组人手紧缺，我告诉自己如果此时再不抓住机会，恐怕就要永远与理想失之交臂。短信删删减减，终于鼓起勇气发给了时任英语频道主任麻静，请她给我一个做记者的机会。还立下了军令状，保证不让领导失望！愿望没有落空，领导回复：同意。而我没想到的是，之前几年的努力、挣扎与焦虑领导早已看在眼里。麻静主任告诉我，后期的新闻基本功锤炼和英语写作训练不可或缺，拥有在基层岗位和不同部门工作的经历才能让自己变得更全面、更成熟，唯有每一步走得扎扎实实，才能走得更高更远。幕后的锻炼是领导的用心良苦和高瞻远瞩。事实证明，长期在后期工作练就的图像剪辑、英文写作和跨工种合作能力令我受益匪浅。后来职场上的每一次突破，其实都离不开麻静主任的用心栽培。

2010 年 4 月 20 日，我终于当上了外采记者。兴奋非常，分外珍惜。我发回的第一组新闻作品《上海世博会系列报道》让我获得了“2010 年上海世博会先进个人”称号，还在人民大会堂接受了表彰。我的记者生涯也从此开始。前期工作让我不知疲倦、动力满格。短短一年多的时间里，我有机会在第一时间赶赴甘肃舟曲泥石流现场，采访了劫后余生的景象；也去到湖南农村，探访了当地干旱和水灾的情况；我随中国海军舰艇跨越波涛汹涌的太平洋，访问了太平洋岛国；也深赴可可西里，在极端环境中亲历了藏羚羊的迁徙；更曾经深入巴基斯坦前线报道反恐的情况。2011 年 7 月，在新闻中心的评定中，我十分荣幸地获得了首席出镜记者的称号，也成了英语频道最年轻的首席记者。2011 年 12 月，感谢领导的器重，也感谢生活的眷顾，我通过选拔被派往华盛顿成为驻外记者。

成为驻外记者，终于有机会奔跑在国际新闻一线，抢热点、提质疑，也有了一场场跟西方各界精英的对话、访谈、提问，还偶尔受邀同西方专家辩观点、争高下，离当初的梦想也更近了一步。

在做好所有本职工作之外，我还利用业余时间研习了国际关系理论。在自己充满热情的领域里孜孜以求地学习，本来是人生的一大乐事，却没想到正是这段经历给了我在美国期间最灰暗的记忆。

在课上的我，经常成为被孤立的一个。有大概 1/4 的同学视我为空气，甚至吝惜在擦肩而过时打个招呼。自己一段悉心准备、慷慨激昂的发言过后，讲台下常常只有一片沉默，不知哪个角落里还会传来微弱的嘘声。三十几个人中，只有我一个亚裔。后来，我才知道美国同学来自各行各业，包括在白宫、五角大楼和安全界。很快，我进一步察觉到了气氛的诡异：从课上互动到课外活动，那 1/4 的同学几乎避免和我有任何接触。天生性格外向、热情的我，总主动承担起一个集体里活跃气氛的责任。但任我如何主动，他们也是爱搭不理。直到很久以后，才有一位同学悄悄告诉我，一开班美国军方就给大家群发了邮件，对我做出了子虚乌有的诬陷，警告我的同学说中国官媒记者都可能是中国政府派来的间谍，应避免同我接触。有一次小组作业我实在“没人要”，被分到一名军方同学所在的小组，没想到这还惊动了五角大楼，给学校打来电话“状告”教学助理。在一次社交场合，我同班上一位在白宫工作的美国女生寒暄：“听说你也在白宫工作，我也常跑白宫发布会。”她突然惊恐万状地说了句“我不想谈这些”，然后转身就走。之后两年，我们几乎再没有过互动。接下来的时间，虽然是同班学员，那些来自美国军方和安全界的同学大都和我形同陌路，而对待班上来自加拿大、英国、希腊、巴西的同学，无论何种职业身份，她们都能相谈甚欢。

一些政府背景的美国同学（毫无偏见地说，大多是白人同学）表现出的民族主义和对中国根深蒂固的敌意和提防，比我当年在外媒实习的个别西方记者有过之而无不及。

在国际法研究课上，平时不跟我讲话的美国军方背景的同学，站出来嘲讽中国在“属于国际公海的南海无中生有地堆沙子造岛，践踏国际法治”。在一次讨论中国周边形势的课上，还是那名同学，细数了美国 B-52 轰炸机、航母战队群、核武器储备等武力威慑，然后傲慢地说：“如果有些国家在东海和南海继续压迫小国，后果会很严重。（Things will get very ugly.）”还有一次，一名美国老师这样形容 20 世纪 90 年代的台海危机：“中国威胁了台湾，而后者是一个主权独立的国家。”在这样的时刻，通常所有人的注意力都会转移到我身上，等待我对这些傲慢且错误表述的回应。我每次都竭尽全力，但听众偏见深重，而我势单力薄，经常面临被群起攻之的局面。

但，这是一场我们永远不会认输的战斗！

美国军方和安全界基层雇员，尤其是白人同学私下展现出来的傲慢和敌意，给我上了一堂最生动的政治课——世界的融合是人类的美好愿景，但回顾历史，融合是相对的，竞争是永恒的，只是随着时代的变迁，竞争的方式和内容有所不同。我 16 岁时在澳大利亚阳光海岸幻想的那个有不同、无芥蒂的“小联合国”，或许只能永存于年少的美好回忆里。

每个人都被自己的经历塑造。正是这些或好或坏的经历，塑造了今天的我，也启发和激励我写成了这本书。希望它能够帮大家看清当今国际传播中的一些现实，更希望它能唤起更多同胞的梦想，为中华民族的国际话语表达添砖加瓦。

同时想对有志从事国际传播事业的年轻人说：不要忘记最初的梦想，因为梦想终将会实现（because dreams do come true）。

在权力集中的社会，政府对媒体的管控和审查让人很容易理解为媒体受精英主导。但在市场化媒体主导、政府审查隐蔽的国家，人们很难辨别政治宣传的存在。私有媒体间相互竞争，有时会报道和批评政府的弊端，还总不遗余力把自己塑造成言论自由和民众利益的代言人，这就让识别政治宣传变得难上加难。

——艾弗拉姆·诺姆·乔姆斯基

In countries where the levers of power are in the hands of a state bureaucracy, the monopolistic control over the media, often supplemented by official censorship, makes it clear that the media serve the ends of a dominant elite. It is much more difficult to see a propaganda system at work where the media are private and formal censorship is absent. This is especially true where the media actively compete, periodically attack and expose corporate and governmental malfeasance, and aggressively portray themselves as spokesmen for free speech and the general community interest.

—Avram Noam Chomsky

我一直在想，如果我能在“一战”时做政治宣传，我完全可以在和平年代时也做。但“政治宣传”这个词不好，因为德国纳粹也在用它。所以我找了个其他的词，成立了公共关系委员会。

——（美国宣传“教父”）爱德华·伯尼斯

I thought if you could use propaganda for war, you could certainly use it for peace. Propaganda got be bad word because of the Germans using it. What I did was to find some other words, so we founded Council on Public Relations.

—Edward L.Bernays

第 1 章

南海，怎么变成一个“问题”的？

『南海仲裁』的西方媒体造势

“我所听说的黄岩岛是人世间的一段传奇。人们传颂着这片神奇水域的故事，海阔天空，鱼跃鸟飞。鱼儿如此之多，大概够一个村子的人永世永代捕捞和享用。然而，4 年前某一天，一切都变了。中国人开始占据了黄岩岛，并赶走了菲律宾人。我们决定去那里探访。”

这段戏剧化的煽动性描述并不是一个神话探险故事的开场白，而是美国驻华记者从南海向全世界发出的报道。当时美国军舰前脚刚离开南海，颇具“国际主义精神”的美国记者又不远万里来到菲律宾，租了一艘当地渔船，开始了自己的报道，配合着美舰的行动上演了一文一武的双簧戏码。

2016 年 7 月 11 日，南海仲裁案“最终裁决”前一天，一篇名为《我们的渔船被中国阻截》(*Our Boat Was Intercepted by China*)的独家重磅多媒体报道突然发布，该报道细致刻画了《纽约时报》记者乘坐菲律宾渔船勇闯黄岩岛的“不幸”遭遇，顷刻间在西方舆论界引起轰动。报道技术手段一流，用电影般的主观视角镜头(POV)带领观众“身临其境”地领略了南海局势的“剑拔弩张”，再配上实景录音、字幕和旁白讲述，如好莱坞电影一样精准地调动了不明就里的读者的感官和情绪。

记者在片中讲述道，“经过20个小时的平静的行驶，我们来到了离黄岩岛1英里附近的海域”，此时画面突然由夕阳西下的和谐海景切换成了一艘气势逼人的中国海监船，静止图片也变成了活动画面，记者紧张地描述道，“一艘巨大的中国舰船出现了，它上面配有水枪，离我们距离如此之近，以至于我们强烈感受到大船造成的波浪对我们渔船的冲撞。中国舰船驱赶了我们1个小时，显然要让我们立刻离开。我们离开前，他们还拍照记录”。此时记者出示了一张中方执法人员用相机“瞄准”菲律宾渔船的照片。

没有被中国舰船撞击，但被“强烈的波浪涟漪”冲击也是值得大书特书的。没有来自鱼雷、机关枪，甚至水枪的袭击，就把中国海监人员用相机对准记者的画面生生渲染成了武力威慑。

紧接着，故事落幕，评论登场。

“中国正在由一个经济强国变为一个军事强国。他们过去两年一直在南海填海造陆。中国人拿出古代的历史地图证明南海属于他们，但美国和菲律宾都不认同这种说法。美国和菲律宾的担忧是中国将切断每天往来南海的贸易航线。”最后，《纽约时报》记者提及了返程路上遇到的几名菲律宾渔民，“以前他们能捕到价值1000多美元的鱼，现在却只有几百美元，很多人说，每次去黄岩岛附近捕鱼，中国人都会骚扰他们。现在他们的收入都不够付水电费，也不够给自己的孩子们买玩具了”。整个报道的最后一帧“亮”了：画面中是一个面容饱经沧桑的菲律宾渔民，他的神情有些坚毅，眼光意味深长，看罢让人心生怜悯。故事至此，让人油然而生一股“正义感”，不禁为菲律宾有这样一个欺凌弱小的“霸道邻居”感到义愤，更为国际仲裁即将还菲律宾“清白”而满怀期待。一系列操纵情绪的描述方法果然奏效了。

在报道下面的留言中，名叫比尔 · 德拉曼（Bill Delamain）的美国网友说:“中国蹬鼻子上脸。中国想从世界贸易中获益，自己却不愿遵守任何承诺。如果你敲打他，他会用侮辱、欺压和威胁的手段对付你。”而另外一个网名是保罗（Paul）的读者说:“（海牙）常设仲裁法院的裁决是国际法的胜利，是公平的胜利，是和平的胜利。它对中国的恐吓、威胁说不。”

稍有思辨精神的读者不禁要问：这名勇敢而正义的记者既然如此关注渔民的生计，为何不从海南岛租中国渔船出发，去中国声索但被菲律宾或越南控制的岛屿感受一下那里的情况？首先，中国渔民作业被骚扰、中国海监船遭遇水枪伺候的场景在过去几年时有发生；其次，美国把战略触角伸到中国家门口、在亚太驻军十万威慑，而中国在佛罗里达和得克萨斯南部没有一兵一卒，谁在搞霸权？最后，《纽约时报》记者在南海问题上的叙事和每天在台上念稿子的美国政府发言人有没有本质区别？

《纽约时报》的这篇报道算得上是美媒在国家战略安全议题上为政府“高级背书”的杰作了。而正是这些报道帮助西方在“南海仲裁”前的国际舆论战中占得先机。“仲裁案”前后，中国所陷入的国际舆论环境之凶险为 10 年罕见。中国国家形象遭到西方政客、媒体和学界“组合拳”的轮番重击。“南海自古以来就属于中国”“仲裁就是一张废纸”“不接受、不参与、不承认”的中方表述被西方嘲讽为政治宣传。我们越义正词严，对方越不屑。一时间，西方舆论场上所谓十八般武艺轮番搬出，采访报道、数据引用、民生故事，也有权威的专家解读及政府表态，对中国的污化无所不用其极，如“蔑视国际法”“在南海扩张霸权”等。

美国官方、美国媒体、美国学界俨然组成了“美式外宣”组合拳，捍卫着美方立场，抹黑诋毁了中方立场。三者究竟如何巧妙互动？通过分析和研究，我们观察到了三大特点。

美国媒体与美国政府立场一致度达 90%

首先，我们根据报道所产生的一系列数字去看看西方媒体和政府之间的关系。参照美国知名学者乔姆斯基 1988 年所著《制造共识》（*Manufacturing Consent*）一书中的方法，我首先将中美双方在南海问题上的观点进行归纳汇总。

美方主要立场包括以下 6 个：

（1）菲律宾胜诉，中国败诉。

（2）“南海仲裁”有国际法权威。

（3）中国在南海搞军事、经济扩张。

（4）九段线等中国南海主权声索无效。

（5）中国不接受仲裁因此不守国际法。

（6）中国声索面积过大，以大欺小。

中方主要立场包括以下 6 个：

（1）仲裁违背《联合国海洋法公约》（简称“《公约》”）精神，因此无效。

（2）中国按照《公约》第 298 条拒绝参加或承认仲裁。

（3）中国最早发现和管辖南海。

（4）《开罗宣言》《波茨坦公告》等国际法史实须得到尊重。

（5）美国未在《公约》上签字。

（6）美国对中国的军事遏制。

我在谷歌新闻搜索里键入“South China Sea”（南海）这几个关键词，并选取了排名前三十的美国媒体报道（见图 1-1）。这些报道集中在 2016 年 7 月 11—13 日这 3 天，而“南海仲裁”结果在 7 月 12 日公布。报道来源包括《纽约时报》《华盛顿邮报》等传统大报，《赫芬顿邮报》和 Quartz 等网络媒体，专业新闻台福克斯电视台（FOX）和美国有线电视新闻网（CNN）、

图 1-1　排名前三十的报道来自 20 家美国主要媒体

综合电视台哥伦比亚广播公司（CBS）和美国全国广播公司（NBC),《时代》和《外交》杂志以及美国战略与国际问题研究中心等智库旗下媒体。

这里需要说明，本书一律使用谷歌新闻搜索作为新闻选取的工具。原因有三。首先，谷歌新闻搜索是全球访问量最大、新闻库存最多的新闻搜索之一。其次，根据谷歌官方声明以及谷歌团队跟本人的邮件二次确认[1]，谷歌新闻和谷歌新闻库所显示的搜索内容是非个性化内容（unpersonalized search result)，与每个人平时的浏览器历史记录、阅读习惯无关。最后，谷歌新闻搜索排名依据至少 13 项算法，包括新闻平均长度、报道广度、报道重要性、发行浏览量、新闻中独家采访实体的数量、新闻机构定期生产的新闻数量、机构的员工数量、机构的记者站点的数量、国际多样性、突发新闻评分、写作风格、读者使用模式、舆论意见[2]。对于要坚持提供非个性化新闻搜索结果，谷歌的解释是："进行富有成效的对话和辩论需要每个人都能获取相同的信息。"（Having a productive conversation or debate requires everyone to have access to the same information.）[3]的确，谷歌也提供个性化搜索结果（personalized search result)，但这些内容位于不同的浏览窗口，且明确标注有"为你推荐"（Recommended for You)、"我的最爱"（My Favorites）等字样。为再次验证谷歌新闻显示的是非个性化结果，我在没有自己浏览记录和不同 IP 地址的电脑上分别输入同样关键词，后来还将服务器地址设在全球不同国家和地区，显示结果一致。

[1] https://support.google.com/googlenews/answer/9005749?hl=en

[2] https://www.computerworld.com/article/2495365/business-intelligence/an-inside-look-at-google-s-news-ranking-algorithm.html

[3] https://www.blog.google/products/news/new-google-news-ai-meets-human-intelligence/

回到美国媒体对“南海仲裁”的报道分析[1]。我用了两周左右的时间，逐字阅读了所选的 30 篇文章，通过反复识别、归类后统计如下。

美国媒体同美国官方立场一致的表述包括：(1)“菲律宾胜诉，中国败诉”出现 62 次，如“对中国的全面指责”(sweeping rebuke of China)、“菲律宾大获全胜”(overwhelming victory for the Philippines)；(2)“中国在南海军事、经济扩张”出现 53 次，如“扩张主义的冲动”(expansionist impulses)、“疯狂造岛攻势”(island building spree)；(3)“九段线等中国南海声索无效”出现 48 次，如“含混不清的地图”(vaguely drawn map)、九段线无效(nine-dash line invalid)；(4)“中国在南海以大欺小”出现 35 次，如“扩张主义的声索”(expansive claims)、“中国在经济上欺辱”(Chinese economic bullying)；(5)“中国不遵守国际法”出现 33 次，如“国际法的法外分子”(International outlaw)和“蔑视仲裁”(in defiance of the ruling)；(6)“南海仲裁拥有法律效力”出现 27 次，如“联合国法庭”(United Nations Tribunal，注：联合国后来专门发表声明称与此次仲裁无关)、国际司法系统(International justice system)。

美国媒体同中方立场一致的表述包括：(1)“仲裁法院无权裁决南海主权”出现 8 次，如“对主权没有管辖权”(no jurisdiction to decide any issues of sovereignty)；(2)“中国最早发现并管辖南海”出现 7 次，如“自

[1] 另外需要说明，本书论述的数据支持，并非全部来自严格的实证分析。受到工作与生活情境的限制(当然，或许有时也得益于此)，我的论述参考了过去 10 年个人的一线观察，统计也时常依靠便利抽样的原则。尽管如此，我相信，这些研究还是可以探测到美国貌似繁荣且自由的大众传播背后“看不见的手”。我将热诚期待读者对我的写作提出批评与建议，它们都将成为我下一步更细致工作的开端。

古以来就是中方领土”（have been Chinese territories since ancient times）；（3）“美国对华军事围堵”出现7次，如“美国与菲律宾重塑盟友关系”（US rebuilding ties with the Philippines）；（4）“美国未在《公约》上签字”（US has not ratified the UNCLOS）出现5次；（5）“南海仲裁违背《公约》第298条精神”出现0次；（6）“《开罗宣言》《波茨坦公告》、‘二战’后罗斯福帮中国收复南海”出现0次。最终，所选的美国媒体同美国政府立场一致的表述共计258次，同中方观点一致的表述共计27次。两者比例接近10∶1（见图1-2和图1-3）。

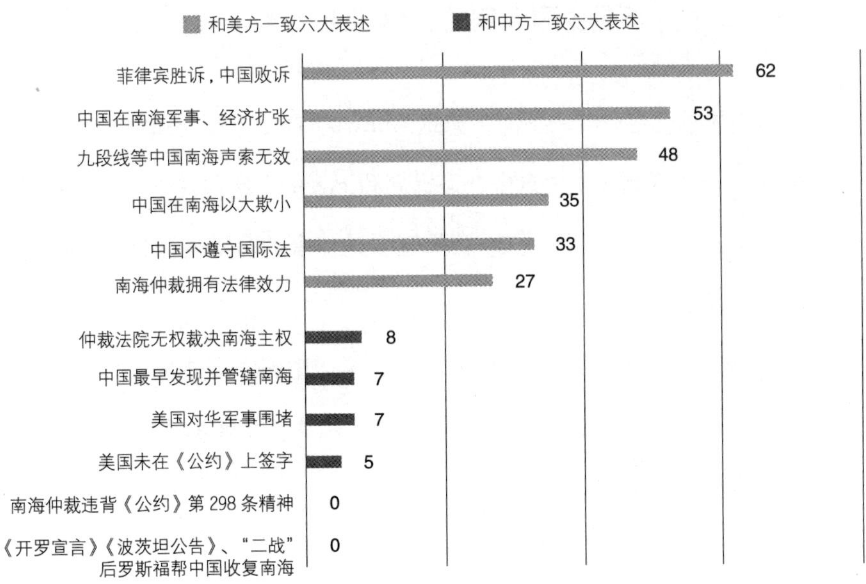

图1-2　美国媒体有关南海的持不同立场报道的对比

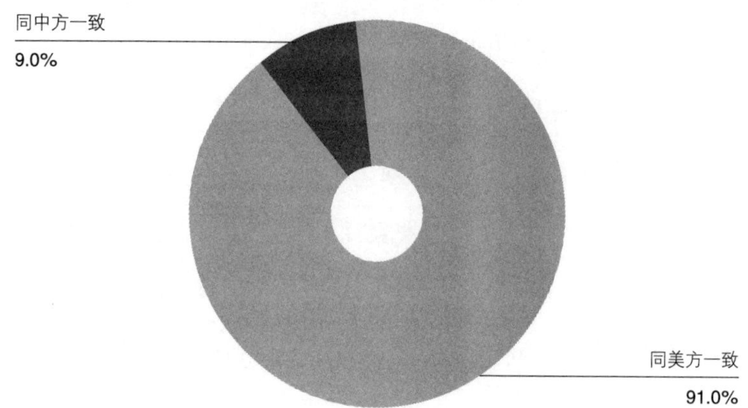

图 1-3 美国媒体有关南海的持不同立场报道的占比

引述欧美专家分析是中国专家的 5 倍以上

美国媒体早已将单纯的新闻主消息（news）和带有倾向和观点的评论（Op-Ed）分开。在新闻主消息中，编辑部和记者的立场预设往往通过精心选取的专家来实现。通过对这 30 篇报道引述专家的背景进行分析，我们又有很多发现。

30 篇报道中采访欧美专家共 48 人次，采访中国专家共 9 人次，前者是后者的 5 倍以上（见图 1-4），欧美专家观点大多与美国等西方政府趋同。这 57 名专家的信息及供职机构见表 1-1。

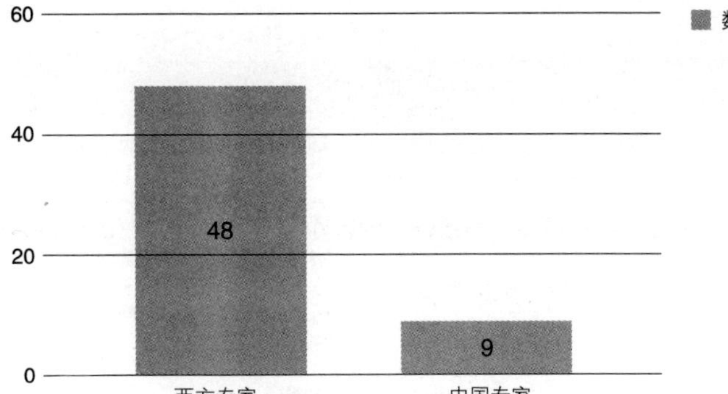

图 1-4　所选媒体引用中西专家数量对比

表 1-1　30 篇文章引用专家名单列表

<table>
<tr><th colspan="2">中国专家（9 人次）</th></tr>
<tr><td colspan="2">前国务委员 戴秉国</td></tr>
<tr><td colspan="2">国际问题专家 高志凯</td></tr>
<tr><td colspan="2">中国人民大学国际关系学院教授 时殷弘</td></tr>
<tr><td colspan="2">澳门军事专家 王东</td></tr>
<tr><td colspan="2">察哈尔学院高级研究员 吴非</td></tr>
<tr><td colspan="2">北京理工大学教授 胡星斗</td></tr>
<tr><td colspan="2">第十三届全国人民代表大会外事委员会副主任委员 傅莹</td></tr>
<tr><td colspan="2">复旦大学教授 沈丁立</td></tr>
<tr><td colspan="2">中国人民大学国际关系学院教授 时殷弘</td></tr>
<tr><th colspan="2">欧美及其盟国专家（48 人次）</th></tr>
<tr><td>美国麻省理工政治学教授
M. 泰勒・弗拉维尔（M. Taylor Fravel）</td><td>美国战略与国际问题研究中心亚洲项目副总裁
迈克尔・格林（Michael J. Green）</td></tr>
<tr><td>美国战略与国际问题研究中心高级研究员
邦妮・格拉泽（Bonnie Glaser）</td><td>美国战略与国际问题研究中心研究员
安德鲁・希勒（Andrew Shearer）</td></tr>
<tr><td>澳大利亚麦考瑞大学法学教授
娜塔莉・克莱因（Natalie Klein）</td><td>美国海军作战部长
约翰・理查森（John Richardson）</td></tr>
</table>

续表

欧美及其盟国专家（48 人次）	
美国海军战争学院中国海事研究所教授 安德鲁·S. 埃里克森（Andrew S. Erickson）	新美国安全中心高级研究员 杰瑞·亨德里克斯（Jerry Hendrix）
美国西东大学和平与冲突研究中心主任 汪铮（Wang Zheng）	美国战略与国际问题研究中心研究员 格雷戈里·波林（Gregory Poling）
美国贸易问题专家 艾瑞克·森普（Eric Shimp）	迈阿密大学海洋生物学家 约翰·麦克马纳斯（John McManus）
欧道明大学教授 肯特·卡彭特（Kent Carpenter）	美国记者 克里斯蒂娜·拉尔森（Christina Larson）
康奈尔大学教授 艾伦·卡尔森（Allen Carlson）	洛伊国际政策研究所研究员 亚伦·康奈利（Aaron Connelly）
美国战略与国际问题研究中心研究员 格雷戈里·波林（Gregory Poling）	美国外交关系委员会高级研究员 詹妮弗·哈里斯（Jennifer Harris）
美国战略与国际问题研究中心亚洲项目副总裁 迈克尔·J. 格林（Michael J. Green）	新加坡南洋理工大学国际事务学院教授 廖振扬（Joesph Liow）
美国战略与国际问题研究中心高级研究员 邦妮·格拉泽（Bonnie Glaser）	美国前情报总监 詹姆斯·克拉珀（James Clapper）
美国战略与国际问题研究中心研究员 默里·希伯特（Murray Hiebert）	剑桥大学讲师 马库斯·格林（Markus Gehring）
美国战略与国际问题研究中心研究员 克里斯托弗·K. 约翰逊（Christopher K. Johnson）	马里兰大学公共政策学院教授 约翰·伦尼·肖特 （John Rennie Short）
美国战略与国际问题研究中心高级研究员 艾米·西尔维特（Amy Searight）	美国战略与国际问题研究中心研究员 安德鲁·希勒（Andrew Shearer）
美国海军战争学院中国海事研究所教授 安德鲁·S. 埃里克森（Andrew S. Erickson）	美国海军作战部长 约翰·理查森（John Richardson）
美国战略与国际问题研究中心研究员 格雷戈里·波林（Gregory Poling）	新美国安全中心高级研究员 杰瑞·亨德里克斯（Jerry Hendrix）
美国战略与国际问题研究中心亚洲项目副总裁 迈克尔·J. 格林（Michael J. Green）	美国战略与国际问题研究中心研究员 格雷戈里·波林（Gregory Poling）
美国外交关系委员会前高级研究员 詹妮弗·哈里斯（Jennifer Harris）	迈阿密大学海洋生物学家 约翰·麦克马纳斯（John McManus）
新加坡南洋理工大学国际事务学院教授 廖振扬（Joesph Liow）	美国记者 克里斯蒂娜·拉尔森（Christina Larson）

续表

欧美及其盟国专家（48 人次）	
美国前情报总监 詹姆斯・克拉珀（James Clapper）	洛伊国际政策研究所研究员 亚伦・康奈利（Aaron Connelly）
剑桥大学讲师 马库斯・格林（Markus Gehring）	马里兰大学公共政策教授 约翰・伦尼・肖特（John Rennie Short）
纽约大学美国—亚洲法律研究中心主任 杰罗姆・科恩（Jerome Cohen）	美国前情报总监、美国太平洋司令部前总司令 丹尼斯・布莱尔（Admiral Dennis Blair）
美国海军战争学院中国海事研究所教授 安德鲁・S. 埃里克森（Andrew S.Erickson）	菲律宾学者 理查德・加瓦德・海德林（Richard Javad Heydarian）
美国前助理国务卿 查尔斯・大卫・韦尔奇（Charles David Welch）	新美国安全中心高级研究员 罗伯特・D. 卡普兰（Robert D. Kaplan）

注：个别专家被不同媒体多次引述。

四大军火商资助智库 CSIS

令人惊叹的发现还在后面。这 48 人次西方专家中有 14 人次来自同一所智库：美国战略与国际问题研究中心（CSIS），占比接近 1/3（见图

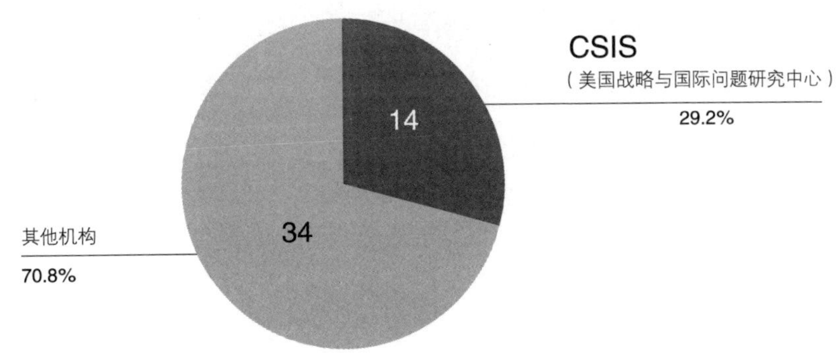

图 1-5　欧美专家供职机构

1-5）。这个智库大有来头。作为美国保守派智库的代表，CSIS 的能量还远不止向媒体输送专家资源。早在 2015 年，CSIS 获取了美国数字地球公司（Digital Globe）的授权后，独家发布了南海上空的侦察卫星拍摄到的南海诸岛施工图。图片清晰到可以看见每一栋楼房、每一片绿地和每一艘作业的船舶。这些图片展现了中国在 2014—2015 年在南海的活动。中国在自己的领土搞岛礁建设无可厚非，但在西方舆论的叙事里，南海属于“主权未定的争议海域”，这些侦察卫星图便成了所谓“中国军事扩张”的重磅实锤。图片发布后，西方民众一片哗然，美国主流媒体先后刊登转载，“中国军事威胁论”一时间铺天盖地。白宫和五角大楼也顺水推舟表态谴责。CSIS 的这个喂料成了西方舆论攻击中国的重要撒手锏。

CSIS 为何如此煞费苦心、不遗余力地制造“中国威胁论”？

在美国智库的盈利模式中，政府及企业捐款是重要来源。根据 CSIS 网站信息，美国政府、日本政府和中国台湾地区当局是 CSIS 的主要金主，而为 CSIS 捐款额度最高的十家美国企业中，洛克希德·马丁（Lockheed Martin）、波音（Boeing）、通用动力（General Dynamics）和诺斯洛普·格鲁门（Northrop Grumman）这四大美国军火商全部在列。而美军使用这四大军火商生产的舰艇和战机在南海及亚太地区频频活动，比如：

2017 年 1 月部署到西太平洋威慑南海的“亚力山卓”号攻击型核潜艇由通用动力公司制造；

2017 年 7 月飞越南海上空的 B1-B“枪骑兵”战略轰炸机和 F-15 战斗机由波音公司生产；

2016 年决定部署在韩国但雷达探测半径已触及中国军事机密设施的

“萨德”反导系统由洛克希德·马丁公司研制；

而格鲁门公司研制的航母和网络战时代的高精尖技术也是美军常用来对付中国的利器……

一个巨大的利益链浮出水面：先是 CSIS 等保守智库发布直插南海腹地的侦察卫星图，并喂料给媒体；媒体大肆报道并鼓吹“中国军事威胁论”和“中国不守国际规则论”，引发舆情；白宫和五角大楼顺势强硬表态，并加强南海的“自由航行”和军事部署，军工企业拿到一个个大单后，再回过头来游说国会、资助智库，煽动新一轮“中国威胁论”。周而复始。

在“南海仲裁案”前后，美国的政府话语、学术话语、媒体话语多管齐下，虽然响度、音调、音色各有不同，但在西方舆论场里互相放大，余音缭绕。美国话语塑造“南海仲裁”舆论的这套猛烈组合拳，值得我们认真剖析和思考。

最后我想说，中国在南海对外传播上的确还有提升的空间，但我们也应该看到，不论我们如何做、如何说，西方主流舆论场对中国表述有一堵天然的“隔音墙”，将大部分“异端”声音拒之门外。而这堵墙里面却是一个设施齐全的“回音室”（echo chamber），各种版本和叙事体裁的“中国威胁论”在里面交相呼应。这个“回音室”深藏不露却又无处不在。毕竟，验证一个原本就相信的观点比接受一个相反的观点要容易得多。很多西方传播学者认为，在特朗普时代的美国，“回音室”效应愈发显著。谷歌等搜索引擎、脸书等社交媒体、声破天（Spotify）等音乐软件都不断完善着“个性化算法”技术（personalization algorithm），根据用户收听收看习惯推送个性化内容。而当人们取消关注某人或点击“不喜欢”键后，一些人或事就被慢慢“过滤出”他们的生活。久而久之，大多数人只愿去获取能印证自己观点的信息。偶尔穿透“隔音墙”的声音比如“美国曾借军舰帮中国收复南沙群岛”，会显得如此异类，很快成为群起攻之的靶子。当“隔音墙”内有人支持这些不同观点，很快就会被扣上“熊猫马屁精”（panda hugger）、“中国同情者”（China sympathizer）的帽子。

南海激辩的台前幕后

“中国在南海填海扩张”“中国以大欺小”“中国蔑视国际法”……

2016年7月，针对荷兰海牙国际常设仲裁法院的“南海仲裁案”，西方媒体掀起了近年来对中国最汹涌的一轮全球舆论“公审”。

仲裁前，西方媒体不遗余力地渲染中国在南海的所谓“军事威胁论”，给中国扣上“霸权扩张”和“以大欺小”的帽子，对中方表述鲜有完整、正面引用。同时，他们紧跟海牙动态，塑造了“南海仲裁”的国际法效力不容置疑的印象，中国的国际舆论压力陡增。“仲裁”后，西方舆论又一边倒地认为菲律宾大获全胜，同时认为中方“不接受、不承认、不参与”的立场是“中国不守国际法”的完美证据，中国的国际表达空间进一步被挤压。

在国际舆论环境异常艰险的时刻，我们有了冲上前线的机会。那段时间，新华社、《人民日报》和央视等中国媒体接连发声，强力回击。我也前后几次在国际媒体上就南海问题与美国专家进行了辩论。很多看过视频的朋友说，这些短兵相接、唇枪舌剑看起来很酣畅，算是为中国人出了一口气。也有人对一些辩论细节感兴趣，比如如何做到对国际政治和国际法律知识信手拈来？用英文和西方人辩论的秘诀是什么？如何有理有据地回应西方对中国的傲慢指责？

实话实说，直播过程中我没有办法去思考太多问题。如果说辩论中有任何灵感迸发，或许也要归功于平时的日积月累。过去十多年，我一直工作在国际新闻第一线，慢慢养成了一些习惯，比如不愿意轻信他人的叙事，喜欢从消息源和一手资料下手，得出自己的结论。辩论前我做了很多准备，在"南海仲裁"前的一年里，由于工作需要，同时也出于个人兴趣，我把国际法专家瓦莱丽·埃普斯（Valerie Epps）撰写的《国际法》逐字逐句阅读了不下 20 遍。我还在联合国官网上把《公约》打印出来精读了数十遍。"魔鬼"终究在细节中。对法律条文和史实熟读成诵，揭穿西方叙事的虚伪和偏见就容易了许多。

"回答要简要，各位先生！这是电视！"耳麦中传来了编导的提醒。

此时的我已经坐在今日俄罗斯美洲台（RT America）位于华盛顿市区的演播室，虽称不上紧张，但压力着实不小。我和对手丹尼尔·瓦格纳之前没有交过手，看简历他是美国一家全球战略咨询公司的首席执行官（CEO），也是写作者和国际事务时评人士，出版过多本著作，经常为《赫芬顿邮报》等美国主流媒体写专栏文章。说实话，我并不担心对手，无论请谁出场，美国的主流观点我已烂熟于心。我最大的担忧是时间的有限和临场发挥的不确定性。一档 30 分钟的谈话节目，掐头去尾，除去主持人提问，每个嘉宾也就 5 ~ 6 次讲话机会，每次发言 50 ~ 60 秒钟。当时的南海舆论对峙剑拔弩张，西方的强势指责铺天盖地，如何反驳得精彩，如何让对手和国际观众真心服气，这才是令我担忧的关键。

节目开始，直播音乐声响起，我的脑子还在飞速转着。

一开场，主持人甩出一个开放式问题：海牙国际法院一边倒地做出对中国不利的“裁决”。如何看待此次“裁决”？被点到第一个发言，我决定废话少说，直接将矛头指向此次“南海仲裁”法理上最薄弱的环节，也是西方立场的“阿喀琉斯之踵”：“此案的本质是仲裁法院对一个自己没有管辖权的事情做出了‘裁定’，而‘裁定’的是一个由菲律宾对中国提起的、地缘政治味道十足的案子。”为了压抑住对方打断插话的愿望，我赶紧跟上一句，“让我来详细解释一下。《联合国海洋法公约》第 15 部分第 3 节第 298 条规定：法院不能裁决主权问题。那么海牙仲裁法院是否对主权做出了裁决呢？从文字上看，没有。但实质上，却有。”

我具体解释道：“让我们来看看吧。它‘裁定’了中国的南海九段线。中国主张在断续线内对相关岛屿及其海域拥有主权。当你‘裁定’那条线无效时，就等于把主权无效化了。所以它‘裁决’了主权。此外，‘仲裁’还判定了一些南海地貌的性质，判定了它们是礁还是岛。即便在太平岛和永兴岛上有餐厅、银行，甚至有互联网、无线（局域）网（Wi-Fi）和手机 4G 信号，仲裁法院还是‘裁定’它们不是岛，因此不能享有 12 海里领海主权。这是‘裁决’了领土。最终那份‘裁决’还‘裁定’中国的填海造岛等行为非法，这也与领土和主权有关。简而言之，仲裁法院以‘裁决’其他议题当幌子把主权问题给‘裁定’了，它看似没有违反《公约》的法律文字，却违反了《公约》的法律精神。”

之所以称这一环节为“阿喀琉斯之踵”，是因为仲裁和《公约》看似不矛盾但实质上矛盾，而这一点被99.9%的西方媒体选择性忽略。这也是中方不接受、不承认“仲裁”并称其为“一张废纸”的最根本原因。西方的“南海仲裁”叙事默认“仲裁”和《公约》相符,“仲裁”等同于国际法、国际规则。若中了西方的话语逻辑圈套，中国无论怎么辩都是输。所以，开场需要证伪西方的逻辑。所谓“上兵伐谋，其次伐交，其次伐兵，其下攻城”。

一激动，回答有点超时，好在第一个开场，主持人给足面子，虽然两次试图打断，但我还是以迅雷不及掩耳之势，赶在主持人第三次插话前把话说完。球踢到了对方半场。

美国专家丹尼尔强硬开场:“我们可以大玩文字游戏，但最终发生的，是中国声称对南海的一大片区域拥有主权，而除中国外没有人同意这一点，这有点像其他国家说，你看我就是喜欢这一片水和这些岛屿，我觉得它们就应该是我的……这次仲裁是国际法效力的证明，表明诸如菲律宾这样的小国可以用法律的方式对抗像中国这样的大国，并取得胜利。现在仲裁法院做出了这样的裁决，并不是因为这是大卫(《圣经》中的人物)战胜了哥利亚(《圣经》中的巨人)，而是因为仲裁法院经过仔细研究，认为中方的观点是不合理的、站不住脚的，除了中国人自己，没人认可中国的观点。”

第一回合，各说各话。美国专家的观点代表了西方主流，拿《圣经》里的小个子大卫打败3米巨人哥利亚的故事，影射中国“以大欺小”，模糊了事实真相的同时还赚了不少同情分，毕竟这个故事对普通西方观众来说再熟悉不过了。

而我的开场，没有使用“仲裁是一张废纸”“所谓南海仲裁无效”等理直气壮的表达，考虑到这些表述已经被重复多次，容易让西方观众贴上“政治宣传”的标签，我从法律精神（in spirit）同法律文字（in letter）的区别作为切入，论证“仲裁”为何无效。这个角度相对新颖，也更容易被西方和国际观众理解。

说白了，很多法律官司打到最后都是各方对一段法律文字有不同解读，有人认为应该严格按照法律字面理解，有人认为应该按照法律精神理解。这一区别在美国社会经历过多次大讨论，美国人对此可谓“门儿清”。

2010年，评判美国大公司政治捐款是否应设上限的“联合公民诉联邦选举委员会案”（Citizens United v. Federal Election Commission）裁决撕裂了美国社会，最终闹到了联邦最高法院。一派认为应该按照字面意思解读《宪法》中的言论自由规定，因此政治捐款不算言论自由。另一派认为应该按照《宪法》的精神实质解读，大公司用政治捐款的方式来表达政治观点属于言论自由。最终投票结果4∶5，美国最高法的“法律精神派”获胜。

2008年，美国控枪派和拥抢派的争执（District of Columbia v. Heller）也闹到了联邦最高法院。美国《宪法》第二修正案中写道：“拥有纪律优良的民兵部队对自由州的安全是必要的，因此人们持有并携带武器的权利不可受侵害。”控枪派主张对《宪法》按狭义文字进行解读：后半句的“人们”特指民兵，因此普通民众不得持枪。而拥抢派却主张对《宪法》的精神实质进行解读：宪法撰写者的初衷是赋予所有民众拥有枪支的权利，“人们”并非特指民兵。“法律精神派”再次获胜。

近年来，美国国内闹得最凶的案子都是“法律文字派”对“法律精神派”的争论，为何到了“南海仲裁案”上，两派的争论却销声匿迹，合起伙来将中国“一棒子打死”，认定仲裁法院按文字解读就是合法，而中国按法律精神解读就是违法呢？美国“内外有别”的双重标准表露无遗。

丹尼尔没有正面回应我，而是气定神闲地继续陈述美方观点：“中国加入了《公约》，成为签署国之一。从1982年签署的那天起，《公约》就已成为一份法律文书，然而在很多场合中，中国一直在说，你看，其实我不喜欢这部分法律，我不喜欢那个裁定，所以我决定不遵守它。我想问的是，如果不是你想要的，你就不打算去遵守它，既然如此，签署公约还有什么意义？这是一个问题。”

“国际法中有个原则叫‘保留条款’。很多公约都有‘保留条款’。中国以及其他30多个西方国家，如丹麦、阿根廷、英国都签署了这些‘保留条款’。‘保留条款’包括不允许仲裁法院对主权进行仲裁。这就是为什么中国从一开始就没有参加仲裁。而中国远不是第一个这样做的国家，西方国家已这么做了。”觉察到对手对《公约》并不熟悉，我拿具体条文迅速反击。

实际上，横跨东西方阵营的42个国家都根据《公约》第3节第298

条做出“例外声明”，包括英国、澳大利亚、加拿大、法国、阿根廷、丹麦、古巴、印度、意大利、墨西哥、摩洛哥、巴基斯坦、菲律宾、韩国、俄罗斯、沙特阿拉伯，等等。它们都对不适用于《公约》的例外情况，大多涉及历史性领土主权，做出了声明。这种概念类似于国际贸易中的“负面清单”。比如，虽然马尔维纳斯群岛（英称福克兰群岛）就在阿根廷家门口，但通过 1982 年马岛战争重新获得福克兰群岛控制权的英国人不会接受一个仲裁法院把其裁给阿根廷人。而美国更不会承认仲裁法院对关岛和塞班岛的裁决，因为美国压根就没批准加入《公约》。

美国专家没有回答我的质疑，但态度上依然毫不示弱，又咄咄逼人地拿起了其他细节展开攻击：“专属经济区，它应该是一国向外延伸 200 海里。黄岩岛和美济礁，它们都位于距菲律宾海岸 120 海里处，而这些岛屿和中国最近的距离也有 300 海里，即海南岛南方的西沙群岛。所以，这些都不在中国的专属经济区范围内，但美济礁和黄岩岛显然在菲律宾专属经济区内。”

“丹尼尔，如果按地理远近原则来裁定主权，那么想想北马里亚纳群岛或者关岛吧，它们离西太平洋国家比离美国大陆似乎近了一点。”我迅速回应对手。

对手陷入了片刻沉默后绕开“仲裁”，开始了对中国的“人身攻击”：“但遗憾的是，对中国来说面子上并不好看，因为（中国的回应）会被视为对国际法的藐视。我想补充最后一点，如果裁决有利于中国，我觉得政府会赞扬裁决结果，赞美这个机构及其智慧，而不是彻底地批评。（中国）有点像熊孩子（an intransigent child）的表现。”

中国像熊孩子？请问从1950年派第七舰队到台湾海峡阻碍两岸统一，到如今每年500余次抵近侦察并在东海、南海挑事的是谁？

众目睽睽之下，唯有以理服人。我压制住了想要吐槽的强烈愿望，定了定神，说道："奥巴马总统在今年4月接受《大西洋月刊》专访时，甚至明确承认了（美国）对中国的遏制战略。我在这里一字不差地引述他的原话：'如果你看看我们是如何在中国南海进行操作，你就知道我们已经能够调动大部分亚洲国家，通过让中国十分惊讶的方式来孤立中国，坦白地说，这加强了我们与盟国的关系，对美国十分有利。'所以说，美国其实是通过政治手段、军事部署并利用国际法来搞地缘政治。如果这还不是勾结起来对付中国，那我不知道什么才是。"

驻美期间，我习惯性地阅读和摘录美国总统的每一次重要对华表态。2016年4月，《大西洋月刊》中刊登了一篇对奥巴马的10万字深度专访，通过逐字阅读，我找到了上面这段话。没想到在后来的辩论里竟派上了用场。

对自己国家的战略意图，美国精英们心知肚明。丹尼尔决定另起炉灶："即便如此，这次（南海仲裁）也与美国无关，这最终与中国希望被视为怎样的国家有关，与中国想被世界视为什么样的大国有关。（中国）单方面采取行动……不符合全球领导者的身份……"

继续着"中国不负责任大国"的叙述，丹尼尔喋喋不休，我也只好以眼还眼。

"美国真的需要一个新的对华战略了。他们利用保护海上通道和贸易为借口遏制中国。如果你看看数据，中国与东盟国家的贸易进行得相当好。

中国作为世界上最大的贸易国，每年通过南海进行的贸易总额为5万亿美元。另外，如果美国‘重返亚太’的重点是安全问题，那么究竟是什么安全问题呢？是朝鲜吗？可是朝鲜一直没能成为真正的威胁。是恐怖主义吗？可是极端组织‘伊斯兰国’（IS）和塔利班在地球的另一端。是核不扩散？可世界上的大部分核弹头都在东欧和西欧国家……”

“好的，先生们。王，我必须打断一下……”话还没说完，主持人示意时间已到，“你提出了一些我们无法立即回答的重要问题……感谢收看‘今日俄罗斯’节目的观众，下次再见！”

辩论结束，我取下耳麦和话筒，深呼一口气，觉得基本说出了长久以来的思考和观察。

有理有据地同西方人交锋

后来有不少人问我，这次南海辩论有哪些心得可以分享？如何有理有据地同西方人交锋？

我想，最大的心得或许就是积累、积累、再积累。几次南海辩论的背后是自己那些年“魔鬼式”的生活方式。进入 30 岁后，深感时光荏苒，唯有挑战潜力上限，才算不枉此生。于是我决定一边全职工作做好每一条新闻直播，一边利用夜间和周末等非工作时间研习国际关系理论。这期间，我阅读了数百篇国际政治、国际经济、世界历史和国际法律的论文和著作，从华尔兹的《人、国家与战争》、克劳塞维茨的《战争论》、孙武的《孙子兵法》到福山的《历史的终结》、普拉特纳的《论民主》、艾普斯的《国际法》，不一而足，收获颇丰。那些年，白天工作，夜里学习。不记得多少次头悬梁式地挑灯夜战，读着永远读不完的书单。倒下睡三四个小时后，再洗个澡去上班。那些年，持续的知识输入和思考让自己的思维一直处在活跃状态。此外，那些年里，我在各种场合同美国大V和媒体人交锋不下百次，激烈程度比后来的电视辩论有过之而无不及。大部分时候我都是以一对多，甚至以一挑百。面对对手傲慢的无名怒火，被群起而攻之的孤立无援，都让我后来的电视辩论容易了许多。

具体到这一次辩论，我想说，有说服力的表达无非是把逻辑、形式和内容有机结合在一起。先瞄准对方的逻辑，然后瞄准对方的论点，再瞄准对方的论据，而贯穿其中的是国际观众熟悉的语态和形式。这也是我在南海辩论中力争做到的。

平心而论，逻辑是我们的优势。中国的基础教育世界一流，尤其是高规格的数理训练，在少年时代就将基本的逻辑框架植入很多中国人的思维方式中。逻辑是国际传播中的利器，因为传播久远、深入人心的论述背后必然是经得起推敲的逻辑。但我们对外表述时常出现的问题是：逻辑太深、论证太复杂。这就需要**我们懂得取舍，合并同类项，化繁为简。此外，逻辑需要形式来辅佐。**我们尤其需要简单化、具象化、口语化的表达形式，将逻辑的效力最大化。西方观众受自己国家媒体“感官主义”（sensationalism）风格以及新媒体崛起的影响，注意力持续时间不断缩短。因此，**简单小词、短句子、排比句和反问句的效果往往更好；**重复一个关键词比说出一个完整的句子更容易被耳朵捕捉到；用一组排比句比用一个长长的从句或复合句更容易让人听懂。至于内容，我们可以尽量**做到把套话、废话减到最少，用最“干”的干货、最有力的数据，犀利亮剑，直击**

要害。本书的后面章节，我还会做详细的论述。

我还要感谢台各级领导对几次南海辩论及其传播的支持，尤其是北美分台麻静主任的大力引荐和悉心指导。

特别是最后一次南海辩论发布后，很快在社交媒体上累计点击量过亿，获得了朋友们积极转发评论。大家的支持和鼓励，我永远心怀感恩。令人欣喜的是，不少西方观众和意见领袖也肯定了我们的胜利，甚至有认证身份的西方官员也点评称“论证很有说服力，很好地捍卫了自己的立场”。视频还获得了台湾同胞的关注。一位台湾网友于2015年7月21日在优兔（YouTube）平台转发我的视频，还用繁体字写道：“蔡英文是指望不上了，欢迎转发分享，艰难中发出我们自己的声音。”来自对岸的声音，点亮了两岸同胞守卫祖先疆土的共同愿望，让人倍感温暖。

尽管如此，回到现实中，挑战依旧。

美国前国务卿基辛格早在2001年8月就在美国《外交》杂志撰写了《司法管辖权被国际化的陷阱》一文，提醒国际社会中存在的“用国际法的强权代替国家的霸权（...that risk substituting the tyranny of judges for that of governments）”。2016年的“南海仲裁案”给我们提了个醒。

附录：南海辩论中英文实录

辩论一：王冠与美国专家瓦格纳关于“南海仲裁”的辩论

时间：2016 年 7 月

中文翻译

今日俄罗斯美洲台《交叉辩论》主持人彼得·拉韦尔（以下简称“主持人”）： 海牙国际仲裁法院已经做出压倒性的裁决，反对中国在南海的领土主张，中国不但拒绝接受这一裁决，甚至也拒绝参加“仲裁庭审”。现在就中国南海进行交叉辩论，我们请到了在华盛顿的王冠来参加，他是中国中央电视台北美分台的首席时政记者。还有来自纽约的丹尼尔·瓦格纳，他是美国国家风险方案公司的首席执行官。王冠，我先问问你对南海仲裁的管辖权、参与和执法的看法。许多人都有这个疑问。

中国中央电视台北美分台首席时政记者王冠（以下简称“王冠”）：彼得，如果我们先把西方主流媒体对“南海仲裁”的报道放到一边，去一章一章地仔细读一下《联合国海洋法公约》（简称“《公约》”），我们会发现，此案的本质是仲裁法院对一个自己没有管辖权的事情做出了“裁定”，而“裁定”的是一个由菲律宾对中国提起的、地缘政治味道十足的案子。让我来详细解释一下。《公约》第 15 部分第 3 节第 298 条规定：法院不能裁决主权问题。那么海牙仲裁法院是否对主权做出了裁决呢？从文字上看，没有。但实质上，却有。

让我们来看看吧。它“裁定”了中国的南海九段线。中国主张在断续线内对相关岛屿及其海域拥有主权。当你“裁定”那条线无效时，就等于把主权无效化了。所以它“裁决”了主权。此外，“仲裁”还判定了一些南海地貌的性质，判定了它们是礁还是岛。即便在太平岛和永兴岛上有餐厅、银行，甚至有互联网、无线（局域）网（Wi-Fi）和手机 4G 信号，仲裁法院还是“裁定”它们不是岛，因此不能享有 12 海里的领海主权。这是“裁决”了领土。最终那份“裁决”还“裁定”中国的填海造岛等行为非法，这也与领土和主权有关。简而言之，仲裁法院以“裁决”其他议题当幌子把主权问题给“裁定”了，它看似没有违反《公约》的法律文字，却违反了《公约》的法律精神。另外请容许我补充一下，《公约》第 295 条说争议各方应该在寻求仲裁解决前穷尽“当地救济措施”（比如双边谈判），而菲律宾并没有这样做。

美国国家风险方案公司首席执行官丹尼尔·瓦格纳（以下简称“丹尼尔·瓦格纳”）：我们可以大玩文字游戏，但最终发生的，是中国声称对南海的一大片区域拥有主权，而除中国外没有人同意这一点，这有点像其他国家说，你看我就是喜欢这一片水和这些岛屿，我觉得它们就应该是我的。至于寻求双边谈判，在这个问题上有许多国家也是声索国并寻求与中国展开双边谈判，但在这方面中国一直表现得不情不愿。我认为这次仲裁是国际法效力的证明，表明诸如菲律宾这样的小国可以用法律的方式对抗像中国这样的大国，并取得胜利。现在仲裁法院做出了这样的裁决，并不是因为这是大卫战胜了哥利亚，而是因为仲裁法院经过仔细研究，认为中方的观点是不合理的、站不住脚的，除了中国人自己，没人认可中国的观点。

王冠：事实上你说的是没有西方国家认可中国的观点。有中东、非洲和东欧等地好几十个国家支持中国。这些国家支持中国，是因为他们没有相信西方的叙事。在这个问题上，西方版本的叙事非常有意思。他们简单化地进行了有选择性的报道，似乎在南海的法律比拼中，菲律宾以 1∶0 战胜了中国，而中国却不遵守国际法。我不知道有多少西方编辑和记者仔细读过《公约》。如果他们读过了，他们会质疑自己得出这些结论的前提，比如：海牙常设仲裁法院对主权问题有没有司法管辖权？能不能绕着弯裁决主权？我也不知道有多少西方记者和编辑与不同于西方主流观点的法律学者深度交流过，或者在报道中引述过他们的观点。那些学者会指出，很多法律原则支持中方观点，例如“禁止反言”。这个概念的意思是，如果一个国家曾经承认他国的南海主权，比如 20 世纪 70 年代越南时任总理范文同就承认过中国南海主权，那么它就不能在几十年后反悔。我们在西方媒体上看不到这些观点。另外，西方媒体在这件事的报道上断章取义，仿佛中国突然开始向浩瀚的海洋里倾倒砂石、填海造陆。他们忘记了一个简单的事实，在“二战”之后，美国曾借军舰帮助中国收复南海岛屿，默认中国的南海主权声索。我们在西方媒体上没有看到任何类似的报道。所以说，是的，西方媒体是相对自由的，但自由的媒体也是有偏见的。是的，他们注明了每一处消息来源，但他们的来源是谁？他们多少次真心引述过非西方的消息源？是的，他们把带感情色彩的形容词都注明出处，但他们精心挑选和构建的名词呢？比如“共产主义中国”或者“具有法律约束力的仲裁”。这些看似客观的名词迎合和强化了西方观众的成见。

主持人：纽约的丹尼尔，看起来你想发言。你请讲。

丹尼尔·瓦格纳：我想问王冠几个问题，中国加入了《公约》，成为签署国之一。从 1982 年签署的那天起，《公约》就已成为一份法律文书，然而在很多场合中，中国一直在说，你看，其实我不喜欢这部分法律，我不喜欢那个裁定，所以我决定不遵守它。我想问的是，如果结果不是你想要的，你就不打算去遵守它，既然如此，签署公约还有什么意义？这是一个问题。

王冠：丹尼尔，国际法中有一个概念叫作“保留条款”。

主持人：丹尼尔，你继续。

丹尼尔·瓦格纳：让我先讲完我的观点。是的，但你们没有参加仲裁，你们甚至都没有在仲裁法院列席。另一个问题是专属经济区，它应该是一国向外延伸 200 海里。黄岩岛和美济礁，它们都位于距菲律宾海岸 120 海里处，而这些岛屿和中国最近的距离也有 300 海里，即海南岛南方的西沙群岛。所以，这些都不在中国的专属经济区范围内，但美济礁和黄岩岛显然在菲律宾的专属经济区内。中国全不理睬这些事实。如果这件事上，中国和菲律宾位置互换一下，我能想象中国肯定不会太高兴。

主持人：让王冠来回答一下这个问题。在华盛顿的王冠，请讲。

王冠：丹尼尔，如果按地理远近原则来裁定主权，那么想想北马里亚纳群岛或关岛吧，它们离西太平洋国家比离美国大陆似乎近了一点。还有，你提到中国为什么没有参加这次仲裁，这是因为国际法中有个原则叫“保留条款”。很多公约都有“保留条款”。中国以及其他 30 多个西方国家，如丹麦、阿根廷、英国都签署了这些“保留条款”。“保留条款”包括不允许仲裁法院对主权进行仲裁。这就是为什么中国从一开始就没有参加仲裁。而中国远不是第一个这样做的国家，西方国家已这么做了。

丹尼尔·瓦格纳：但遗憾的是，对中国来说面子上并不好看，因为这会被视为对国际法的藐视。我想补充最后一点，如果裁决有利于中国，我觉得它的政府会赞扬裁决结果，赞美这个机构及其智慧，而不是彻底地批评。这有点像熊孩子的表现。

主持人：可这就是政治啊。

王冠：当越南 1976 年在南沙群岛建造第一条机场跑道时，美国并没有跳出来批评越南，当菲律宾两年后在南沙群岛填海造陆时，美国也没有跳出来批评菲律宾。后来，当菲律宾把一艘老军舰停在仁爱礁不走的时候，美国还是没有跳出来指责盟友菲律宾。奥巴马总统甚至在今年 3 月接受《大西洋月刊》专访时，明确承认了（美国）对中国的遏制战略。我在这里一字不差地引述他的原话：“如果你看看我们是如何在中国南海进行操作，你就知道我们已经能够调动大部分亚洲国家，通过让中国十分惊讶的方式来孤立中国，坦白地说，这加强了我们与盟国的关系 ，对美国十分有利。”所以说，美国其实是通过政治手段、军事部署并利用国际法来搞地缘政治。如果这还不是勾结起来对付中国，那我不知道什么才是。

丹尼尔·瓦格纳：即便如此，这次（南海仲裁）也与美国无关，这最终与中国希望被视为怎样的国家有关，与中国想被世界视为什么样的大国有关。（中国）单方面采取行动，并认为这个裁决结果早就内定了，这不符合全球领导者的身份。中国单方面地（在南海）建立了一个事实上的军事基地，然后声称它属于中国，然后说反对其他国家的种种行为，这有点荒唐。

王冠：美国真的需要一个新的对华战略了。他们利用保护海上通道和贸易为借口遏制中国。如果你看看数据，中国与东盟国家的贸易进行得相当好。中国作为世界上最大的贸易国，每年通过南海进行的贸易总额为5万亿美元。如果美国"重返亚太"的重点是安全原因，那么究竟是什么安全原因呢？是朝鲜吗？可是朝鲜一直没能成为真正的威胁。是恐怖主义吗？可是极端组织"伊斯兰国"（IS）和塔利班在地球的另一端。是核不扩散？可是大部分核弹头都在东欧和西欧国家……

主持人：好的，先生们。王，我必须打断一下。你提出了一些我们无法立即回答的重要问题。非常感谢我们在华盛顿和纽约的嘉宾。感谢收看"今日俄罗斯"节目的观众，下次再见！请记住精彩尽在《交叉辩论》。

英文原文

Peter Lavelle, *CrossTalk* host at RT America：An International tribunal in the Hague has ruled overwhelmingly against China's territorial claims in the South China Sea. Beijing not only rejects this ruling. It even refused to participate in the case.

To cross talk South China Sea, I am joined by Wang Guan in Washington. He is the chief political correspondent at CCTV America and in New York, we cross to Daniel Wagner. He is the CEO for Country Risk Solutions. Wang, if I can go to you first here. The issues of jurisdiction, participation and enforcement are all called into question by many people here.

Wang Guan, Chief Political Correspondent of CCTV America：Well Peter, if we forget about western mainstream press for a moment and look at UNCLOS chapter for chapter, we can see that this case, in its essence, is about a court that ruled on something it has no jurisdiction to rule on, based on a geo-politicized lawsuit filed by the Philippines against China. I will explain exactly what I mean. In Part 15, Section 3 and Article 298 of UNCLOS, it says a court does not have jurisdiction to rule on sovereignty. And did the court in the Hague rule on sovereignty? Well, in letter it did not but in spirit it did.

Let's look at it. It ruled on nine-dash line, a claim by Beijing that it has some specific controls of the islands and their associated territorial waters. When you delegitimize that line, you delegitimize the sovereignty. So it is about sovereignty. Also it ruled on the land features, whether they are rocks or islands. Well, despite the fact that in Taiping Island and Yongxing Island, we have restaurants, banks, even internet, Wi-Fi and cellphone LTE signals, the court ruled that they are not islands so they can not confer 12-nautical mile territorial water. It is about territory. And eventually, also it ruled that China's land reclamation is illegal which had something to do with territory and sovereignty. So the court, in a nutshell, ruled on sovereignty in the disguise of ruling on other things which violated the spirit, if not the letter of UNCLOS. Also if I may add, article 295 of UNCLOS said parties to a dispute should exhaust "local remedies", meaning bilateral negotiations, before a party goes to the court and the Philippines did not do that.

Daniel Wagner, CEO of Country Risk Solutions：We can talk about word-smithing all we want. At the end of the day, what's happening is China is claiming sovereignty over an enormous swaths of the South China Sea and no one but China agrees with it. It would be a bit like any other country saying you know I just like those bits of water and those islands and I think I will claim them for myself. In terms of seeking local remedies, well, many of the countries that are also party to this issue have sought local remedy with China but China has not been very forthcoming in that regard. I think it is a testament to the power of international law that small countries like the Philippines can take on the Goliath like China in this manner and prevail. Now the court ruled the way that it did not because it's David against Goliath, the court ruled because it took a very close at the issues and it said this is unreasonable and it does not stand and no one besides China agrees.

Wang Guan : In fact, no western country supported China's point of view. There are dozens of countries that supported China across the middle east, Africa and Eastern Europe. Those countries support China because they are not sold with the western narrative of the issue. Western narrative of the issue is very interesting in that they framed the issue very simplistically as if the Philippines 1 China 0 and China is not willing to abide by international laws. But I am not sure how many western editors and reporters read UNCLOS chapter for chapter or word for word, and then if they did, they would question the premise of their argument. That is, whether or not the arbitration court, the PCA, has the jurisdiction to, indirectly, rule on sovereignty in the first place. Also I am not sure how many western reporters and editors really talked to legal scholars from the other side and quoted them. Those scholars would point out that many legal principles actually supported Beijing's point of view, such as Estoppel. Meaning if a country like Vietnam did in the 70s, once recognized China's claim, as their Prime Minister Pham Van Dong did, they are not supposed to recant or withdraw their arguments decades later. We don't see that in the western press. Also the western press framed the issue without context as if China started dumping sands and gravels in the middle of the ocean out of nowhere. They forgot the simple fact Ameria once sent naval vessels to help China claim those islands after WWII and once tacitly recognized China's claims. We don't see any of that. So yes, the western press are relatively free but free press have biases. Yes, they attribute each and every one of their sources. But who are their sources? How many non-western sources do they take seriously? Yes, they attribute each and every one of their adjectives, but how about their carefully-crafted nouns, such as Communist China or legally-binding arbitration. Those nouns really reinforce and feed into the stereotypes of the western audience.

Peter Lavelle : Daniel, looked like you wanted to jump in in New York. Go ahead.

Daniel Wagner : Well, I'd like to ask Wang to respond to a couple of issues. One is there are a number of instances where China has basically joined a legal regime UNCLOS being one of them and it has signed on the very day in 1982 when it became a legal instrument. And yet there's been numerous instances where China has said you know I don't actually like that portion of the law. I don't like that ruling. So I am not gonna abide by it. So I would ask what is the point of signing on to the law if you don't intend to abide by it when it doesn't go the way you want it to go. That's one issue.

Wang Guan : Well, Daniel, there is such a thing as reservations to a treaty.

Peter Lavelle : Go ahead Daniel.

Daniel Wagner : Let me just finish my point. Yes, but you are not even showing up at this party. You are not even party to this particular issue in this court. The other issue is exclusive economic zones. That is supposed to go out 200 nautical miles. The Scarborough Shoal, the Mischief Reef, they are 120 miles from the Philippine coast, the closest of any of these islands in the South China Sea to China is almost 300 miles. The Paracel islands from the Hainan island in the South. So none of these are within China's exclusive economic zone yet Mischief Reef and Scarborough Shoal are clearly in the Philippines' exclusive economic zone. It doesn't seem to matter to China. But if this was done to China and the roles were reversed, I can imagine they wouldn't be very happy.

Peter Lavelle：Let's try to get Wang to respond to that. Wang in Washington.

Wang Guan：Well, Daniel, if geographical proximity is the rule, think about the Northern Mariana Islands or Guam. They are a little closer to the countries in the Western Pacific than to the continental United States. Also when you raised the point of why China did not attend this arbitration. It is because there is such a thing in international law called reservations. There are all reservations to treaties. China, along with some 30 other western countries, Denmark, Argentina, the UK, signed this reservation saying that it does not allow the court to rule on sovereignty. That's why China did not attend the arbitration in the first place. China is hardly the first country to do that. It has companies in the west.

Daniel Wagner：And unfortunately, for China, China is not gonna look very good. Because it's gonna be perceived as thumbing its nose at international law. I would add one last thing, which is, if this ruling had come out in favor of China. I suspect that the government would be praising it and praising the body and all of its wisdom instead of criticizing it outright and just sort of more or less acting like an intransigent child.

Peter Lavelle：That's how politics works, okay.

Wang Guan：When Vietnam built the first airstrip in the Spratly Islands in 1976, Washington wasn't too eager to jump to criticism of Vietnam. When the Philippines did it two years later by reclaiming some islands in the Spratleys, Washington didn't jump to criticism of the Philippines and also when the Philippines grounded an old naval vessel in the Second Thomas Shoal or Ren'ai Jiao, Washington again did not jump to criticism of its ally the Philippines. President Obama even explicitly admitted the containment strategies (of China) in an interview with *The Atlantic* this March. He said and I quote, word for word, "if you look at how we've operated in the South China Sea,we have been able to mobilize most of Asia to isolate China in ways that have surprised China and frankly have very much served our interest in strengthening our alliances." So in using politics, military deployment and international law, those issues. If this is not ganging up against China, I don't know what is.

Daniel Wagner：It is really not about the US though. It is really ultimately about what kind of country China wants to be perceived as, what kind of global leader it wants to be perceived as in the global community. And the idea of unilaterally taking action and calling it a fait accompli is inconsistent with being a top leader at the table. To unilaterally go and to create a de facto military base and claim it as your own and say what are you objecting to, that doesn't really make any sense.

Wang Guan：The US really needs a new strategic posture on China. Because they use excuses such as protecting the sea lanes and trade but if you look at those facts, China and the ASEAN countries traded quite alright. As the largest trading nation in the world, as China is, 5 trillion dollar's worth of trade going through South China Sea every year. And also if Asia Pivot is about security issue, what exactly are those security issues? On North Korea？ Well, North Korea has not been able to pull off a real existential threat. On terrorism？ IS and the Taliban are half a world away. If on non-proliferation？ Most of the nuclear warheads are in eastern Europe and western Europe.

Peter Lavelle：Okay gentlemen. Wang, I have to jump in here. You raised some very important questions we can't answer right now. Many thanks for our guests in Washington and in New York. And thanks to our viewers for watching us here on RT. See you next time and remember *CrossTalk* rules.

辩论二：王冠与哈佛学者韦茨就美军穿越南海的辩论

时间：2015 年 12 月

中文翻译

今日俄罗斯美洲台主持人彼得·拉韦尔（以下简称“主持人”）： 大家好，欢迎来到《交叉辩论》，在这里我们无所不谈。我是彼得·拉韦尔。今天我们聚焦中国，以及亚太掀起的势力版图重新划分浪潮。过去几周中美上演了“比谁胆大游戏”（原文 play chicken，即开车对撞看谁先躲）。两国战略博弈再起。中美间合作与对抗的循环会周而复始吗？今天来讨论中美海上对峙的嘉宾包括理查德·韦茨，他是美国哈德森研究所政治与军事中心主任，高级研究员。同样在华盛顿，我们请来了王冠，他是中国中央电视台北美分台首席时政记者。《交叉辩论》的规则是，大家随时可以插话，我也鼓励大家这样做。王冠，先从你开始吧。最近中美之间都有很多言辞，中国警告美国要尊重中国主权和国家安全。同时，美国说他们的海军有权去任何地方行使自由航行权，中国无法阻拦。两个大国，两个强国，两个利益发生冲突的国家，接下来会发生什么？

中国中央电视台北美分台首席时政记者王冠（以下简称“王冠”）： 彼得，我觉得美国驶入南海是搞地缘政治多于原则性政策。让我们面对这个问题吧：美国利用国际法，也就是《联合国海洋法公约》，一个美国自己都没有签署的条约，来推进自己的地缘政治利益。让我具体解释一下：美国军方说驶入南海是行使航行自由权。如果真的如此，美国应该客观公正地行使这一权利。而实际上，美国海军前往的地点都是精心挑选的。我们来看看：目前放眼全世界，有近100个主权存在争端的岛屿。美国海军为什么不去南大西洋的英称福克兰群岛，即阿根廷所称的马尔维纳斯群岛呢？阿根廷一直对英国在那里的主权提出挑战。美国海军为什么不去地中海上西班牙控制的几个岛屿呢？摩洛哥对那些岛屿的主权也正提出挑战。美国海军倒是去了黑海，而且是在俄罗斯去年收复克里米亚之际，如今美国海军又来到了南海。其次，美国军方说巡航南海的目的是保证航道通畅，确保贸易能够自由流通。可是，南海上的贸易一直在自由流通着，这就是为什么每年有5万亿美元的贸易经过南海，这也就是为什么全球有50%的海上石油运输经过南海。中国没有阻碍或破坏这些贸易航道。

哈佛学者，美国哈德森研究所高级研究员理查德·韦茨（以下简称“理查德·韦茨”）：不，中国没有那样的意图，但中国目前的行为可能会造成那样的后果。这是大家所担心的。目前，在美国良性霸权下，这些南海上的贸易航道畅通，太平洋上也没有什么冲突，几乎没有，该区域创造了大量财富。但出于一些原因，中国正试图改变这样的现状和规则，它希望自己的崛起大国的地位被接纳。中国可能会无意中破坏现存的亚太秩序格局，中国创建的新秩序格局可能不如以前的有效。如果中国开始（在南海）建造人工岛礁，那会将矛盾激化，商船会因此犹豫是否还要经行那里。我想中国没有阻碍航运的意图，但中国在南海的活动可能客观上会造成这样的后果，扰乱（南海）重要的运输航道。

王冠：美国常嘲讽中国谈南海的历史性主权。他们常说，中国人就爱扯历史。事实是，所有国家当今享有的主权领土都植根于历史，包括美国。我们不要忘了，正是在1893年，美国外交官约翰·史蒂文斯发动政变推翻了夏威夷王国，才使其后来成为美国的一个州。在 1898 年美西战争后，美国占据了波多黎各和关岛。1889 年，美国发动军事行动占领了如今的美属萨摩亚。如果中国忽略这些史实，或者俄罗斯忽略这些史实，并派军舰到这些岛屿 12 海里海域巡航，美国会做何感受呢？

主持人：你是否也觉得目前最大的问题是中国和美国都坚持自己的思维定式和习惯，他们都认为自己是正确的，认为对方应该做出调整。这样下去大家会遇到麻烦，因为这种思维将导致冲突而不是沟通。

理查德·韦茨：我想这是一部分原因。另外中美想要的东西也不一样。中国曾表示希望同美国划分太平洋势力范围。中国曾说我们在西太平洋，给你们东太平洋，然后问题就解决了。但问题是，西太平洋的这些国家，有日本、菲律宾，还有其他国家和地区，这些国家和地区不想加入中国的势力范围。他们希望找到平衡，他们不希望同中国发生冲突，他们也不希望被划入美国的势力范围。他们希望游离在中间，同中美两国都有好的政治和军事关系。问题是中国正在改变。如今你听不到中国说，好吧，来谈判吧。现在我们只会听到刚才所听到的观点，那就是那些（南海）岛屿自古属于我们（中国），我们会管辖它们，我们有权建军事设施，这是我们的地盘。

王冠：我觉得问题的关键是，美国认为必须通过重返亚洲来遏制中国，过去 70 年，美国国内一直把中国描绘成一个邪恶的共产主义国家。对共产主义的恐惧在过去很长时间内影响着美国的对华政策。因为外交政策也源于意识形态和思想。想想吧，20 世纪 50 年代美国国内的麦卡锡主义和肯尼迪总统的多米诺理论都是在传播共产主义国家如何恐怖。这种意识形态仍然在影响着今天的美国外交政策。中国被描述和塑造成了一个富有侵略性的共产主义国家，这就为美国遏制中国提供了理由。这就是美国当今外交政策的暗流。我觉得这种思想是不准确的。在外交政策上，中国不是一个富有侵略性的国家。你能想出中国在海外建立了哪块殖民地吗？过去40年，中国打过一场仗，美国打了多少场？

主持人：打了不少。理查德，我们节目时间快到了，从过去的事态推测，我们觉得美国不会真想和别人发生冲突，但同时它的确想重返亚太。

理查德·韦茨：我要澄清关于美国的重返亚太。与其说美国增加在亚太的军事部署，不如说美国在世界其他地区缩减部署，这样在亚太的军事比例就增加了。中国是个不太寻常的大国。过去德国和日本崛起的时候，它们很激进地改变当时的国际秩序，使其符合自身利益。中国目前还没有这样做。但有一种顾虑是，中国比之前要果敢得多，而且不愿意退让，越过了很多（美国认为的）红线。

主持人：好的，理查德，节目时间到了。先生们，我们节目时间到了，很精彩的对话。谢谢我们华盛顿的嘉宾。谢谢收看“今日俄罗斯”的观众。别忘了精彩尽在《交叉辩论》，下次节目再会。

英文原文

Peter Lavelle, Host of RT America：Hello and welcome to *CrossTalk*, where all things are considered. I'm Peter Lavelle. The most recent China Wave on the remaking of the pacific. Over the last weeks, Beijing and Washington have upped the ante in their game of play chicken to determine who will have sway and influence. Do China and the US face nearly endless trials between accommodation and confrontation? To cross talk conflicting claims in the pacific, I'm joined by my guests, Richard Weitz, he is a senior fellow in director of the Center for political and military analysis in the Hudson Institute. Also in Washington, we have Wang Guan, he is the chief political correspondent at CCTV America. So in general cross talk rules, the fact means you can jump in any time you want and I very much encourage it. Guan, if I can go to you first in Washington D.C...A lot of words coming out of Beijing and Washington over the last couple of weeks, the Chinese are warning the Americans to respect China's sovereignty and national security. At the same time, the Americans are saying they are going to sail and they are going to fly anywhere they want and China can't do anything about it. Uh, two big countries, two great countries, two powerful countries at crossed purposes, where are we going with this?

Wang Guan, Chief Political Correspondent of CCTV America：Well Peter, I think this is more geopolitics than policy. I mean, let's face it. America is using international law, namely the UN convention on the law of the sea, which by the way, the US didn't even sign or ratify to advance, really, its geopolitical interests. Here's what I mean, the US, the Pentagon is saying that it's exercising freedom of navigation. But if so, navigation exercises should be conducted in a fair and objective manner. But the destinations are highly selective. Let's look at it : there are around 100 disputed islands in the world today. Why didn't the US navy send fleets to the Falkland Island, or Malvinas, which is controlled by the UK and contended by Argentina? Or why didn't the US Navy go to the Mediterranean where a bunch of islands were controlled by Spain but contended by Morocco? Where the US Navy did go was places like the Black Sea, when Russia regained Crimea last year and now to South China Sea. And secondly, Pentagon is arguing that well, it is making sure that the sea lanes are open so trade can flow freely. Well, the trade in South China Sea has always been flowing freely. I mean that's why 5 trillion dollar trade is going through South China Sea every year and 50% of global oil shipments going through that area. China didn't do anything to hinder or hamper that process.

Richard Weitz, Harvard Scholar, Senior Fellow at Hudson Institute : No, there's no thinking that China has that intent but that could be the result if, you know, present trends continue. That's the worry. So far, under benign American hegemony or whatever you're gonna call it, these trade zones have stayed open, there's been no conflicts in the Pacific, it's very rare, have a lot of prosperity and the concern now is that for reasons we'll probably be discussed soon, China's trying to change rules, accommodate itself as a rising great power and in the process, they could inadvertently disrupt the existing pattern but not create something as effective as is in place. So if you start building artificial islands, you start exasperating the disputes. Then shippers will likely not to use that, I mean, you can just imagine even, I'm sure it's not China's intent but just the result could be disrupting those vital sea lines.

Wang Guan：America always ridiculed and teased about China's historical claims on those islands in South China Sea and they think that, oh, the Chinese talk about history too much. Well, here's the thing, all countries have historical basis to claim the areas, the territories they claim today, including the United States. Let's think about it. Let's not forget, in 1893, US diplomat John Stevens helped overthrow the Kingdom of Hawaii and incorporated it as a state and in 1898, after the US-Spanish war, the US got Puerto Rico and Guam from Spain and then in 1889, the US threw a military operation and occupied the American Samoa. If China ignores those historical basis on sovereignty, or Russia, and sends fleets to within 12 nautical miles of those islands, how would America think and feel?

Peter Lavelle：Do you think really one of the biggest problems is that the same mind-sets and habits of Washington and Beijing, I mean they both see themselves as being in the correct, in the right and the other one has to adjust to the other and this is where we're getting a trouble because that's a recipe for conflict and not for negotiation.

Richard Weitz：I'd imagine that's part of it but of course, what they want is different. In fact, the Chinese have indicated they were open to some kind of sphere of influence agreement. They said you know, we will have the western Pacific and you guys can have the eastern pacific and then that will solve the problem. But the problem is the countries that would fall in that, that area, Japan, the Philippines, others don't really want to be part of the Chinese sphere of influence. They kinda like a balance, they don't wanna get into conflict with China, they don't wanna be in American sphere of influence. They kinda like it where they can be in the middle and benefit from good political and military relations in the economic relations of both. I mean the thing is China's changing, that's the problem. You don't hear about well, no, let's make a deal, and it's more basically what we just heard, it's you know, these are ancient time territories, they belong to us, we will reserve them open for everybody, won't militarize them, they belong to us.

Wang Guan : The gist of the problem is, US thinks that it must return to Asia to contain China because over the past 70 years, the message, the story of China being this evil, communist country has been really selling. This communist China fear mongering was behind the US policies because after all, all policies originated from ideology and ideas. If you think about the 60s when, in the 50s, the McCarthyism to President Kennedy's domino effects theory about communism fear mongering all the way to the present day. Those ideology still affects US foreign policy. That painted and framed China as this aggressive communist country that the US has to contain, has to do something about. That is really the undercurrent of the current US foreign policy and we believe that is false. But externally, China is not an aggressivecountry. When can you think of a country, can you think of one overseas colony China established. In 40 years, China fought one war. How many did the US fight?

Peter Lavelle : Quite a few there. Richard, we are rapidly running out of time here. I want to go back to this kind of precedent there. I don't think the US want to go to a shooting war with anybody in the Pacific OK? But at the same time it does have this pivot here.

Richard Weitz : Yes, just to clarify with the pivot or technically called the Re-balance to Asia, it is less that the US is increasing its military strength in the pacific, than it's cutting back every where else. So the percentage of forces left in the pacific is rising but I would agree with the previous point that China is being unusually. Normally when a great power rises, think of Germany, Japan or others, then are wiling to go much more aggressive to restructure the international system in a way that they want. China has not done that so far but there are some concern that this new leadership is a lot more assertive and less willing to make compromise, and is crossing a lot of red lines that we haven't seen before.

Peter Lavelle : OK Richard, on that point there, gentlemen, we are running out of time. Fascinating discussion. Many thanks to my guests in Washington. And thanks to our viewers for watching us on RT. Until next time, remember, *CrossTalk* rules.

第2章

拆解美国媒体

美国媒体：一双看不见的手

美国一直把政治宣传(propaganda)这个词扣给别人，用来形容敌国的传播，而到了自己身上却对该词百般禁忌，把自己的新闻描述成“教育性的信息”和“客观的事实”……这种做法本身，何尝不是一种令人叹为观止的宣传呢？[1]

——马克·米勒（Mark Miller）

《宣传》序言

西方媒体，尤其是美国媒体，是否妖魔化了中国？如何妖魔化？

回答这个问题并不简单。虽然我们大都零零碎碎读过一些污名化、抹黑中国的西方报道，但如何验证这种

[1]爱德华·伯尼斯：《宣传》(*Propaganda*)，Ig出版社，2004年出版。

感觉？

目前在国内，很多对西方报道偏见的分析要么集中在某个特定事件上，要么针对某家媒体的涉华报道，要么是批评西方媒体的观点性评论缺少翔实的数据。于是，我产生了写这本书的想法——将西方媒体过去10年涉华重大议题的报道汇总，然后进行系统分析，做到知己知彼。

从2017年9月开始，耗时一年半，我分析了谷歌新闻库里200余篇西方媒体的报道。报道涵盖过去10年国际社会关注度较高的中国议题，包括南海、台湾、“一带一路”、中美贸易战、反恐、“九三”阅兵和“十九大”。通过精读、归类、关键词提取，我总结了西方媒体“塑造”中国的六大手法：名词构建、议题设置、话语联动、“反共”框架、双重标准和自由倾向。

在这里，我想先跟大家谈一谈名词构建和话语联动。

名词构建是指媒体对已有概念做出新表述，模糊人们对原有概念的理解，从而达到引导舆论的目的。这种转述策略是构建话语体系的手段之一。西方不断创造概念，如“反恐”“无赖国家”“邪恶轴心”等，为西方主导国际事务创造条件，形成了强势话语对弱势话语的吞并。

一个经典的例子莫过于英文中的“propaganda”一词。

在中文里，“宣传”很多时候是一个中性词。我们在生活中经常听到电影上映宣传、禁毒宣传、防止金融诈骗宣传、媒体宣传。小学生在班里有“两道杠”的宣传委员，企业里有产品宣传部门，政府有宣传部门。字典对“宣传”的解释是“公开说出、散布”。然而，西方将“宣传”翻译成了“propaganda”这样一个政治色彩极浓的贬义词，意思是“采用欺骗、掩盖等扭曲事实的手段促使民众对某种意识形态或政治说教忠诚”。

熟悉两种语境的人很快发现，中文语境中的“宣传”和英文语境里的“propaganda”并不完全等同。“宣传”一词更贴切的英文翻译是“publicity”或“dissemination of information”，而“propaganda”对应的中文则是“洗脑宣传”或“宣传蛊惑”。

然而时至今日，西方已经是积习难改。在谷歌全球搜索页面用英文键入“Chinese propaganda”（中国洗脑宣传），0.46 秒就出现超过 3800 万个英文词条内容，远超过其他诸多中国文化符号，比如关于中国熊猫有 3000 万条，中国功夫有 1300 万条。在我们开口之前，西方先给我们贴上“propaganda”的标签，先入为主，将我们“扼杀”在了国际舆论场的起跑线上。这里面有混淆视听之嫌，利用西方人不懂中文“宣传”和中国人不懂英文“propaganda”的信息不对称，将中国宣传部门、中国媒体报道，甚至中国的学术和民间话语，统统称为“propaganda”，诋毁中国话语的公信力。美国 20 世纪传播学鼻祖、辅佐过多任美国总统的新闻幕僚爱德华·伯尼斯写过一本书，名字就叫 *Propaganda*，中文译为《宣传》。在《宣传》2004 年再版的序言中，国际传播学者马克·米勒（Mark Miller）一语道破了美国的双重标准：“美国一直把宣传（propaganda）这个词扣给别人，用来形容敌国的传播，而到了自己身上却对该词百般禁忌，把自己的新闻描述成‘教育性的信息’和‘客观的事实’……这种做法本身，何尝不是一种令人叹为观止的宣传呢？”

当然，我们也有诸多需要反思之处。我们的一些文章和报道语态生硬，表述僵化，居高临下，说教色彩浓重，数据的获取和采访的引述不扎实、不确凿，给对手留下了把柄。此外，一直到 20 世纪 90 年代，我们的各级宣传部门的对外译名还都是“The Department of Propaganda”，成了西方的笑柄和“自证其罪”的证据，后来我们意识到了问题，将对外翻译改为“The Department of Publicity”。但西方媒体已是积习难改，至今依然沿用着“propaganda”的称谓。给对方贴上“propaganda”标签是西方名词构建的“杰作”之一。

“propaganda”从一个中性词变为一个超级贬义词，背后是20世纪的世界格局大洗牌、大博弈。

“propaganda”一词源于17世纪天主教会中的拉丁语“propagare”，起初意思是散布、传达，并无贬义。但两次世界大战和冷战改变了一切。为防止军心涣散，美国大搞政治动员，把对手的传播描述成洗脑宣传（propaganda），先是形容“一战”和“二战”的对手德国的传播，后来用它形容冷战对手苏联的传播。在这个过程中，“propaganda”的语义逐渐从中性变为贬义。与此同时，美国自己却在大搞战时动员和爱国主义传播——苏军将美国变为火海的“Is this tomorrow?”（这就是我们的未来？）的“反共”海报，头戴围巾大秀肌肉的“We can do it”（我们可以做到）的美国妇女大动员漫画，都是美国式“propaganda”的代表。被誉为美国“宣传之父”的爱德华·伯尼斯后来自己都承认：“‘一战’后从‘巴黎和会’回到美国后我就在想，如果能在战时做政治宣传（propaganda），在和平年代更可以做。但‘propaganda’这个词不好，因为那是用来形容德国纳粹的，所以我就选用了‘公共关系’这个词，成立了公共关系委员会。”[1]伯

[1]BBC纪录片，《探求自我的世纪》。

尼斯善用精神分析法左右受众潜意识，酝酿了美国近现代史上的诸多外宣案例。比如“一战”后他让威尔逊总统在凯旋门对巴黎市民的游行演说，成为定格在历史上的一帧永远的画面，也使美国作为“新世界领导者”的形象第一次走入全球视野；20 世纪 50 年代冷战期间，在他的游说和指导下，美国主流媒体把危地马拉阿本斯政府塑造得邪恶不堪，为后来中情局的颠覆阿本斯政权铺平了道路；后来，伯尼斯洞察到女权主义在西方的兴起，将女性吸烟同女性解放相关联，把女性手持香烟比作手拿自由的火炬，使某女性香烟品牌畅销。

这一思路为后来美国外宣定了调：谢绝“propaganda”的政治宣传字眼，将商业社会中公共关系和市场营销的经验和实践运用到政治传播中，强调受众心理分析和潜移默化的软实力攻势，去影响、感化、诉诸同理心，而不去灌输、说教或诉诸政治宣誓。

如今，美国人十分讲究策略，一般不会简单粗暴地诋毁，而是采取更加“高级”的词语选择和概念构建，隐秘地将价值评判植入受众的潜意识。比如，在其他国家发生的虐囚事件是“刑讯”（torture），而美军在关塔那摩监狱的同样行为则是“加强手段审讯”（enhanced interrogation methods）；反恐战争中美国捕猎的是“恐怖分子”（terrorist），而当年在阿富汗帮助美国对抗苏联的背景类似的一帮人则是“自由斗士”（freedom fighter）；叙利亚和伊朗是“暴政政权”（repressive regimes），而沙特和卡塔尔却是“海湾盟国”（gulf allies）。别国政府进行宏观调控、支持民族产业的做法是“不公平的产业政策”（unfair industrial policies），而美国政府用纳税人 7000 亿美元去干预市场、救济华尔街的行为则是“2008 年紧急经济稳定法案”（Emergency Economic Stabilization Act of 2008），原因竟是这些华尔街银行“太大不能倒”（too big to fail）。看似不动声色的表述背后扭曲了多少是非曲直。

“话语联动”是美国式宣传的另外一大特点。在美国，官方话语、智库话语和媒体话语经常协同发力，增益其所不能。“南海仲裁案”和“军事评论员计划”是两个典型代表。

通过对30篇美国主流媒体关于“南海仲裁案”报道的分析、关键词归类后发现，美国媒体报道同美国官方立场的一致度高达90%（第1章第1节已做详细解释）。此外，在30篇报道中引述西方专家48人次，中国专家9人次，前者是后者的5倍多。而更多的“黑秘密”还在后面。这48人次的西方专家中有14人次来自美国保守智库美国战略与国际问题研究中心（CSIS），占比近1/3。该智库与美国军工复合体有着千丝万缕的联系。

CSIS不仅为美国媒体提供了丰富的专家资源，还在2015年率先发布了南海上空的侦察卫星图，清晰地展现了中国在南海的填海造陆情况，这些卫星图成了西方抓住中国在南海扩张的直接“证据”。西方主流媒体纷纷转载发酵，掀起了近年来将南海问题“国际化”的最强一轮舆论声势。而公开资料显示，给CSIS捐款最多的10家美国企业里，美国四大军火商悉数在列：洛克希德·马丁、波音、通用动力和诺斯洛普·格鲁门。而这四家公司为美军提供的军火也在南海派上了用场。CSIS渲染的中国“军事威胁论”是对军火商金主的最好回报，让后者从美国军方获得源源不断的武器大单。而美国政府和智库间的“旋转门”更是让两者有着千丝万缕的联系。智库、政府、媒体“完美”联动。

“五角大楼军事评论员计划”（Pentagon Military Analyst Program）则是美国军方主导、美国“学者”冲锋、美国媒体配合的又一次话语“组合拳”。

2002—2008年，美国国防部暗中策划了“军事评论员计划”，向74名现役和退役军官提供“讲话要点”（talking points），鼓励他们在主流媒体散布支持美军在伊拉克军事行动的言论，为伊战营造积极舆论。时任国防部长拉姆斯菲尔德亲自披挂上阵。6年间，美国国防部一共召开了147场培训和研讨会。这些官员以“独立评论员”“独立观察家”的身份在FOX、CNN、NBC等主流电视媒体亮相，并在《纽约时报》等报纸发表评论。美国媒体的老板们也是睁一只眼闭一只眼。作为回报，一些退役军官所在的军工企业获得了五角大楼价值不菲的承包合同。而有四人因为没有按照五角大楼的“讲话要点”接受采访而被除名。

美国式“话语联动”值得分析。美国的官方话语充满了外交辞令，并不能时时事事让人喜闻乐见，而市场化的媒体填补了这个空白，对国家民族价值观进行了生动具象、有感染力的表达。然而媒体也面临公信力不足、深度不够的问题，于是智库和学界为其提供“智力支持”，第一时间将研究报告和专家评论员输送给媒体。学界和政府的联系更是千丝万缕，政府需要智库“外脑”的建言献策、纠偏纠错，而智库是很多官员退休或辞职后等待东山再起的好去处。

经过半个多世纪的“话语联动”，美国官方话语、媒体话语和学术话语构成的“美国外宣复合体”占领了全球话语高地。全球排名前12名的智库中美国占了8席，包括排名第一的布鲁金斯和第四的CSIS[1]。根据一些统计，全球最具影响力的十大新闻媒体中，美国占了7席[2]，包括排名第一的CNN。依靠强大的国际传播力量，美国先是赢得了冷战宣传，又向全世界讲述了一个美妙的“美国梦”。

除了话语联动和名词构建，议题设置、“反共”框架、双重标准、自由倾向都是西方媒体“塑造”中国时常用的秘籍。只有解构西方话语，我们才能更有说服力地反驳对手，更有底气地对其标榜的客观和道德优越感说不。同时，我们也要善于外宣，打造更有国际公信力的媒体。

[1] https://repository.upenn.edu/cgi/viewcontent.cgi?article=1011&context=think_tanks

[2] http://cnnpressroom.blogs.cnn.com/2016/11/02/cnn-named-the-worlds-1-international-news-brand/

四道机关——西方媒体议题设置大拆解

中国正在尝试新经济殖民主义。（美国之音，2017 年 5 月）

“一带一路”就是中国打着经济幌子来实现其巨大地缘政治野心的工具。（《外交官》杂志，2017 年 5 月）

从古到今，帝国都是在一不留神间建起来的，建完基础设施就要建军事基地。（彭博新闻，2017 年 5 月）

北京正在输出政府主导的发展模式。（《纽约时报》，2017 年 5 月）

虽然仍处在起步阶段，“一带一路”倡议却不断“招黑”，被西方媒体迫不及待地扣上了“扩张”“新经济殖民主义”的帽子。看似“理性”的报道也有一些，大都聚焦“一带一路”带来的经济问题，比如细数多少个项目已经搁浅、在哪国搁浅，多少沿线国处于政权不稳或恐怖主义威胁之下，多少国家因债务问题可能被“一带一路”项目拖垮。

通读这些报道，有一种说不出的憋闷。倒不是因为西方媒体的偏见，这早已不新鲜，而是看着人家写的东西，有正面表述，也有负面引述；有驳斥“一带一路”倡议的古典经济学理论，也有反对某具体项目的沿线“小老百姓”特写，看上去似乎还挺平衡，比如其中也能找到对中国政府积极表态的引述：

> 我们（中国）希望通过“一带一路”构建一个和谐共处的大家庭。（《洛杉矶时报》，2017 年 5 月）
>
> 我们（参加国）致力于通过“一带一路”倡议构建开放的全球经济，确保自由包容性贸易。（《外交官》杂志，2017 年 5 月）
>
> 中国的捍卫者称中国的意图其实并非邪恶。（彭博新闻，2017 年 5 月）
>
> 我们（中方）完全有理由相信“一带一路”倡议的前景是光明的。（美国之音，2017 年 5 月）

说西方记者就是要蓄意抹黑中国，未免过于简单。对中国的报道负面居多，里面的原因很复杂。西方新闻界对所有社会大都以负面曝光为主，包括对自己的国家和官员。24 小时全天候的发稿截止时间（deadline）压力，也造成了“以前是怎么写、怎么报，现在还怎么写、怎么报”的惯性。另外，西方记者和编辑长期受“反共”宣传的影响，对中国存有意识形态偏见。此外，争取收视率和广告商也都是重要考虑因素。

那么如何识别西方对“一带一路”等议题的抹黑和偏见呢？我们一起来探究一下。我选取了谷歌新闻搜索排名前30名的西方媒体对“一带一路”的报道。这些报道大多集中在2017年5月11—18日。这期间正逢“一带一路”国际峰会召开，通过精读、识别和归类后，我们发现了西方媒体立场预设的四道机关。

第一，新闻评论——借刀杀人。这些报道大体分为新闻主消息（news）和评论（op-ed）两类。评论版面往往体现了一家媒体的编辑部思想和立场，这也成了研究过程中最容易“下手”的目标。所选的30篇报道中有7篇评论。这7篇评论有6篇的论调是负面或质疑。具体角度不一而足，有从经济角度说倡议行不通的，也有站在印度立场称中巴经济走廊侵犯印度主权的，比如彭博新闻社刊登的印度裔作者米尔·沙玛（Mihir Sharma）撰写的评论《愿望有风险，中国许愿需谨慎——纵观人类历史，构建基础设施是派驻军队的序曲》（*China Should Beware What It Wishes for—Throughout History, Infrastructure Has Been Followed by Boots on the Ground*）。通篇文章充满讽刺和臆断，细数了从古罗马帝国到“日不落”帝国的海外殖民扩张史，断定中国将步这些帝国后尘，而“一带一路”正是这种扩张的开始。《华尔街日报》刊登了美国太平洋舰队现役军官帕特里克·麦凯布（Patrick McCabe）的评论文章《投资中国“一带一路”的愚蠢之处》（*The Folly of Investing in China's One Belt One Road*），文章副标题是“当北京吸引外资并依靠基建拉动增长时，这一项目正走向失败”。报道列举了沿线最欠发达的国家和政局不稳的地区，大胆预言诸多项目无法成功，并呼吁“各国应该拒绝这种依赖基础设施投资拉动经济增长的发展模式”。

第二，新闻主消息——负面表述为主。比起观点鲜明的评论，新闻主消息的倾向一上来难以判断。西方记者很少在主消息里使用价值评判的词语，如形容词。报道的倾向一般会通过精心筛选数字、史实和事实，或者精心挑选过的专家来实现。类似于新闻评论，新闻主消息里也经常采访专家。虽然一些采访具有随机性，但也有很多专家是精心挑选的。记者采访专家前经常会通过预采（pre-interview）或研究其发表过的作品和言论了解立场，判断是否适合自己的这篇报道。每个媒体都有自己的专家库和评论员库。尤其是“一带一路”这样的重大议题，不少西方记者已经打好了腹稿，按图索骥而已。西方记者有时会采访多路观点，但会较大篇幅保留符合自身角度的声音。

经统计，在23篇新闻主消息中，对“一带一路”的性质和作用的表述共179次，其中负面表述共121次，占比67.6%，比如“‘一带一路’是中国输出政府主导的国有模式”“中国的地缘扩张”“中国输出过剩产能”“制造债务陷阱”“造成当地腐败和环境污染”，等等；正面表述共58次，占比32.4%，比如“中国模式更能解决基础设施领域的市场失灵”“新基础设施拉动沿线国经济增长”“缓解贫困，有助反恐”（见表2-1、图2-1、图2-2）。

表 2-1 “一带一路”正负表述对比统计表

	正面表述	次数	负面表述	次数
中国政治模式	中国模式比西方新自由主义更能解决基础设施等市场失灵难题	4	中国输出大政府和国有企业的经济发展模式	7
中国外交意图	区域经济一体化/全球化/人类命运共同体的中国思路	25	中国的地缘政治扩张创建新世界秩序	42
“一带一路”项目意图	新基础设施使沿线各国受益，为所在国创造就业机会	17	满足中国本国企业和工人利益，输出过剩产能	23
“一带一路”项目成效	有利于沿线国经济发展，消除贫困，缓解恐怖主义，执政稳定	12	债务负担，腐败问题，竞标不透明，环境影响	49
总计		58		121

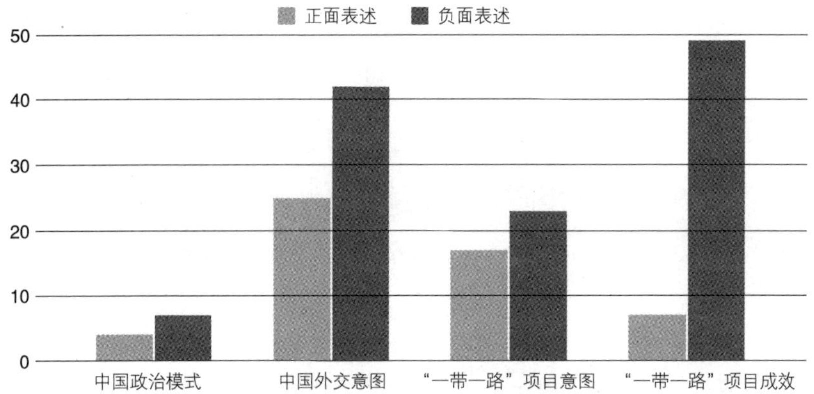

图 2-1 “一带一路”正负表述分类

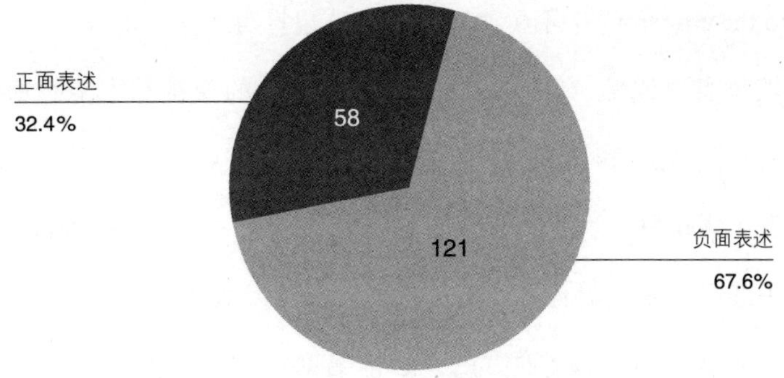

图 2-2　新闻主消息中对“一带一路”的正负表述占比

第三，巧设靶子。新闻主消息对立场包裹严实，正负表述的出场位置安排成了预设立场的技巧。有时，记者常常首先把中国官方表态进行敷衍的引述，设为靶子，然后用西方人更加翔实的表述去反驳。

23 篇新闻主消息中有 16 篇出现了“先中方观点，后西方反驳”的安排。比如《华尔街日报》2017 年 5 月 14 日的文章《中国将自己塑造成全球化的卫士》。报道开头对“一带一路”的积极影响做引述，如中方“将中国描述成一个坚定的自由贸易捍卫者”。然后话锋一转称“对中国‘一带一路’倡议真实意图的质疑从未停止”，并开始了批驳，比如对中国企业造成当地债务破产的担忧，对未来竞标过程不透明的担忧，结尾的抹黑更是让人哭笑不得：“一些亚洲外交官指出，将‘一带一路’峰会地点选在北京而不是丝绸之路起点的西安，这不免让人想起了封建时代的中国，把其他国家都当作了‘进贡小国’。”（Some Asian diplomats said by putting the forum in Beijing, rather than in the ancient Silk Road starting point of Xi’an, invoked an image of China’s imperial past, with smaller states “paying

tribute to the emperor".）不少读者感叹，这也算得上是神逻辑了。

当然也需要说明，并不是每一次出场位置的安排都完全是为了设靶子，有些时候是按照时间先后排序的。

第四，矮化引述。在西方新闻写作中，如果一种表述或概念与编辑部思路相去甚远，或者记者觉得将信将疑、真伪无从查证，则常常在表述前加引号。典型的例子如《西方的"恐怖偏见"》中列举的外媒对中国"恐怖袭击"所打的引号。还有一种情况，西方记者并没有打心眼里认同中方的说法，但为了让新闻看上去平衡又不得不引述，于是他们会在引述前加上具有否定意味的修饰语（hedging qualifier），即矮化引述。

所选 30 篇报道里近半数使用了矮化引述，比如"将其标榜为""将其描绘成"（branded as, portrayed as,《华尔街日报》2017 年 5 月 14 日），"将其推介为"（billed as，英国《卫报》2017 年 5 月 15 日），"将其歌颂为"（hailed as,《华盛顿邮报》2017 年 5 月 15 日）等。如此一来，中方的立场听上去像是政治宣传。这是平衡引述还是高级黑，明眼人一目了然。

窥叶知秋的『华尔街日报体』

美国媒体善用以小见大、窥叶知秋的文学手法来讲故事，这种体裁被称为“华尔街日报体”，通过充满人情味和煽动力的“人的故事”来体现其新闻价值观。对“一带一路”也有诸如此类的深度报道。《纽约时报》的《“一带一路”：中国巨额投资欲重塑全球经济秩序》一文就是一个典型例子。

文中记者深入老挝琅勃拉邦、万荣等多地探访，起笔就给中国扣上了“战略扩张”的帽子：“人口仅有700万的内陆小国老挝是中国逐步削弱美国在东南亚影响力的关键一环”。报道称很多项目是赔本买卖，破坏了当地环境，同时给所在国增加了巨额债务。“老挝和中国曾因资金问题争论多年，项目成本接近60亿美元，老挝官员不知道他们将如何承担起自己的那一部分费用。该国年经济产出仅为120亿美元，而该项目前11年都会处于亏损状态。”没有提供更多国家的具体数字，便以偏概全，不负责任地称中国在老挝遇到的这种摩擦在“‘一带一路’项目中很典型”，沿线很多国家都面临经济疲软和不稳定，公共治理不善，以及政治不稳定和腐败等方面的问题，老挝只是“危险的合作伙伴之一”。

放大到毛孔的人物特写，也是西方媒体增加文章杀伤力的利器，它在“一带一路”的报道中怎能或缺？这篇报道在结尾处说，“在施工渐入佳境时，附近的社区开始抱怨”。记者在当地一家面馆找到了一个名叫西巴瑟特（Sipaseuth）的顾客，并这样描述道：“他一边喝着一杯冰镇老挝啤酒，一边琢磨着这个铁路项目，这个项目对老挝有利吗？我们需要文明。老挝太穷，太落后，但会来多少中国人？太多了不是好事。”记者随机偶遇的路人竟代表了全体老挝人民，发出了“吃瓜群众”的疑问。看似轻描淡写，实则带有强烈的倾向意味。稍有思辨精神的读者会问：单帧放大的人物表情，能代表一幅完整图片吗？

不管是主观意图，还是客观效果，西方媒体（美媒甚于英媒）的核心论调是对“一带一路”及其背后中国模式的质疑，潜台词似乎是西方制度的优越性。反过来思考，为何所选报道及评论没有一篇从市场失灵（market failure）的视角出发，拿西方基础设施老化为例，阐释逐利资本无法解决基础设施等公共产品缺失的问题，并对比报道“一带一路”对基础设施和经济发展的重要性？

市场虽好，但非万能，西方精英们早就承认自由放任主义（laissez

faire）的局限性。市场失灵（market failure）是哈佛大学商学院等全球领先商学院的主修科目。纵观20世纪的美国，在“大萧条”后，提倡宏观调控与自由市场相结合的凯恩斯主义成为欧美主流经济学派，罗斯福主导的大兴土木的新政（The New Deal）就是宏观调控的经典实践。2009年金融危机后，小布什的7000亿美元“救市”计划——“2008年紧急经济稳定法案”和奥巴马加强华尔街金融监管的法案（The Dodd-Frank Act），也都是在“无形的手”失控后国家对经济的调控。

况且，美国社会经常讲这样一句话：宁愿相信，不可冤枉（give it the benefit of the doubt）。为何到了中国主导的经济发展项目，不少美国人从最开始就选择宁愿不信呢？

『恐怖』双标：白人的命更值钱？

如果你们把“3·1”云南昆明火车站暴力恐怖案件称为“可怕且毫无意义的暴力行为”，那么纽约的“9·11”便是“令人遗憾的交通事故”。

——中国网友曹凡

2014年3月1日，中国云南发生了近年来最严重的一起恐怖袭击事件。

录像监控和现场照片还原了当时的血腥场面：5名暴徒来到昆明火车站人群密集的候车厅，拔刀朝身边人的颈部和腹部砍去。现场顿时哀号四起，多人应声倒地。施暴者不肯罢手，挥舞着长刀追赶绝望逃窜的民众。几分钟的时间，从候车厅到火车站外主路300米的范围内已血流成河。这起事件共造成 29 人死亡，143 人受伤，其中 40 人伤势严重。

面对如此令人发指的暴行，西方媒体和政府的反应却在惨案以外再次激起了国人的义愤（见图 2-3）。

gle kunming attack

All Images News Videos Maps More Settings

1 Mar 2014 – 2 Mar 2014 ▾ Sorted by relevance ▾ All results ▾ Clear

China mass stabbing: Deadly knife attack in Kunming - BBC News
https://www.bbc.co.uk/news/world-asia-china-26402367 ▾
2 Mar 2014 - An **attack** by knife-wielding men at a railway station in **Kunming** in south-west China left at least 29 dead, the state news agency Xinhua says. Another 130 people were wounded in wh authorities said was a "premeditated, violent terrorist **attack**". ... Xinjiang is home to the Muslim ...

Kunming rail station attack: China horrified as mass stabbings leave ...
https://www.theguardian.com/.../china-mass-stabbings-yunnan-kunming-rail-station ▾
2 Mar 2014 - State media blame militants from Xinjiang after 'violent terror **attack**' at crowded ticket in Yunnan province, south-west China.

Kunming knife attack: Xinjiang separatists blamed for 'Chinese 9/11 ...
https://www.theguardian.com/.../kunming-knife-attack-muslim-separatists-xinjiang-chi... ▾
2 Mar 2014 - President Xi Jinping urges severe punishment for perpetrators of violence at crowded station that left 29 people dead and 130 injured.

Knife-wielding attackers kill 29 at China train station - CNN - CNN.com
https://www.cnn.com/2014/03/01/world/asia/china-railway-attack/index.html
2 Mar 2014 - At least 28 people were killed and 113 others were wounded in a knife **attack** in a rail station in the southwest Chinese city of **Kunming**, authorities said.

least 33 dead, 143 wounded in train station 'terror' attack in China ...
s://www.nydailynews.com/.../27-dead-train-station-knife-attack-china-article-1.17... ▾
ar 2014 - At least 33 people were killed by knife-wielding attackers in a "violent terrorist **attack**" station in the southwestern Chinese city of **Kunming**, and police ...

ina knife attack leaves at least 33 dead and 143 wounded at ...
s://www.dailymail.co.uk/.../At-27-dead-109-injured-gang-knife-wielding-men-attack...
ar 2014 - The attackers, four of whom were killed by armed police, launched the horrific **attack** **ming** railway station in Yunnan province at around 9pm local time ...

ina train station attack: 33 killed in mass stabbing in Yunnan ... - ABC
s://www.abc.net.au/news/2014-03-02/33-killed-in-mass-stabbing.../5293220 ▾
ar 2014 - At least 33 people have been killed and more than 130 injured a violent terrorist **attack** in station in the south-western Chinese city of **Kunming**.

least 28 die in 'terrorist' attack at Chinese train station: reports ...
s://www.reuters.com/...attack/at-least-28-die-in-terrorist-attack-at-chinese-train-stat... ▾
ar 2014 - At least 28 people were killed by knife-wielding attackers in a "violent terrorist **attack**" station in the southwestern Chinese city of **Kunming**, and police ...
've visited this page 2 times. Last visit: 02/03/18

图 2-3 谷歌搜索 kunming attack（昆明袭击）后显示的结果

众多西方媒体不肯用“恐怖袭击”（terrorist attack）来定义“3·1”云南昆明火车站暴力恐怖案件。《华尔街日报》将其称为“大规模刀子袭击”（mass knife attack），而英国《卫报》、英国广播公司（BBC）和澳大利亚广播公司也不约而同地使用了“刀子袭击”（knife attack）或“砍人事件”（mass stabbing）的说法。对袭击者的定性，西方媒体更是拒绝使用“terrorist”（恐怖分子）一词，CNN和《华盛顿邮报》将暴徒称为“挥着刀子的袭击者”（knife-wielding attackers），而《纽约时报》则十分“克制”地称其为“持刀的袭击者”（attackers with knives）。

一些媒体倒是在报道中出现了“恐怖袭击”（terrorist attack）一词，如路透社的标题《至少28人在中国火车站“恐怖袭击”中丧生》（*At Least 28 Die in “Terrorist Attack” at Chinese Train Station*），但“恐怖袭击”上面硕大的引号格外醒目。还有一些媒体更是诡谲，在加着引号的“恐怖袭击”前加上“被中国政府称之为”“被官媒描绘成”等讽刺意味十足的修饰语，如英国BBC的标题:《大约130人在被中国官方称之为“有预谋的恐怖袭击”中受伤》（*130 people were wounded in what authorities said was a “premeditated, violent terrorist attack”*）。

事发后，美国政府也一改对恐怖袭击措辞强硬的风格，发表声明称，昆明事件是一场“糟糕而不理智的暴力行为”（terrible and senseless act of violence）。欧盟在表态中也避免使用“恐怖袭击”一词。

“持刀的袭击者”“所谓的恐怖袭击”“糟糕的毫无意义的行为”……西方社会的表态引发了国内网友的热议。

一个新浪网名为马小琳的网友说：“美国会对自己国家发生的袭击用这

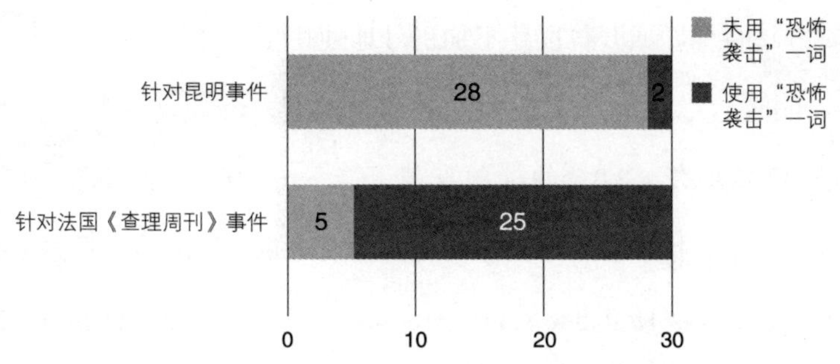

图 2-4　西方媒体报道中法恐怖袭击事件的标题对比

些词汇定性吗？”

另外一个名叫曹凡的中国网友说：“如果你们把‘3 · 1’云南昆明火车站暴力恐怖案件称为‘可怕且毫无意义的暴力行为’，那么纽约的‘9 · 11’便是‘令人遗憾的交通事故！’”

还有网友嘲讽，向发生“点燃炸弹并引发着火事件的波士顿马拉松”表示哀悼。

将西方媒体对中国和西方国家恐怖袭击事件的报道做对比，西方的“恐怖偏见”立刻浮出水面。

我们拿西方媒体对造成 172 人死伤的“3 · 1”云南昆明火车站暴力恐怖案件和造成 33 人死伤的法国《查理周刊》恐袭事件的报道做比较（见图 2-4）。针对昆明事件，谷歌新闻排名靠前的 30 篇西方媒体报道中，只有 2 篇文章在标题或开篇段落不加引号地使用了“恐怖袭击”（或“恐怖分子”）一词[1]。而针对法国《查理周刊》事件，排名靠前的 30 篇西方媒体

[1] https://www.google.com/search?q=kunming+attack&tbs=cdr:1,cd_min:3/1/2014,cd_max:3/2/2014&ei=w8_4W4TEHMO2a4PmhdgL&start=0&sa=N&ved=0a-hUKEwjEseGBlezeAhVD2xoKHQNzAbs4HhDy0wMIbA&cshid=1543032787694000&bi-w=1280&bih=642

报道有 25 篇在标题或开篇段落不加引号地使用了“恐怖袭击”（或“恐怖分子”）一词[1]。

针对巴黎恐袭，BBC 的标题直截了当——“巴黎恐怖袭击 12 人丧生”，并在文中直接称引“法国总统奥朗德说这毫无疑问是一场恐怖袭击”（President Francois Hollande said there was no doubt it had been a terrorist attack.），没有引号，行文间也没有对官方表述的质疑。《纽约时报》的标题也一改在“3·1”云南昆明火车站暴力恐怖案件中对恐袭者的暧昧定性，开门见山地写道：“恐怖分子袭击巴黎报纸《查理周刊》，造成 12 人死亡。”（Terrorists Strike Charlie Hebdo Newspaper in Paris, Leaving 12 Dead.）英国《卫报》则更加煽情，用了一个长长的标题：“《查理周刊》袭击事件：是一场屠戮，一场血腥暴行，这里的人全死掉了”（*Charlie Hebdo attacks：It's carnage, a bloodbath. Everyone is dead*），对巴黎恐袭事件的痛惜、对遇难者的同情跃然纸上。

一些专家认为，西方媒体对非西方世界发生的恐怖袭击的冷漠，体现了西方中心论，也有“白人生命更值钱”的种族主义的影子。

美国哈佛大学学者肖恩·达林-哈蒙德（Sean Darling-Hammond）2016 年 1 月在美国《国家》（*The Nation*）杂志上刊登了一篇调查文章，对 2015 年全年恐怖袭击地点、程度和数量做了统计：对 2015 年 11 月的法国巴黎恐袭一共有 21672 篇西方媒体报道，而对同一天（数小时前）发生在中东伊拉克和黎巴嫩的两起恐怖袭击，只有 392 篇和 1292 篇西方报

[1] https://www.google.com/search?q=charlie+hebdo+attack&tbs=cdr:1,cd_min:1/7/2015,cd_max:1/8/2015&ei=6sKhWtfJLbCm_Qau5bvYAQ&start=0&sa=N&biw=1280&bih=726

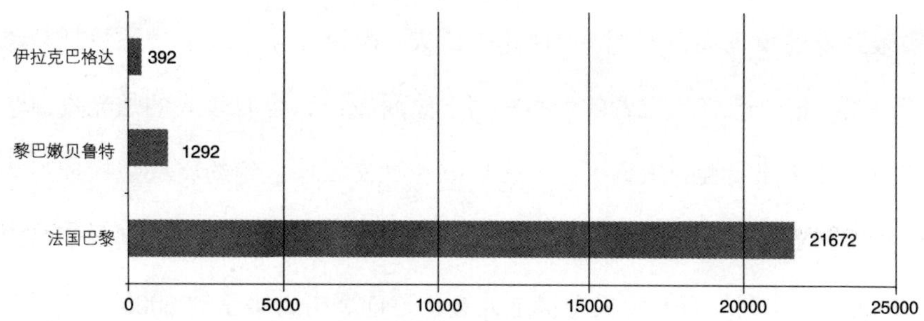

资料来源:《国家》(*The Nation*)新闻网站。

图 2-5 关于 2015 年 11 月发生的 3 起袭击事件的报道数量对比

道，前者是后两者的 54 倍和 16 倍（见图 2-5）。对 2015 年 1 月的法国《查理周刊》编辑部遭袭，共有超过 22000 篇西方媒体报道，而对同一天在也门发生的更大规模的恐袭却只有 565 篇报道，前者是后者的 40 倍[1]。哈蒙德发现，2015 年全年，每位逝去的西方生命背后有 665 篇故事和报道，而对每一位非西方生命的报道只有 60 篇[2]。

除了数量的区别，还有质量的差异。西方媒体对发生在西方的恐袭报道往往图文并茂、叙事清晰，充满了大量调动读者情感的、有名有姓的特写，而对非西方国家遭恐袭的报道大多流于形式，只是时间、地点和数字的简单叠加。记得 2015 年法国《查理周刊》恐袭事件后，整个西方世界掀起了一场"Je suis Charlie（我是查理）"的悼念运动。身在美国，每天打开电视都会看到 CNN 全天候打通窗口直播报道，很多节目演播室直

[1] https://www.thenation.com/article/lives-fit-for-print-exposing-media-bias-in-coverage-of-terrorism/

[2] http://www.theweek.co.uk/checked-out/89086/the-truth-about-non-western-terror-attacks

接搬到了巴黎现场，安德森·库珀、沃夫·普利策等大牌主播悉数赶赴恐袭前线。报道既有遇难者的生平特写、家属专访，也有暖人的烛光夜悼念直播。在这种气氛的感染下，西方民众在社交媒体上纷纷将头像换成写着法语“Je suis Charlie”的照片。而同一周，恐怖组织“博科圣地”（Boko Haram）对非洲尼日利亚发动惨绝人寰的恐怖袭击，屠杀约 2000 名非洲平民，死亡人数是法国《查理周刊》恐袭的 60 倍！此时的西方媒体却没有几家将演播室搬到现场，西方社会也没有了“Je suis Charlie”的同仇敌忾，只有失去孩子的非洲母亲孤立无助的哭声在空旷的西非草原回荡。

大数据分析告诉我们：西方的“恐怖偏见”由来已久。

美国民调机构 FiveThirtyEight（538）分析了美国知名战略咨询公司兰德公司（Rand Corporation）从 1968—2009 年的全球恐怖袭击事件数据库，以及对应时间段《纽约时报》对这些案件的报道。在控制其他变量如死伤人数、规模后，对恐怖袭击的“发生国家”和“被报道概率”做了回归分析，揭示了两者关系。结果发现：《纽约时报》对沙特阿拉伯、以色列、法国、意大利、英国、美国等西方国家的恐怖袭击报道数量是俄罗斯、伊朗、阿富汗、巴基斯坦、伊拉克、索马里等非西方国家的 6~10 倍[1]（见图 2-6）。

西方的反恐双标，在我 10 年的记者生涯中也留下过几回难以忘却的记忆。

2009 年，我还是英语频道值大夜班的一名写稿编辑，每天深夜上班，早上 8 点下班。看到我们在国际舆论场上遭遇的不公，多少次心中已经准

[1] https://fivethirtyeight.com/features/which-countries-terrorist-attacks-are-ignored-by-the-u-s-media/

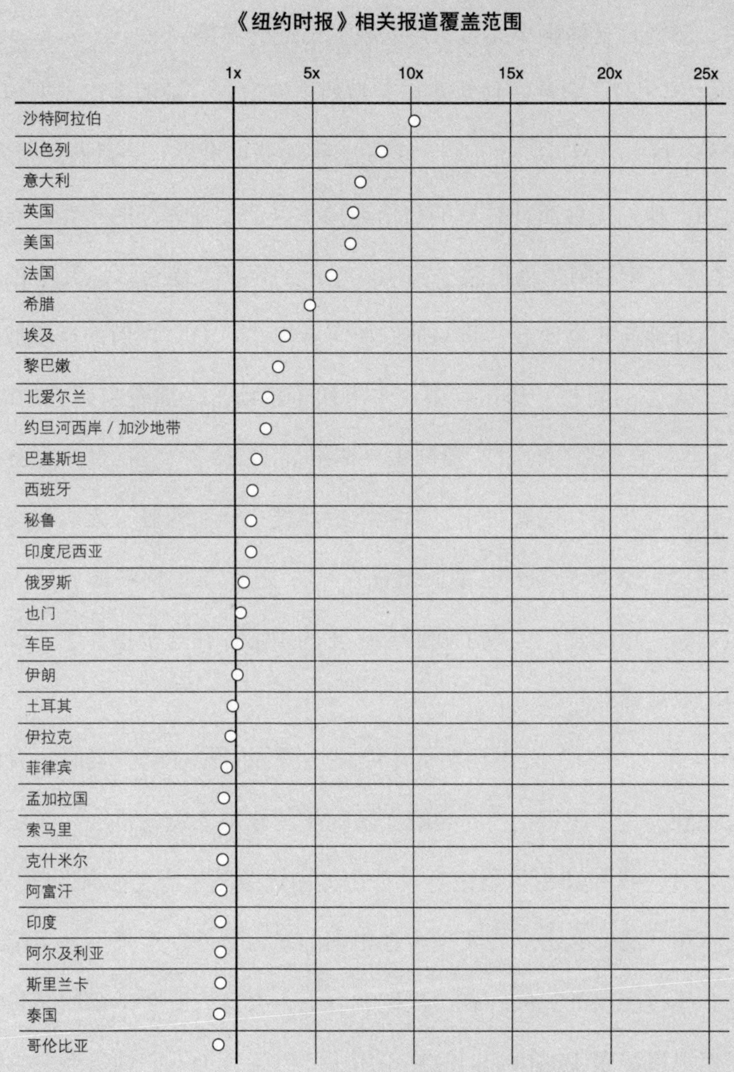

《纽约时报》相关报道覆盖范围

1x 5x 10x 15x 20x 25x

沙特阿拉伯
以色列
意大利
英国
美国
法国
希腊
埃及
黎巴嫩
北爱尔兰
约旦河西岸 / 加沙地带
巴基斯坦
西班牙
秘鲁
印度尼西亚
俄罗斯
也门
车臣
伊朗
土耳其
伊拉克
菲律宾
孟加拉国
索马里
克什米尔
阿富汗
印度
阿尔及利亚
斯里兰卡
泰国
哥伦比亚

资料来源：美国民调机构 FiveThirtyEight（538）

图 2-6　1968—2009 年，以国家或地区划分《纽约时报》对同等规模恐怖袭击事件报道的相对概率

备好了一篇慷慨激昂的演讲，而环顾四周，却总是那间寥无几人的大夜班值班室，感慨自己的渺小无力，感叹我们话语的弱势。

2011 年 1 月，我终于成为英语频道的出镜记者，被派去巴基斯坦报道反恐工作，得以开始以一个记者的身份去探索这个世界。一路遇到很多“巴铁”兄弟，他们用最质朴纯真的热情迎接我这个友好邻邦的来客。在距离本 · 拉登被击毙的阿伯塔巴德公寓 100 千米的伊斯兰堡郊区，几个巴基斯坦小伙友好地与我攀谈着。我问他们如何看待“9 · 11”之后的反恐战争？一个原本无害的问题，却让其中一个小伙子激动了，他瞪起硕大的眼睛：“反什么恐？谁是恐怖分子？美国中央情报局（CIA）‘飞行员’在犹他州空军基地吃着薯条、喝着可乐，像操纵游戏杆一样‘驾驶’无人机飞越巴基斯坦领空，杀死了多少巴基斯坦百姓？”“巴铁”小伙喷薄着怒火的双眼让人难忘。他的疑问也成了我后来多年的困惑，在这个世界上，谁来问责美国的双重标准？

2014 年，“3 · 1”云南昆明火车站暴力恐怖案件发生。当时，我已经成为央视驻美首席出镜记者，也有了质问美国权威人物的机会。在昆明暴恐案发生后，我和其他中国记者轮番在美国国务院发布会上质问发言人：为什么不用“恐怖袭击”定义发生在中国的暴力事件？这是不是美国的双重标准？经过多次的追问，在一次记者会上，发言人普萨基在回答我的同行、凤凰卫视记者王冰汝提问时终于用了“恐怖袭击”一词来形容昆明暴恐案，在我印象里，这是美国官方近年来的第一次。当年秋天，我还有幸采访到了当时的美国国家安全事务助理苏珊 · 赖斯。面对我的追问，赖斯终于承认了昆明暴恐案是“恐怖袭击”，成为近年使用“恐怖袭击”定义中国暴力事件的最高级别美国官员之一。但“铁娘子”赖斯用“terrorist attack”（恐怖袭击）一词时的百般不情愿和不忘顺带谴责中国政策的犀利言辞，让坐在对面的我记忆犹新。

一路走来，我在思考：面对西方话语的强势和顽固，在反恐议题上，我们需要什么样的国际话语和表达？

正如西方不应该简单化、贴标签式地看待中国的恐怖主义威胁，我们也不应用简单化的、一刀切的方式回应西方的“恐怖偏见”。我们应当主动而有针对性地强力发声，积极引导国际舆论。

半岛电视台：『美国主流媒体』的帽子不好戴

“我们正处在一场全球信息战中，而美国正输掉这场战争！”

2011 年 3 月，时任美国国务卿希拉里·克林顿参加了一场令中国国际传播界人士印象深刻的国会听证。面对不愿向美国政府旗下的传播机构拨款的共和党人，希拉里当场撕破了脸。希拉里振振有词地说，美国的对外宣传为赢得冷战胜利立下了汗马功劳，而冷战结束后，美国正在为外宣经费缩减而付出代价：“市场化的媒体无法填补这个空白。一位阿富汗将军曾告诉我，一提到美国，他就会想起自由搏击的男人和穿着比基尼的女人，因为他看到的美国电视节目整天就是《海滩救护队》和自由搏击比赛。”随后，希拉里的表态亮了：“阿拉伯半岛电视台已经领先于我们了，俄罗斯开办了一个英文频道（今日俄罗斯电视台），中国也已经开设了一个多语种的全球电视台（中国中央电视台外语频道，即现在的中国国际电视台）。我在很多国家都看到过这些节目，我感觉很受启发（quite instructive）。”在这位时任美国最高外交官眼里，上面几家媒体是美国国际传播的主要对手。希拉里对其如此关注，也反映了这几家媒体的影响力。

同为挑战西方话语的先行者，半岛电视台和今日俄罗斯电视台有哪些经验值得借鉴呢?

从无到有，再到成为CNN、BBC等西方媒体的有力竞争者，半岛电视台只用了10年，个中经验值得思考；短短几年从异军突起再到铩羽而归，其中的教训值得分析。

1996年，卡塔尔王室决定出资建立半岛电视台，打破由西方垄断的全球新闻传播格局，让全球观众听到阿拉伯世界的声音。2001年阿富汗战争爆发，半岛电视台的报道角度明显有别于西方主流媒体，多次发布本·拉登在山洞中的独家专访，震惊世界的同时也引发了巨大争议。西方开始怀疑半岛电视台是本·拉登的传声筒。西方还发现，除播放英美联军伤亡外，半岛电视台还用大量篇幅展现伊拉克无辜平民的死伤，而这激发了伊拉克当地民众的反美反战情绪。对此，美国人记恨在心。同年11月，半岛电视台驻喀布尔办事处被美军炸成废墟，美方给出的解释是“误炸”。

2003年3月，伊拉克战争打响，半岛电视台的报道依然我行我素。当美国媒体小心营造“战争合法”的叙事时，半岛电视台继续播出本·拉登专访和伊拉克死伤平民画面。同年4月，半岛电视台驻巴格达记者站被另外一枚美军导弹击中，一名半岛电视台记者身亡。美军给出的解释仍然是“误炸”。

越来越多的美国官员私下将半岛电视台定性为“本·拉登宣传机器”[1]。然而，有句话说得好：负面宣传也是宣传（There is no such thing as bad publicity）。反恐战争后，在巨大争议中，半岛电视台声名鹊起，除阿拉伯世界外，它在欧美知识分子阶层和亚太地区懂英语的受众中受到追捧。

2006 年，半岛电视台决定乘胜追击，成立专门的英文台，整合资源，集中力量向西方传播阿拉伯声音。当时，半岛英文台将目标受众定位为想从非西方视角了解世界的、懂英文的 10 亿非英美观众。卡塔尔王室对半岛英文台采取“最小化干预”政策：只要不违背卡塔尔核心利益，大多数选题交给由西方一线新闻人组成的编辑部去把握。成立 3 年后，半岛英文台战绩不俗，覆盖了全球 1 亿 3000 万家庭，触及了欧洲各主要城市[2]，成为人们了解中东乃至全球的新选择。在西方媒体不断缩减国际新闻报道比例的年代，半岛英文台填补了对国际资讯饥渴的西方精英和年轻人的需求。尽管如此，美国市场依然是最难啃的那块“骨头”。很多普通美国人依然将半岛英文台和本 · 拉登基地组织联系起来。迫于美国国内政治压力，半岛英文台的经营活动一直相当低调，其华盛顿办公楼的问讯处甚至找不到半岛英文台的公开信息。只有一家卫星公司和极少数有线电视运营商愿意转播半岛英文台的节目。

2013 年，为了打开陷于僵局的美国市场，卡塔尔人做出了一个大胆

[1] http://edition.cnn.com/2002/US/02/01/cheney.al.jazeera/index.html
[2] https://www.nytimes.com/2009/01/11/technology/11iht-jazeera.4.19256575.html?_r=1

的决定：全面本土化。成立半岛美国台（Al Jazeera America），做美国国内新闻，专给美国人看。他们通过购买美国前副总统戈尔的潮流电视台进入美国有线新闻包，直接同CNN、微软全国广播公司（MSNBC）和FOX三大专业新闻台竞争。半岛美国台从美国主流电视台重金挖人，NBC的前副总裁、CNN"一哥"安德森·库珀，AC360栏目的总制片人、CBS前高管等纷纷加盟。美国广播公司（ABC）和CNN的"国脸"级主播和出镜记者也慕名而来。卡塔尔人想用美国人熟悉的面孔和语态去讲美国故事。对于半岛美国台这个"外来的和尚"，美国民意分裂：在业内人士和精英阶层看来，半岛美国台的新闻制作水准实属上乘，比美国媒体更客观、更深入、更具国际视野。在这里，他们听到了久违的长同期声、看到了长篇幅调查报道。半岛美国台成立第一年，就拿到象征美国电视界至高荣誉的艾美奖（The Emmy Awards）和被誉为电视界普利策奖的美国广播电视文化成就奖——皮博迪奖（The Peabody Awards）。然而，美国普通民众却不买账，半岛美国台是一个"恐怖频道"的印象依然不可磨灭，尼尔森收视率调查更是让人大跌眼镜：在大部分时间里，半岛美国台的收视率每天晚上只有2万～4万人[1]。2015年，开播仅两年后，卡塔尔宣布半岛美国台因"商业模式不可持续"[2]而关门。

半岛电视台在美国的铩羽而归，被认为有传播渠道、市场定位、品牌营销和公司管理4个方面的问题。

为何执意专攻有线电视新闻，而不是网络和新媒体？半岛电视台高层

[1] https://www.reuters.com/article/qatar-power-aljazeera-idUSL8N1510U1

[2] http://america.aljazeera.com/articles/2016/1/13/al-jazeera-america-to-close-down.html

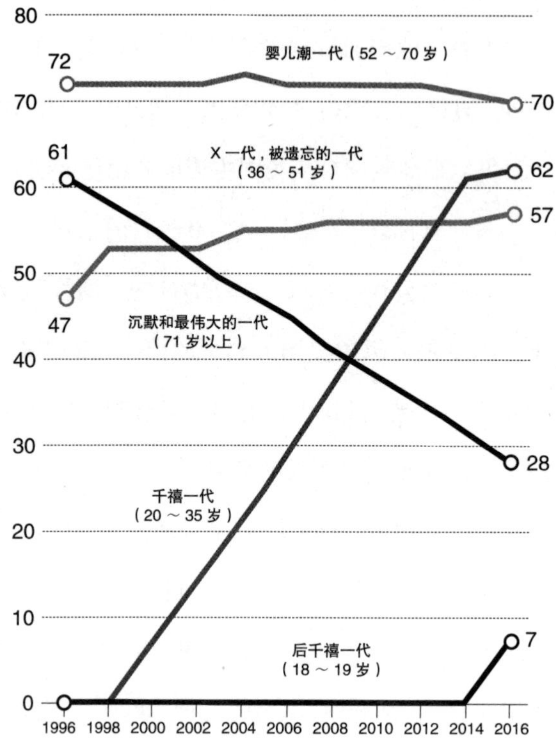

注：合法选民指年龄 18 岁以上的美国公民。千禧一代指截至 2016 年，年龄在 20 ～ 35 岁的人口。

资料来源：皮尤研究中心 1996—2016 年最新人口调查 11 月补编表。

图 2-7　皮尤民调，2016 年 11 月美国合法选民人口结构变化图

的一个重要考量是美国选举政治。根据皮尤研究中心的调查（见图 2-7），过去几年里美国有线新闻台观众中超过一半是 65 岁及以上的老年人，他们在美国被称为“二战”后的婴儿潮一代（the Baby Boomer Generation）。这些老年人是总统选举的第一大选民群体，总数达 7000 万人。美国的 80

后、90 后选民在人口总数上虽然从 2000 年的 1000 万猛增到 2014 年的 6000 万，但依然不及老年人。虽然目标定位清晰，但半岛电视台没有料到，改变老人的习惯其实是最难的。

其次，美国国内有线新闻市场相对饱和。不论是三大专业新闻台还是四大综合台都已扎根几十年，半岛电视台同他们竞争本土新闻市场的战略并不十分明智。半岛电视台没有充分预见新媒体崛起势头之猛，将播出权卖给有线运营商后，半岛电视台反而受版权限制，无法像之前那样在网上免费直播，失去大批原有铁忠粉。而越来越多的美国家庭已经进入后电视时代，家里只有电脑和网飞（Netflix）。

另外，半岛电视台的品牌营销也被认为失策。卡塔尔高层不顾多方建议，拒绝像德国国家电视台（DW）、今日俄罗斯电视台（RT）等媒体一样采用缩写的 AJ 作为台标。他们认为这事关民族尊严，必须沿用 Al Jazeera（阿拉伯语“半岛”）的品牌，还在台标醒目位置保留了“半岛”一词的阿拉伯语书法。普通美国人本来就容易将半岛台的“Al Jazeera”同基地组织的“Al Qaeda”混淆，醒目的阿拉伯语书法在西方人眼里更像是《古兰经》或者某种宗教标语。

最后，卡塔尔台派驻的管理层同美国当地雇员间存在矛盾。双方在意识形态和报道角度上有分歧。一些美国雇员认为卡塔尔高层过于高压，在一些新闻报道上不客观，有反美倾向。还有美国雇员认为半岛电视台在巴以冲突中偏袒巴勒斯坦，有反犹太人倾向。半岛电视台管理层还因涉嫌“歧视女性”被美国当地女雇员告上法庭。此时，又逢全球石油价格下跌。每年为一个收视率低、盈利遥遥无期的电视台“烧几十亿美元”，这对卡塔尔王室来说也成了一桩越来越不划算的生意。

半岛电视台在美国的碰壁告诉人们：有钱有势并不是征服西方舆论的充分条件。论经济实力，卡塔尔绝对财大气粗，人均 GDP 稳居全球前七，石油天然气储备全球第三，美国曾几十载依仗海湾国家实现能源安全，从来不敢得罪海湾的王子们。论政府关系，卡塔尔和美国是多年的军事盟友，虽然在反恐战争开始之际半岛电视台曾得罪过美国政府，但美卡在政府和军方层面的关系依然稳固。美国在中东最大的军事基地乌代德空军基地就位于卡塔尔，卡塔尔政府 2018 年 7 月还宣布愿意出 18 亿美元帮助美国翻修该基地。然而残酷的事实是，美国决策精英与美国普通民众间存在相当程度的认知差异。在美国，草根民众有抵触精英的情绪，对本国政客也不会言听计从，一个电视台想赢得美国市场，仅搞定精英是不够的，还要符合更广大美国普通百姓的口味，而这并不容易。我在美国生活多年感触很深。每天早晨开车上班路上，都会听到美国国家公共电台（NPR）插播半个小时英国 BBC 的节目；好莱坞电影里总有一个一口伦敦腔的英国演员；美国年轻人结婚度蜜月也会首选巴黎、罗马、地中海等欧洲目的地。点点滴滴都提醒着我们，对于非欧美、非盟国的异族媒体，很大一部分美国民众心门紧闭。十年反恐，阿拉伯世界在美国百姓心中是一个抽象的、带有恐怖色彩的地域，半岛电视台被美国人拒之门外也不足为奇。

RT：叫板西方的战斗媒体

如果说半岛电视台进入美国的策略是先成为“美国主流”，后发出阿拉伯世界的声音，那么创办于 2005 年的今日俄罗斯电视台（RT）则截然不同。被誉为“战斗民族”的俄罗斯人力图打造一个全面对抗西方话语的国际媒体。这一点普京也曾亲口承认。在 2013 年视察 RT 总部时，普京说，创办 RT 的目的“不仅仅是客观地报道俄罗斯，而是，让我强调一下，而是打破英美对全球信息流动的垄断”[1]。RT 吸引了大批美国反建制派媒体人、极左派以及相当数量的自由派年轻人，旗帜鲜明地站在美国资本主义制度的对立面，进行反叙事。反叙事不是

[1] http://en.kremlin.ru/events/president/news/18319

指专报枪击、灾害等美国突发新闻，而是深入美国制度的“骨髓”进行揭批。RT长年聚焦美国的金钱政治、游说腐败、军工复合体、CIA秘密活体实验等美国主流媒体极少触碰的“深水区”。以2018年7月31日下午为例，RT当天节目表及官方介绍如下（不含重播节目）：

13:30 《观察鹰派：天上的间谍，阿桑奇的命运以及更多的山火》。节目揭露了一次此前未公开的美国航空间谍活动，关注了维基解密创始人阿桑奇的境遇以及加州山火的进展。

14:00 《今晚的新闻审查：失控的旋转门，被指控的俄罗斯人和美国的无人机战争罪》。节目聚焦被称为“合法腐败”的美国游说问题以及美国式官商勾结问题。

14:30 《兴衰：应对汽车关税和加密货币》。节目探讨了美国对全球多国加征关税的经济危害。

15:00 整点新闻。

15:30 《拉瑞·金脱口秀》。

16:00 《扩声器：变脸》。节目聚焦特朗普迫于国内压力推迟普京访美邀请，普京反而邀请特朗普访俄的幕后故事。

16:30 《遗失的帕拉文》。节目讲述菲律宾的环保议题。

17:00 《恺撒报告：第1260期》。评论性谈话节目，聚焦中期选举将至的“美利坚不平等共和国”的贫富差距。

20:00 《联络：电影〈富翁一代〉探索美国的自我崇拜》。

RT 插播的宣传片也挑衅性十足。在一个广告中，一名 RT 主持人抱起正在播放 CNN 节目的电视机，将其狠狠地砸碎在地上。另外一个人举起大棒，朝电视机猛击。他们用如此生猛直白的方式告诉观众：我们就是要揭露西方的谎言，打破美国的话语垄断。

RT 的用人策略同半岛电视台也不尽相同。除退休返聘、已过耄耋之年的拉里·金外，RT 雇用的欧美记者和主持人大多没有很大名气，当中很多是对美国制度不满的极左派人士、民权斗士。美女主播众多也是 RT 的特点之一。一些观众坦言，本来是换台"路过"却被高挑性感的西方美女主播吸引驻足。RT 的编辑部思路被西方指责为"拉一派打一派"，拉拢极左派和反建制派势力，对抗西方建制派。在欧洲民粹政党纷纷上台、"脱欧"呼声甚高的 2016 年前后，RT 被欧盟指责在舆论战中助反建制派媒体一臂之力，推进欧盟解体进程。RT 对上述指控均做出了否认。从渠道看，RT 并没有将转播权独家卖给有线运营商，而是付费给运营商进入有线基本包，普通美国家庭不用额外付太多费用就可以看到。同时，RT 大力打造优兔（YouTube）、推特（Twitter）等新媒体平台，电视节目在官网同步直播。有争议、抓眼球的新闻和评论节选第一时间上线，二次传播发酵。

凭借这些策略，RT 一度取得了巨大的成功，尤其在 2015 年前后，影响力达到了巅峰。根据俄罗斯公布的数字，RT 触及美国 8500 万家庭。而尼尔森和 IPS 等独立调查机构数据显示[1]，2011 年 RT 是仅次于 BBC 美国台的外国媒体。2012 年 RT 成为美国五大都市圈（纽约、华盛顿、洛杉

[1] https://www.russia-briefing.com/news/russia-today-to-double-its-u-s-audience.html/

矶、旧金山、芝加哥）最受欢迎的外国电视台。在纽约，RT的收视率是日本放送协会世界台（NHK World）的9倍；在芝加哥，RT收视率是半岛电视台的3倍。尼尔森报告还说，RT的受众主要是35～49岁的男性，其中很多拥有硕士或博士的高学历。RT在英国也战绩不俗，2012年第3季度，其在英国的收视率仅次于BBC和天空新闻台，排名第三。在新媒体领域，RT也高歌猛进。皮尤的一份调查显示，RT在2013年成为YouTube上第一个粉丝数超过10亿的新闻平台，而2011—2012年，YouTube上点击率最高的新闻类视频中8.5%都来源于RT。但调查也发现：这些视频中2/3以上不是RT原创，而是目击者以第一人称视角的拍摄或自拍，被RT转载或购买。这些视频以猎奇、凶杀和灾难为主，大部分与政治无关。比如2015年最受欢迎、点击量累计3亿的前20个视频，全部是灾难和社会猎奇新闻。美国乔治·华盛顿大学教授罗伯特·厄尔腾总结说，RT先用去意识形态化的人情趣味（human interest）视频把观众吸引到自己的频道中。[1]

俄美关系紧张 RT惨遭西方打压

2010—2014年，RT的迅速崛起及其鲜明的反西方立场引起了美国的警惕。西方学界纷纷指责RT为宣传机器，为俄罗斯的官方立场背书。哥伦比亚大学新闻系在2015年专门创办了《RT监看计划》，调查称RT忽略

[1] https://en.wikipedia.org/wiki/RT_(TV_network)

了新闻的内在属性，比如校正信息源、报道事实、诚实报道。调查还指责RT使用没有专业知识的“专家”，炮制没有证据的“阴谋论”，甚至通过编造事实来宣传克里姆林宫的观点[1]。RT在克里米亚战争报道中一边倒地倾向莫斯科的立场，令其内部“倒戈”：两位美国籍女主播相继在直播中公开表达愤慨，当场辞职。

同西方地缘政治关系紧张后，西方对RT由舆论谴责变为政策打压。2014年，俄罗斯夺回克里米亚；2016年，俄罗斯被指控干预美国总统大选。西方称两个事件背后都有RT的影子。俄罗斯遭西方制裁，而RT也连带遭殃。2016年11月，欧洲议会以304票赞成、179票反对、208票弃权的结果通过了《欧盟反击第三方宣传的传播战略》决议案，号召欧盟成员国采取反制措施，将RT同恐怖主义和犯罪组织并列为打击目标。在美国，RT更是成为美国情报界的眼中钉。2017年4月，美国十几个情报部门联合公布了解密版报告，指证俄罗斯干预2016年美国总统大选。这份25页的解密版报告“干货”虽不多，但对RT的攻击却不少——多达1/3的篇幅竟是对RT新闻节目的截图和分析。报告通过对其选题角度、嘉宾观点，以及对希拉里和特朗普的报道比例分析后认定，RT所代表的俄罗斯政府帮助特朗普赢得了2016年总统大选。

美国司法部随即要求RT注册为“外国代理人”，RT在美国的公信力开始滑落，其驻国会记者的记者证也被吊销。在越来越多西方观众眼中，RT已沦为一个“异类”和“异端”新闻机构。

[1] http://rtwatchcuj.tumblr.com/

RT 模式让我们看到，观点鲜明，敢于亮剑的效果的确不错，在刚刚登场的时刻尤为吸引眼球。然而美国治国精英的霸权思维根深蒂固，看到一套另起炉灶的“修正主义”话语体系，不但不会屈服反而会采取法律、政策和舆论等多种手段排挤打压。RT 进入“深水区”揭批美国资本主义制度，也容易在情感上疏离长时间受“反共”意识形态影响的美国大众。不管怎样，RT 的另辟蹊径还是让很多观察人士眼前一亮。传统的国际新闻理念认为客观平衡才是王道，而 2016 年夏天，今日俄罗斯国际通讯社总裁基谢廖夫（Dmitry Kiselyev）干脆地说，讲究新闻中立性的时代已经结束了，“如果我们是在做宣传，那你们也是在做宣传”[1]。

RT 和半岛电视台的案例带给我们很多启示，我们看到旗帜鲜明地反美或全盘本土化都未必是最佳方案。我们的国际传播媒体在坚持平衡报道、打造国际公信力的基础上，可以借鉴 RT 和半岛电视台的有益经验，同时吸取他们的教训，在国际舆论场大比拼中斗智斗勇，更上一层楼。

[1] https://cn.nytimes.com/world/20160829/russia-sweden-disinformation/

第 3 章

西方如何“塑造”中国

名词构建：挺『台独』于无形的西方媒体

2017年3月，刚卸任的台湾地区前领导人马英九到美国故地重游，同当年的恩师、纽约大学法学教授杰罗姆·科恩（Jerome Cohen）同台共叙，聊两岸关系、聊中国台湾、聊美国。一上来，恩师跟爱徒分享了一个此前不久发生的真实故事。科恩说他曾问身边的一名美国女学生："你怎么看台湾？"（What do you think about Taiwan?）没想到，这名女生想都没想，就激动地回答道："哦，我爱吃泰国菜！"（Oh,I love Thai food!）台下哄笑，马英九也一边摇头一边苦笑。英语中中国台湾的词根"Tai"与泰国的"Thai"发音一样，不知这名美国女生是把中国台湾想成了泰国，还是把泰国想成了中国台湾，或许干脆搞不清两者的区别。

在美国驻站 7 年，我遇到过不少像这名女生一样对台湾问题知之甚少的美国人。很多人是真心搞不懂台湾问题，但都会下意识地认为台湾是一个“独立的国家”。个别人稍有了解，但当他们说出“台湾是中国一个省”时，更多是带着些许嘲讽和优越感，嘲笑我们是被官方教育“洗脑”。2006 年皮尤全球民调显示，76% 的美国民众和 81% 的英国民众认为台湾和中国是两个“独立的国家”，认为台湾属于中国的美国人和英国人只有 17% 和 13%，剩下的受访者表示搞不懂。[1]大部分西方民众并没有去过中国大陆或台湾，那么他们的认知从何而来？可以说西方媒体“功不可没”。

“二战”结束以来，西方媒体对两岸关系的报道始终没有脱离冷战框架，从冷战初期的“红色中国”和“自由中国”的“两个中国”叙事，到 20 世纪 80 年代末开始的“威权中国”和“民主台湾”的“一边一国”叙事，潜移默化地对西方普通受众完成了一次“去中国化”（de-sinicization）教育，在西方民间植入了“台湾是独立国家”的印象，挺“台独”于无形。

而西方的“舆论台独”又为“文化台独”甚至“法理台独”埋下了伏笔。

2018 年伊始，万豪酒店、达美航空等美国公司因在官网上将台湾地区列为“国家”引起一片哗然，中方敦促其改正。但治标易、治本难，后来国际商业社会又发现一大批“漏网之鱼”。在政府层面，尤其是美国国会也暗地里挑战“一个中国”政策。2018 年 4 月，特朗普签署了国会提议并通过的“台湾旅行法”，鼓励各层级美台官员互访，违背中美三个联合公报中规定美台只保持非官方接触的精神；入夏以来，美国军舰又 3 次通过

[1] http://news.gallup.com/poll/20704/multination-survey-china-taiwan-separate-sovereign-nations.aspx

台湾海峡；而当萨尔瓦多与中国建交后，美国国会“鹰派”又开始酝酿阻止其他台湾“邦交国”同台湾“断交”的《台北法案》。2020 年 3 月，时任总统特朗普正式签署《台北法案》，使其成为立法。

如何对抗西方的“台独”叙事？如何有效地将台湾问题跟西方人讲明白？我认为我们要采取解构、反驳澄清、建构的三步走路线。其中，解构西方对台湾问题的话语套路尤为重要。

经过深入研读后，我发现“名词构建”是西方在台湾问题报道里最尖锐的一把“暗器”。

名词构建是指媒体对已有概念做出新表述，模糊民众对原有概念的理解，从而达到引导舆论目的的一种转述策略，是建构话语体系的手段之一。名词构建是话语争夺战中的一记妙招，不仅有潜移默化之功，还避免了“卑鄙”“邪恶”“别有用心”这些形容词猛药，使表述显得平和、理性。这是西方善用的套路。

美国官方把中情局的绑架（CIA kidnapping）叫作“非常规的犯人移交”（extraordinary rendition），把平民死伤（civilian killed）称之为“附带损失”（collateral damage），把侵略伊拉克（invasion of Iraq）叫作“防御性战争”（preventative war）；为了废除民主党政府时期的继承税（inheritance tax），共和党政府上任后就发明“死亡税”（death tax）一词，代替了“继承税”（inheritance tax），将“连死人都不放过”的帽子狠狠扣在“继承税”的支持者头上，抨击对手的大政府理念。当发现“全球变暖”（global warming）这种说法太“危言耸听”、不利于传统工业发展时，美国研究出“气候变化”（climate change）这个程度轻得多的中性词，化解危机感，左右舆论。这都是名词构建的技巧。而这个技巧遍布西方各行各业。如今的秘书（secretary）被称作行政助理（administrative assistant）；二手车（used car）被称作易主车辆（pre-owned vehicle）。

在台湾问题上，西方媒体如何用“名词构建”挺“台独”于无形呢？

我对谷歌新闻排名靠前的31篇西方报道做了分析，报道涉及过去10年影响两岸关系的几项重大事件，包括2005年中国通过《反分裂国家法》，2008年陈水扁申请以“台湾”名义加入联合国，同年马英九当选台湾地区领导人、两岸实现“三通”，2015年“习马会”，2016年蔡英文当选台湾地区领导人，2017年巴拿马同台湾当局“断交”等。分析发现，西方媒体的“名词构建”体现在4个方面。

第一，对中国台湾的英文表述。这是影响国际社会对台湾地位认知的最重要因素之一，因为大部分西方民众对两岸关系历史不甚了解，易受先入为主式的诱导。国际上对台湾的英文称谓总结起来有三类。首先，中国政府和联合国等国际机构对台湾的英文称谓是“China's Taiwan region”（中国台湾地区）或“Taiwan, Province of China”（中国台湾省）。奥委会和亚洲太平洋经济合作组织（APEC）等非政治类国际组织中则使用“The Chinese Taipei”（中华台北）的称谓。在这些表述中，台湾与中国的从属关系一目了然。其次，台湾当局对自身的官方称谓是“The Republic of China（Taiwan）”，即“中华民国（台湾）”，有时也使用缩写“The ROC（Taiwan）”。这个说法沿用了1949年国民党从祖国大陆退踞台湾前就开始使用的称谓。虽然国共内战造成两岸隔离，但这种称谓依然突出了“China”（中国）的字样，其背后是“一个中国”的精神，把台湾的英文拼写放在小括号里，体现了台湾是一个地理概念而非政治概念。最后，民进党及“台独”人士在“去中国化”进程中，放弃了“China”（中国）“Chinese”（中华）和“ROC”（中华民国）等含有“中”字的表述，直呼“Taiwan”（台湾），容易给国际读者造成台湾是“国家”的印象。

统计发现，谷歌新闻排名靠前的 31 篇西方报道中使用“Taiwan”（台湾）称谓共计 853 次（包括“台湾的”“台湾人的”），且前后不出现“中国”“中华”等字样；出现“中华民国（台湾）”称谓 10 次；出现“中国台湾省”“中国台湾地区”（包括“中国的”“中国人的”）称谓 10 次。

第二，将两岸作为“国与国”关系并列表述。这是西方媒体惯用的“模糊”伎俩。如果将“台湾”与“中国”并列，容易造成台湾是“独立国家”的印象；如果将“中国大陆”与“台湾”并列，一时难辨所属关系；如果将“中国”和“台湾地区或台湾省”并列，则会让读者认为台湾是中国的一部分。

分析发现，所选西方媒体报道将“中国和台湾”并列的次数共 108 次，占比 88.5%；将“中国大陆与台湾”并列的次数有 13 次，占比 10.7%；而将“中国”和“台湾省（台湾地区）”并列的表述出现了 1 次，占比 0.8%。

第三，对台湾地区领导人的称谓。中国在国际上用“the leader of the Taiwan region”（台湾地区领导人）或者“the Taiwan authority”（台湾当局）。西方媒体对台湾地区领导人的称谓也大有名堂。西方人喜欢用“Taiwanese President”（台湾总统）以及“President Tsai”（蔡总统）。很多台湾人也用“President”（总统）的称谓，但他们指的是所谓“ROC President ”（中华民国总统），并非指“台湾总统”。在所选西方媒体的报道中，“台湾总统”“马总统”“蔡总统”等称谓一共出现了 67 次；“台湾地区领导人”“台湾当局”等称谓只出现了 1 次。这唯一的一次还是出自台湾的旅美博士奥斯汀·王（Austin Wang）于 2015 年 11 月在《纽约时报》发表的《“习马会”前瞻分析》[1]一文。西方语境中的“President”就是指“台湾总统”，这既违背了中国大陆的立场，也违背了台湾当局的法律规定和大多数台湾人的意志。

第四，对两岸关系史的表述。选取哪些两岸关系的历史和法律作为背景信息也很重要。统计显示，西方媒体关于国共内战后两岸暂时分隔的历史和所谓台湾“独立”的“法律依据”表述共 34 次，如已经失效的《中日和平友好条约》《对日和平条约》等，两岸暂时分隔前的历史和“同属一中”的法理依据出现 12 次，如《开罗宣言》《波茨坦公告》、联合国声明等。前者是后者的近 3 倍。

美国人不爱讲历史，并不稀奇，但在两岸关系背景介绍中如此缺少历史维度，着实令人吃惊。西方记者对台湾的报道从未脱离冷战思维：其笔下的两岸关系始于国共内战，字里行间很容易让西方读者认为 1949 年是台湾的“诞生年”。在我们所选的西方媒体报道中没有一篇提及明末 1662 年郑成功收复台湾，没有一篇提及清政府设县设省对台湾进行实际管辖长达 200 年，没有一篇提及“二战”后中国政府就派陈仪从日本占领者手中接收台湾的事实，也没有一篇引述国际法“继承政权”（successor state）原则，

[1] https://www.washingtonpost.com/news/monkey-cage/wp/2015/11/06/taiwan-and-mainland-china-in-talks-here-are-the-5-things-you-need-to-know-about-what-taiwanese-people-are-thinking/?utm_term=.75324529e603

提及中华人民共和国中央人民政府合法继承了固有台湾领土的主权。

调查还发现，西方媒体对两岸关系描述中有一句非常高频的表述——“中国将台湾看作一个叛变的省份，并表示会最终统一，如果必要将用武力统一。”比如：

然而中国没有放弃对台湾主权的声索。中国威胁称，如果台湾正式宣布独立，或者和平吞并台湾的选项无法实现，那么中国将诉诸武力。（China, however, has not given up its claim to Taiwan. Beijing has threatened to attack if Taiwan declares formal independence, or if it decides that peaceful annexation options have disappeared.）（《纽约时报》，2017 年）

今日，中国依然将这座岛（台湾）视作自己的一个叛变省份，如果必要将采取武力的方式统一。（Today, Beijing still regards the island as an offshore rebel province to be regained, if necessary by force.）（《时代》周刊，2015 年）

中国依然对这座 2300 万人口的岛屿声索主权，并威胁将采取武力的方式收复。（Beijing maintains a claim of sovereignty over the island of 23 million and has threatened to take it by force.）（《洛杉矶时报》，2014 年）

中国将台湾视作一个分裂的省份，并威胁称如果台湾独立将使用武力。（China...considers Taiwan a breakaway province and has threatened force if it moves towards formal independence.）（英国

BBC，2008 年）

中国一直将台湾视作一个终将统一的省份，如果需要将采取武力。（China has long regarded Taiwan as a province that must be reunited with the mainland, by force if necessary.）（《华盛顿邮报》，2005 年）

中国将台湾视作一个叛变的省份，并威胁对台独采取武力。（China regards Taiwan as a renegade province, and has threatened war if the island moves toward independence.）（美国 CNN，2002 年）

这句话可谓浓缩了西方对两岸关系的无知和傲慢。它片面强调中国大陆对台湾的主权立场，不提台湾地区现行的“有关规定”对两岸同属“一个中国”的表述，而是使用“中国将台湾看作一个反叛的省份”的说辞“塑造”了中国政府的“一厢情愿”和高高在上的形象。西方媒体把中国“不放弃使用武力”的表态单拎出来，省掉了中国的和平统一意愿，煽动着“中国威胁论”。另外，这一叙事立场与民进党“绿营”似乎颇为接近，有为“台独”背书之嫌。

过去十余载，无数次读到这句话，都会感慨国际传播之路任重道远。不知道是哪位西方记者原创了这个“经典”表述，也不知道后来的记者为何愿意直接拿来使用。是已被不断重复的说辞洗脑，觉得这种描述全面且权威？还是因为“拷贝粘贴”比阅读两岸关系史要省时省力？是捍卫正义，还是惰性使然？

我想起了西方著名的路径依赖理论（path dependence）。斯坦福大学教授保罗·大卫（Paul David）这样解释道：如今电脑和手机上通用的柯蒂（QWERTY）键盘在技术上并不是最好的，也不是最高效的，但我们早已习惯了不去质疑，默认键盘就应该是这样。实际上，还有一种 DSK 德沃夏克键盘被证明比柯蒂键盘打字效率更高，但一般人想都不愿去想还有另外一种键盘存在的可能。

对西方记者来说，与其介绍一个遥远国度的一段复杂历史，不如写篇普通西方读者能消化的，迎合“红色中国与自由台湾”意识形态的东西，效果来得更立竿见影。

我个人对西方有关台湾地区的报道已经观察和思考有一段时间了。

2003 年，我在北京广播学院（现中国传媒大学）国际新闻专业读大一，开始接触西方涉台报道。西方媒体对 2004 年陈水扁争取“连任”时遭遇神奇子弹袭击的同情，对 2005 年《反分裂国家法》的负面炒作，让我记忆犹新。在美联社驻京记者站和央视工作期间，我接触到更多外电报道，虽然当时两岸关系回暖，但西方开始质疑“两岸三通”是“大陆同化”及“武统台湾”的前奏，隔三岔五渲染大陆对台湾的“军事威胁”，塑造大陆“以大欺小”的形象。读罢这些文章，如鲠在喉。让人真正郁闷的是：西方媒体在明面上从来没有说台湾地区就是“独立的国家”，但这个意思却在字里行间体现得淋漓尽致。15 年来，心中每每升起无名之火，却不知如何更有力地反驳。如今，终于有时间静下心来思考，将多年来的阅读、观察、采访和感悟付诸文字，希望可以让大家看到西方挺“台独”于无形的伎俩。

冷静下来，与其痛恨西方媒体的傲慢无知、顽固守旧，不如反思对方造就今天这般局势的“成功之道”，学会用西方受众更能吸收和消化的方式表达我们的立场。我们要有耐心先了解对手的观点，对他们的表述进行解构，再去反驳，也就是“我们知道你是这么想的，可是你错在这里”。展望未来，我们硬的要硬，巧的要巧。两岸关系复杂敏感，对突发事件我们要迅速反应，不要给谬误的观点大肆传播的机会。此外，讲述“人的故事”更能使读者将心比心。一曲离歌两行泪，不知何地再逢君。每年朝鲜半岛“三八线”南北离散家属重聚都是西方媒体的头条，引无数观众为之落泪，而中国大陆和台湾的关系又何尝不是如此？那些别离，那些乡愁，那些漫长的岁月里从不曾被遗忘的牵挂与情意，都可以让西方观众更好地理解两岸本是一家亲的故事。

讲好大中华历史，反对西方“台独”叙事，为祖国统一做准备，这是历史郑重交给我们这一代人的使命和责任。我们每个人责无旁贷。

『九三』阅兵——被遗忘的盟友

我想提醒人们，在不太久远的过去，中国曾同他的盟友一起对抗法西斯，那段历史叫“二战”。如果我们想了解今天中国在全球社会中的作用，我们需要知道这个国家在20世纪三四十年代经历的一场悲壮而卓绝的战争。他们不仅为本民族的尊严和存亡，也为东西方两条战线的盟友，抵抗着人类历史上最黑暗的力量。

——拉纳·米特（Rana Mitter）

2015年9月3日，CNN滚动播出了下面这条关于“九三”阅兵的报道。

“中国超大规模的阅兵向远在彼岸的美国传达了一个明确信号：中国新型武器射程可直接覆盖美国军事目

标，”CNN 首席国土安全记者吉米·舒托从 90 分钟的阅兵仪式中挑出一枚导弹特写，开始了他的报道，“这个（DF-5B）导弹可以直接打到美国关岛，被誉为‘关岛杀手’；而这个（EP220 型）导弹则被专家称作‘军舰杀手’。”紧接着，这名记者以中国在南海建岛和中国海军在阿拉斯加海域无害通过为例证，称本次阅兵和近期一系列行为都在告诉世界：中国正在“炫耀肌肉”。

随后，这位美国大牌记者甩出狠招，开始用镜头语言“讲故事”，视频播放了较早前他随美国空军战机飞越南海上空的画面。在视频里，他乘坐的美军飞机在进入中国领空后，被中方识别并警告，“这是中国海军，这是中国海军，请迅速离开”，无线电波里传来中国军人的声音。此时，这位 CNN 记者和美军通信兵在控制舱内正襟危坐，面对中方的“威慑”，显得格外克制。整个过程颇具“碰瓷”感。

最让人瞠目的是结尾。报道回到阅兵现场，展现武器的画面后，记者插入了一段网络游戏里的战争画面，并做出了雷人的类比：“虽然中国的阅兵没有明确说针对美国，但在一个热销的中国游戏视频里，中国军队攻陷了一个非常类似美国的目标，并大获全胜。”画面最后一帧是游戏里的美国设施被中国攻打后冒烟。

整个新闻时长 2 分 5 秒，只字未提此次武器展示是纪念中国人民抗日战争暨世界反法西斯战争胜利 70 周年大阅兵，误导西方观众把阅兵理解成一场突如其来的针对美国和亚太邻国的武力威慑。找不到中国军事威胁美国的确凿证据，记者便在结尾找来一段网络游戏视频，用虚拟的游戏情景论证“中国军事威胁论”，这也算是“神来之笔”了。啼笑皆非之外，更让人感叹的是：一场付出了数千万中国人生命的残酷战争，一段中美精诚团结抵抗日本法西斯的“二战”记忆，在这样的报道中竟如此不堪地倒在了“中国威胁论”的思维定式前。

CNN的报道反映了不少普通美国民众对“二战”及当今世界格局的认知。

在美国的历史教育和主流叙事中，讲到“二战”，更多的是着墨于英法美盟友在欧洲战场抵抗法西斯的血雨腥风，是珍珠港事件和诺曼底登陆，是罗斯福、丘吉尔和戴高乐的惺惺相惜，是《安娜日记》《辛德勒名单》和《拯救大兵瑞恩》。遥远的中国，正如牛津大学历史学家拉纳·米特所言，已成为西方“被遗忘的盟友”（forgotten ally）。中国人民抵抗日本侵略的英勇和惨烈，南京大屠杀的惨绝人寰，亚洲战场3500万中国军民的伤亡，如今一些美国人已是闻之愕然，甚至一些人会觉得难以置信。今天，你若问一名普通美国人，当年是谁解救了德国纳粹集中营里的犹太人？很多人会不假思索地说：美国大兵！然而真实世界并不是好莱坞英雄电影，正确答案是苏联红军。

美国中心式的学校教育和意识形态烙印十足的大众传播是造成西方人“选择性失忆”的表面原因，更深层的社会原因是冷战以来的意识形态。“二战”后的世界格局经历了大洗牌，中国从西方眼中的“二战”盟友变成了冷战对手。

阴魂未散的冷战思维，在西方对“九三”阅兵的报道中，得到了清晰的展示。 除上文列举的CNN报道外，我们再来看看谷歌新闻排名居前的31篇西方媒体对“九三”阅兵的报道（见图3-1）。

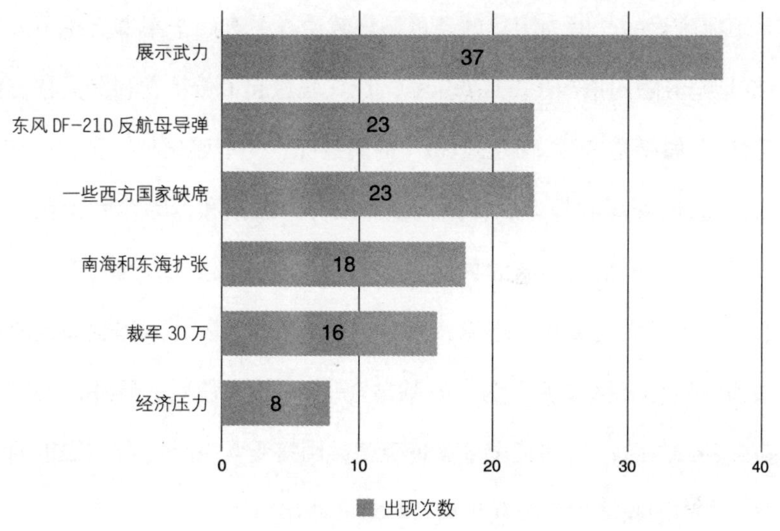

图 3-1　西方媒体报道“九三”阅兵的关键词

这些报道集中出现在 2015 年 9 月 3—4 日。报道中的高频词排名是：展示武力（37 次）、DF-21D 反航母导弹（23 次）、一些西方国家缺席（23 次）、南海和东海扩张（18 次）、裁军 30 万（16 次）、经济压力（8 次）。报道传递的主要信息有三点：（1）“九三”阅兵是中国军队“炫耀肌肉”；（2）一些西方国家缺席，质疑仪式的“正当性”；（3）裁军 30 万是中国军事优化升级，而非为了和平。

在所有报道中，最尖刻的一篇莫过于《华盛顿邮报》署名为编辑部（editorial board）的社论，标题是“中国阅兵是一场‘和平的’军力展示”（*China’s Military Parade Was a ‘Peaceful’ Show of Force*）[1]。大大的引号格外醒目，讽刺意味十足。文章一开始就站在“道德高地”上说：“西方民主

[1] https://www.washingtonpost.com/opinions/chinas-peaceful-show-of-force/2015/09/04/bb48e12e-531b-11e5-933e-7d06c647a395_story.html?utm_term=.21f7dcac25d3

国家是不搞阅兵的，因为阅兵的动机是将政治权力等同于军事力量……阅兵是 20 世纪丑陋的遗产（ugly relics），让人联想起了希特勒和斯大林，独裁和侵略。”如果是这样，那法国每年的阅兵呢？《华盛顿邮报》2017 年 7 月 14 日对法国阅兵的报道和评论，全然没有“独裁和侵略”的论调，而是呈现了美法首脑精诚团结的景象。美国总统特朗普及夫人与马克龙及夫人一起参加了盛大的阅兵，坦克、战机、军队悉数列阵。两国领导人的友谊还被西方媒体和网友调侃为“好基友”，一时传为佳话。另外，英国也经常搞阅兵，头戴白盔的英国皇家近卫骑兵团接受女王伊丽莎白二世的检阅。对此，美国媒体也不曾联想起“独裁和侵略”。

《华盛顿邮报》社论接着鼓吹道：“此次阅兵被标榜为（billed as）纪念‘二战’和抗战胜利 70 周年的国际庆祝，中国‘声称’（claim）此次阅兵释放的信号是和平，但事实上此次阅兵是为了恐吓邻国，恐吓美国，也为了炫耀中国的军事力量。”看到这里，大家要问：美国的核弹头、洲际导弹和航母数量远远领先于其他主要竞争对手，中国如何恐吓得到美国？

该文章还将裁军 30 万、促进和平的承诺说成是“掩盖事实”（distortion），因为中国会将更多资源集中在海军和空军，优化军力，威慑别国。按照西方媒体的套路，总要找两个活生生的故事来佐证。社论指出，阅兵当天，几艘中国舰船通过阿拉斯加附近的白令海峡海域。然而事实是，美国白宫、太平洋舰队此前都已表态：中国海军在阿拉斯加海域是按国际法准则无害通行（innocent passage），美国官方并不反对。

牵强的逻辑、片面的事实、主观的臆断，全文不遗余力地渲染“中国威胁论”。

很多西方记者或许不甚了解，抗日战争是国共合作、中华儿女团结奋斗的整个民族的胜利。在这片土地上，国民党领导了抗日正面战场的作战，发挥了关键作用；共产党则广泛发动群众，以游击战为主，成为抗日的中流砥柱。“三光政策”“活体实验”“南京大屠杀”的受害者是中华儿女，血泊中倒下的千万生命是我们的前辈和亲人。70 年后的今天，中华民族当然要缅怀历史，悼念逝去的同胞。

除西方媒体外，许多西方政府在“9·3”这一天的表态也令人唏嘘。

9 月 2 日，时任美国总统奥巴马在其发表的声明中只赞扬了“二战”中阵亡的 10 万名美国将士和 1600 万参与“二战”的美国军民。在谈到亚洲战场时，奥巴马仅大力称赞了今日之美国与日本如何化干戈为玉帛，建立了坚定的盟友关系，“今天的美日伙伴关系是70年前双方都不敢想象的”。整个声明，奥巴马只字未提中国。

美国国务院发言人麦克唐纳在例行新闻发布会上也只是轻描淡写、蜻蜓点水般地缅怀了包括中国在内的诸多国家在“二战”中的牺牲，而后话锋一转，便敦促中国同日本尽早和解，批评中国不应把“反日”作为“二战”胜利庆典活动的基调。

被称为新生代“中国通”的牛津大学历史学家拉纳·米特在 2004 年出版了耗时十年撰写的《被遗忘的盟友》一书，作者曾辗转中、美、英、日等多国查找一手史料。他在书中写道：“在很多西方人眼中，‘二战’就是一场以美国和英国为主的同盟国抵抗纳粹德国的战争，而付出惨重代价去抵抗日本、为整个反法西斯战争胜利赢得时间和奠定基础的中国，却始终未获得应有的关注。中国堪称是一位‘被遗忘的盟友’。”他对西方世界说：

“我想提醒人们，在不太久远的过去，中国曾同他的盟友一起对抗法西斯，那段历史叫‘二战’。如果我们想了解今天中国在全球社会中的作用，我们需要知道这个国家在20世纪三四十年代经历的一场悲壮而卓绝的战争。他们不仅为本民族的尊严和存亡，也为东西方两条战线的盟友，抵抗着人类历史上最黑暗的力量。”

然而，在“二战”结束70年后的2015年，米特的告诫却被“中国威胁论”的喧嚣淹没。看到部分西方国家的表态和西方媒体的叙事，很多人不禁感叹：如今，不知道是谁更需要解放思想，正视历史。

当西方媒体罕见地站在中国一边

“搞保护主义如同把自己关进黑屋子，看似躲过了风吹雨打，但也隔绝了阳光和空气。”（Pursuing protectionism is like locking oneself in a dark room. While wind and rain may be kept outside, that dark room will also block light and air.）

2017 年 1 月 18 日，习近平主席在瑞士达沃斯论坛上的这个金句被《卫报》《纽约时报》、美国消费者新闻与商业频道（CNBC）、NPR 等西方主流媒体不约而同地完整引述，这些媒体在显要版面对习主席的讲话做了报道。《卫报》的标题直截了当——“习近平告诉世界：特朗普制造壁垒，中国支持自由贸易”，《纽约时报》也来了一个“正面对抗”——“在特朗普时代，中国国家主席倡导经济全球化”。CNBC 和 NPR 两家在美国影响力颇大的媒体的标题则分别是“中国国家主席习近平:‘贸易战没有赢家’”和“习近平在达沃斯首次演讲中捍卫全球化”。这些报道大都介绍了中方在巴黎气候协定、支持多边主义等方面的主张，将中国塑造为自由贸易和全球化的捍卫者。

当时的西方世界正笼罩在保护主义的阴霾之下。在欧洲，人们依然处在对英国“脱欧”的错愕之中，欧洲一体化的前景扑朔迷离。德国、瑞典、奥地利见证了极右势力的死灰复燃。在大西洋的另一侧，新当选的美国总统则吹响反全球化号角，发誓要用筑高墙、竖壁垒的“美国优先”让国家再次伟大。此时，习主席的演讲犹如阴霾天气里的一缕阳光，照亮了全球化的愿景。

英国《金融时报》的评论这样说道：

“一位中共领导人……捍卫自由经贸秩序，让世界免受美国新总统的贸易保护主义威胁……习近平在达沃斯这个平台上，将自己展现为一位引领国际的政治家。”[1]

纵观西方媒体，虽在个别议题上对全球化的未来尚存疑虑，但整体基调是肯定和期许。西方主流媒体罕见地、一边倒地站在中国一边。

一年之后，国际时局再次生变，美国执意发起对华贸易战。美国媒体的报道似乎再次同白宫唱起“反调”，字里行间都是质疑对华加征关税的做法。我们具体来看看。

3 月 22 日当天，白宫宣布对价值 500 亿美元中国输美商品加征关税。

[1] http://news.dwnews.com/global/news/2017-01-18/59795031.html

我们分析了当天谷歌新闻排名前三十的对加征关税的报道，通过对报道中选取专家的背景及观点的分析来探究报道倾向(见图3-2和图3-3)。经统计，30篇报道中出现频率最高的专家来自：(1)农业等行业协会(37人)，如大豆协会、汽车协会及消费者协会；(2)经济学家(30人)；(3)政策界人

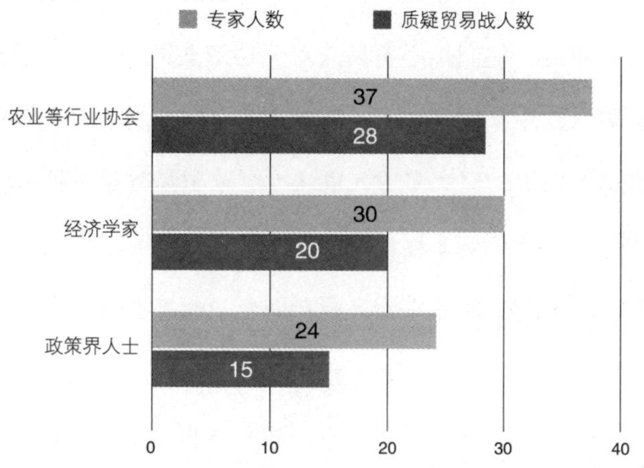

图3-2 专家背景及对贸易战的态度

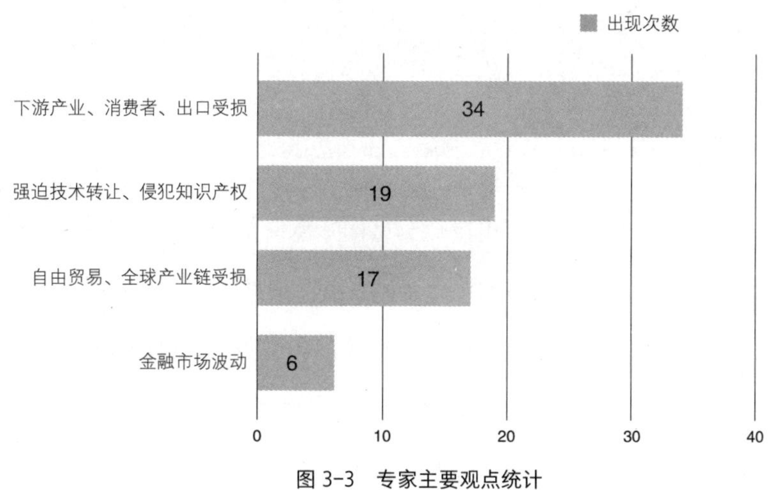

图3-3 专家主要观点统计

士（24 人），如战略学者和政客。其中，美国农业、工业、消费者等行业协会的 37 人中有 28 人质疑贸易战，他们往往是自身利益受损，故现身说法，表示贸易战导致下游产业成本提高并转嫁给消费者，同时担心中国的报复将损害美国出口。而在 30 名经济学家中，有 20 人质疑对华加征关税，8 人没有明显倾向，2 人支持。这些经济学家大多认为，基于比较优势的自由贸易是互惠的，他们担心贸易战对全球产业链和金融市场产生负面冲击。在政策界人士中，则是很多人支持对华强硬，尤其在知识产权和技术转让方面表达了顾虑，但大多数人也认为寻求贸易战是一种错误的手段。

从点赞达沃斯讲话到质疑白宫贸易战，美国媒体为什么会给人“胳膊肘向中国拐”的感觉，这是个案还是趋势？这些案例对我们的国际传播有哪些借鉴意义？

我认为，西方媒体在全球化和自由贸易等议题上与我们的一部分主张“不谋而合”，背后反映了当下美国主流媒体的两大特点：自由派偏见和反特朗普情结。

自由派偏见

美国新闻机构里都是自由派！右翼保守派经常用这样的方式讽刺他们眼中的主流媒体。主流媒体被认为充满自由派偏见（liberal bias），比如在美国国内议题上，它们的报道潜台词经常是支持堕胎、提倡控枪、同情外来移民；在国际议题上，则经常呼吁人们重视气候变化、维系自由贸易、拥抱全球化。美国的保守派则有着不同的观点。

对美国主流媒体有自由派偏见的指责并非空穴来风。在2008年美国总统大选中，美国三大综合台NBC、CBS和ABC员工的政治捐款记录遭曝光，1160名员工一共为代表自由派的民主党候选人捐款102万美元，为代表保守派的共和党候选人捐款14万美元，前者是后者的7倍。[1]在美国主流媒体供职的制片人、记者、主编大多拥有大学学历，而美国大学里的自由派倾向更加严重。通过对过去25年美国高校数据库分析发现，在南方和中西部大学里，自由派与保守派教授比例为3∶1，在西海岸这一比例上升到6∶1，而在常春藤名校聚集的东部，这一比例则高达28∶1。[2]基于比较优势的自由贸易理论对很多受过大学教育的西方记者来说再熟悉不过了，因为那是大学很多专业的必修课。

此外，美国主流媒体的演播室和新闻工作间大多位于采访资源丰富的大城市，比如华盛顿和纽约。在那里，人们在文化、教育、商贸和思想等方面同世界的接触较多，很多人都享受着全球化带来的好处。

美国主流媒体里自由派当道，于是出现支持全球化、质疑保守主义、质疑白宫贸易战的声音就不足为奇了。

反特朗普情结

敌人的敌人就是朋友。一些时候，美国主流媒体总是怀揣“逢特朗普必反”的心态。特朗普赞颂的事物也就成了主流媒体质疑的焦点，而特朗

[1] https://en.wikipedia.org/wiki/Media_bias_in_the_United_States

[2] https://www.bostonmagazine.com/news/2016/12/20/liberal-professors/

普批判的事物却常常成为主流媒体辩护的对象。主流媒体与特朗普的矛盾源自 2016 年美国总统大选。

整个大选年，美国主流媒体的报道让很多人认为那是一场毫无悬念的选举。电视里播出的民调结果几乎永远显示希拉里领跑，采访的民调专家大多认为特朗普只是昙花一现，希拉里终将获胜。然而 11 月 6 日，密歇根的汽车工人、宾夕法尼亚的钢铁工人、俄亥俄的消防员等沉默许久的美国人却用手中的选票，将特朗普送上总统宝座。全世界一片哗然，人们开始质疑 CNN、《纽约时报》以及各大民调公司：为什么如此明目张胆地偏袒希拉里、打压特朗普？刚刚结束大选之旅的特朗普也开始了"报复之旅"，用推特治国，将美国主流媒体形容为"fake news"（假新闻），三天两头同媒体隔空对骂。

按照惯例，总统就职后会和主流媒体寻求缓和，毕竟两者要保持一种秘而不宣的共生关系。主流媒体需要去白宫采访，需要政府线人"喂料"。而白宫也需要媒体营造积极舆论来助推政策和立法。但特朗普却选择与主流媒体继续战斗。主流媒体则对特朗普的抨击开足了马力，在 2017 年全年，热炒特朗普团队的"通俄门"。电视里几乎每天都播放着美国联邦调查局（FBI）前局长科米对特朗普解雇自己的控诉，或者是检察官穆勒对特朗普家人和亲信的调查，从儿子、女婿到竞选经理，不一而足。媒体越敌对，特朗普斗志越坚。他否认了媒体的全部指控，并在各种场合诋毁媒体的公信力，甚至在与外国元首共同出席的记者会上，不惜把贵客晾在一边 10 分钟，也要同媒体记者就某个美国国内议题而对骂。2018 年，事态没有丝毫的好转，除"通俄门"外，主流媒体还聚焦特朗普内阁的"离职门”、白宫“宫斗门”、“艳星封口门”，于是对特朗普被起诉甚至遭弹劾的猜测也开始不绝于耳。而特朗普则白天开会、深夜发推特反击，毫不示弱。并且，特朗普也成了近几十年来第一个连续两年不出席白宫记者协会晚宴的总统。在推特中，特朗普还把针对某篇报道或某个媒体的小写“fake news”（假新闻）改成了代表专有名词的大写“Fake News Media”（假新闻媒体），将这顶帽子扣到了除 FOX 之外的几乎所有主流媒体头上。

2018 年年末更是发生了戏剧性的一幕。CNN 白宫记者吉米·阿科斯塔（Jim Acosta）在中期选举后的第一场记者会上同特朗普发生激烈争论。他提出了一些特朗普不愿意回答的问题，特朗普简单回答后不耐烦地打断他并让他闭嘴。但吉米·阿科斯塔没有理会总统的警告，继续提问，此时白宫新闻办公室女助理走上前去从他手中抢夺麦克风，双方发生了短暂肢体冲突。事后，白宫新闻办吊销了阿科斯塔的白宫记者证，而后者则在华盛顿法院起诉白宫并将记者证件夺回。特朗普威胁称，在法院判决失效后将再次吊销他的证件。

美国主流媒体的“自由派倾向”和“反特朗普情结”，使其经常出现支持自由贸易和反对全球化的报道基调。从这一点我们可以认真分析，在恰当的时机，恰到好处地表达立场，以获得最大程度的共鸣。

『零距离』直击中美贸易战

2018年3月，中美贸易战拉开序幕。在当时，很多人并没有预料到它会发展成一场旷日持久的拉锯战。一年以来，我和同事奔走在中美贸易摩擦采访的一线，感觉就像坐过山车，惊险刺激，大起大落。车一直在向前冲刺，不知道下一个大反转在哪里，不知道车是否以及何时会停下。

太多行业都不可避免地被裹挟在了这场对峙之中。一路的记录与感受，清晰而生动，令人难忘。

中美贸易战期间，我有幸两次在不同的时间节点采访了国务院副总理刘鹤。这位中国领导人以坚定的立场、理性的表达和儒雅的风度展现了大国的风范。他流利的英文也让人眼前一亮，增强了与世界对话的效果。

2019年5月6日，美国忽然指责中国立场“倒退”，将谈判尚未完成的责任完全归咎于中国，并将价值2000亿美元中国输美商品的关税税率由10%提高到25%。特朗普个人在推特上连环开炮，在媒体上大肆发声。一时间，“中国反悔说”在西方世界迅猛传播。美国媒体纷纷猜测中方不会再如约抵达华盛顿参加第十一轮高级别磋商。然而，君子之国，先礼后兵。刘鹤副总理不仅顶住压力飞抵美国，还在第一时间接受了媒体的采访。在贸易谈判再一次被美方推到了理智边缘的关键时刻，刘鹤副总理带来了一种稳定的力量，也展示了中方的坦诚、自信与理性。

在所有西方媒体都被美国单方面的叙事引导的时候，刘鹤副总理向全世界澄清了谬误：美方对中国所谓的“反悔”指责是不负责任的，“目前双方在很多方面达成了重要共识，但中方有3个核心关切问题必须得到解决。一是取消全部加征关税。关税是双方贸易争端的起点，如果要达成协议，加征的关税必须全部取消。二是贸易采购数字要符合实际，双方在阿根廷已对贸易采购数字达成共识，不应随意改变。三是改善文本平衡性，任何国家都有自己的尊严，协议文本必须平衡，目前仍有一些关键问题需要讨论”。这场权威发布，使得中国的声音没有淹没在西方的语境里，也展示了东方式的不卑不亢。

国际货币基金组织（IMF）总裁拉加德，一位风度翩翩、品位卓越的法国女性，对华友好，连续两年把IMF年会上首个提问的机会给了我们。她的英文流利、谈吐优雅，一丝淡淡的法国口音增添了些许华贵。她喜欢用“天气”比喻全球经济。2018年上半年，全球经济迎来普遍复苏，当人们沉浸在喜悦的气氛中时，拉加德最先站出来警告各国：“应当晴天修屋顶，未雨绸缪，着眼于长期结构性问题。”随着贸易摩擦的升级，IMF半年内3次下调全球经济增长预期，拉加德坦言：“现在的天气看起来阴晴不定，最大的不确定性是贸易摩擦。”但话锋一转，她接着说道：“熟悉我的人都知道我总看到杯子里的水是半杯满的，我是一个乐观主义者。政治纷争带来的问题终究可以用政治智慧去化解。”辩证，睿智，理性。很多人说，这位国际权威金融机构女掌门人为西方世界的不少男性领导人做出了表率。

一年来，我们也走访了美国的乡村，和很多普通美国民众进行了对话。65岁的得克萨斯州农民查尔斯·林的小女儿要在2018年夏天出嫁。正当全家都沉浸在岁月静好的喜悦之中，突如其来的贸易摩擦给一家五口带来了不小的影响，中方反制关税直接影响到了他们的生计。查尔斯家里有7000万平方米农田，1/3种了高粱，几乎全部都要销往中国。而美方加征关税使这一年来自中国的高粱订单几乎为零。当我们在一望无际的高粱田里见到他的那一刻，本以为会感受到些许不满和敌意，但扑面而来的是美国南方特有的淳朴和好客。面对中方的反制，特朗普大笔一挥向美国农民发放了120亿美元补贴，在电视里大肆宣传自己对其忠实选民的责任和情谊。查尔斯告诉我们，补贴发到他手上的只有300美元左右，比起补贴，他们更需要中国市场。两天的拍摄采访结束了。临别前，他特意把我们带到他的办公室，十分爱惜地向我们展示了他挂在墙上的“福”字。这是多年前到访得克萨斯的中国东北采购团里的一个朋友送给他的礼物。他说他去过中国很多次，很喜欢中国和那里的人民。他一直把“福”字挂在墙上，一方面是祈祷风调雨顺、福气临门，另一方面也是难忘远方朋友的情谊。

当然，他也以此来祈祷贸易战尽快结束。

对贸易战最大的反对声浪聚集在美国学界。在我们采访过的众多学者中，耶鲁大学教授史蒂芬·罗是言语最犀利的一位。他直言不讳地对我讲：中国是美国最爱找的那只替罪羊。美国人低储蓄率和入不敷出的生活方式才是美国贸易逆差的重要原因。特朗普经常吹嘘大笔征收中国关税已经使美国国库富得流油，哈佛教授杰弗里·弗兰克尔却向我们揭开了这种说法的荒谬之处："关税就是赋税，这些费用由美国消费者和企业支付，而不是中国。"[1]面对我们的镜头，英国籍美国学者马丁·西弗则提醒人们大国博弈中的"60%定律"：历史数据显示，当苏联GDP超过美国的60%的时候，美国对苏联开始了全面遏制；当20世纪80年代日本GDP超过美国的60%的时候，美国也对日本进行了凶狠的贸易打压；当中国GDP也超过了美国的60%的时候，美国同样发起了对华贸易战。这位牛津历史系毕业的学者说，美国情报部门、国防部门、军事承包商等国家安全系统，以及保守派智库等非政府组织早已形成了利益共同体，即"深层政府"（deep state，也翻译为"国中之国"）。西弗认为，美国的"深层政府"才是对华贸易战幕后的推手。

受访者身份不同，立场各异，但有一点看法却趋同：用加征关税的方法去解决中美经贸问题是"看错了病，开错了药"。

随着贸易战的持续，一场舆论战也在展开。一线的媒体人日日夜夜都在为之努力。

[1] https://www.belfercenter.org/publication/real-cost-trumps-tariffs

在抗衡美国话语的过程中，我的朋友、同事刘欣与FOX女主播翠西“约辩”，在中美两国引起巨大反响。其实从获得全国英语演讲比赛冠军开始，刘欣姐就是我们的榜样。后来有幸成为同事，在一次国际传播培训中，我还和她做了一个月的同桌，课间及课后一次次长谈使我了解到了她的真诚和率直，更感受到了她对中国国际传播事业的一腔热情。如今她以实力获得亿万国人点赞，我为她感到高兴。在这背后，是她十数年如一日的勤奋积累。

行文至此，中美贸易摩擦依然在继续。截至2021年5月初，拜登政府依然没有取消对华关税。作为一名国际新闻主播和记者，深感责任的重大。和很多同事一样，我也做好了接下来继续战斗的准备——不论是对权威人士的下一次发问、对普通民众的下一个采访，还是同西方专家的下一场辩论。

中美贸易战：跟特朗普算清七笔账

中美贸易摩擦期间，我们辗转在特朗普票仓——西北“铁锈带”及南方各州深入采访。那里的不少普通民众，下到十几岁的少年，上到七十几岁的老人，都对特朗普本人或FOX等右翼媒体的宣传深信不疑。

“同中国打贸易战是为了日后的公平贸易，长痛不如短痛。”[1]“中国卖给美国东西不收税，美国卖给中国东西却要收税，这不合理。”“中国偷窃美国知识产权。”[2]

……

[1] https://www.foxnews.com/politics/graham-accept-the-pain-that-comes-with-trade-with-between-us-and-china

[2] https://www.foxbusiness.com/markets/chinas-theft-of-u-s-intellectual-property-is-hurting-small-businesses-the-ip-commission

不仅是立场、口径一致，连讲故事的节奏、引用的例证、情绪激动的节点都能保持一致，活像一个个复读机。在我十几年的记者生涯中，这样颇有“魔幻色彩”的场景实属罕见。

一直以来，特朗普政府的宣传是这样的：中国同美国进行的“不公平”的贸易导致美国对华贸易逆差过大，同时中国侵犯美国知识产权，美方必须报复。这样一个基于假设前提的论证将美方发动贸易战的动机合理化。的确，一些在华投资的美国企业在市场准入和知识产权等方面存在合理关切。但与此同时，以共和党保守派、“鹰派”战略学界、国会、情报界和军方为代表的美国反华势力，遏制中国的战略意图由来已久，现在终于遇到特朗普这样一个好胜心强、将大国竞争视作“零和博弈”的三军总司令，于是赶紧搭上这班“反华快车”，启动了这场酝酿已久，从贸易延伸至科技、投资，甚至传统安全领域的“对华贸易战 +”。

我在贸易战期间撰稿并录制了《跟特朗普算七笔账》系列短片，以国际权威机构的研究结果反驳了特朗普政府的误导性叙事。该视频发布后立刻在中美双方引起了反响。对华以负面报道居多的《纽约时报》破天荒在网站头条转载，英国 BBC 在视频发布的当天下午对我进行了专访，美国亚洲协会和约翰·霍普金斯大学等主流学术机构也纷纷在其社交媒体上转载点赞。在国内，视频在 3 天内点击量就超过 5000 万。

由于时间限制，我无法在短片中将调查和研究全部呈现。在本书里，我将核心观点做了进一步梳理，以期与特朗普仔细算算这七笔账。

第一笔账：贸易逆差总是坏事吗？

一些美国政客称，美国对华贸易逆差是中国“强暴”美国。

当一个美国消费者花费100美元购买了一件产自中国浙江的衣服，从账面上看他的确花费了100美元，可他也享用了这件衣服所带来的价值。大多数经济学家会告诉我们，贸易逆差并不是坏事。当一个国家总需求大于总供给时，国际收支表现为逆差，反之则表现为顺差。20世纪90年代以来，美国保持着巨额贸易逆差，一个重要的原因是美国经济持续繁荣，民众购买力强，需求旺盛。美国的消费占GDP比重接近70%。

此外，特朗普政府避而不谈的事实是：美国家庭储蓄率太低是造成美国贸易逆差的一大原因。在美国，即时享乐、消费主义盛行，“今天花明天的钱”早已成为美国社会的一大特征。1970年美国家庭存款占GDP比重13%，到了2017年只有2.6%；1970年美国家庭债务占收入比重为14%，到了2017年这一数字已飙升到73%。现如今，美国人口只占全世界的4.4%，却消费着全世界22%的商品。储蓄率越来越低，消费却越来越高，这就需“进口”别国的多余储蓄，借别国的钱来实现本国居民的超前消费。这也就加大了贸易逆差。

听上去有些抽象，落实在公式上却十分简单。通过对GDP公式的简单变位就能看得一清二楚。在经济学中：

国内生产总值（GDP）Y=居民消费C＋政府支出G＋投资I＋贸易差额NX

把贸易差额*NX*单拎出来，可以得出：

贸易差额 NX= 国内生产总值（GDP）Y－居民消费 C－政府支出 G－投资 I

其中，国内生产总值（GDP）*Y*－居民消费 *C*－政府支出 *G*= 国民储蓄，因为政府和民众消费后剩下的钱就是储蓄。于是，我们将公式最终写成：

贸易差额 NX= 国民储蓄 S－投资 I

在其他变量不变的情况下，国民储蓄 *S* 越小，贸易差额 *NX* 也越小，即贸易逆差变大。

对此，耶鲁大学教授史蒂芬·罗奇在《中美贸易不平衡的依赖》（*Unbalanced:The Codependency of America and China*）一书中犀利地指出："贸易赤字完全是美国自己造成的，美国入不敷出，拿明天的钱消费今天的东西已经持续几十年了，依靠大笔向外国借钱，美国人见证了历史上最惊人的一轮消费膨胀。政客们当然不想批评本国选民的花钱不节制，找个外国替罪羊容易得多。"

第二笔账：中间产品≠中国产品

如今的国际贸易统计方法，俨然成为一些西方政客忽悠普通民众的工具。在全球产业链高度融合，你中有我、我中有你的年代，很多商品其实都是"中间产品"，比如中国从韩国、日本进口零部件，在浙江、福建工厂进行组装，组装完毕后再将成品出口到美国。中国输美商品中高达 44% 是这样的"中间产品"。美国官方统计把所有"中间产品"的价值都算在中国头上，然而中国并未从这些中间产品中获利。根据牛津经济研究院

（Oxford Economics）的统计，如果把“中间产品”价值去掉，美国对华贸易逆差将减少 50%。

一个经典的例子是苹果手机：组装一部苹果手机，中国工厂的盈利仅仅是售价的 1%，而美国公司获利则高达 70%。

第三笔账：美国企业受害还是受益?

全世界所有大学的经济课上都会讲到西方经济学家大卫·李嘉图的“比较优势”理论：当 A 国和 B 国互相交换本国生产的更廉价、更优质的产品时，双方增益其所不能。人为的贸易壁垒则会造成整体社会利益的损失。这就是经济学家普遍呼吁自由贸易的原因。

对美国来说，全球化和自由贸易过程中产生的贸易逆差帮助美国产业结构升级：美国从海外进口大量廉价日常消费品，然后集中人力、物力优先发展以信息技术为主的高新技术产业，研制高附加值、高利润率的产品，在国际分工中长期居于领先地位。

从牛津经济研究院的几组数据可以看得更清楚。在美国，产值增速最快的四大行业中有 3 个刚好对应了从中国进口增速最快的三大行业，即第 1名的计算机与电子产品、第 2 名的交通机械和第 4 名的机械制造。原因很简单：美国公司将低附加值的环节如加工、组装，外包到劳动力相对廉价的中国等地，将高附加值的研发和市场营销等环节留在本土，使得利润率不断上升。这也是为什么美国整体制造业产值不但没有像美国政客所说的那样大幅度衰退，反而在 2017 年达到了历史高点。

第四笔账：以“国家安全”之名

2018年伊始，美国以“中国输美钢铁危害美国国家安全”为由展开“232调查”，2018年3月23日，美国总统特朗普在白宫正式签署对华贸易备忘录，吹响了对华贸易战的号角。

然而，综合中国海关、美国钢铁协会和独立机构兰格钢铁信息研究中心数据来看，中国输美钢铁一直呈下降趋势：2006年中国出口美国钢材540万吨，而2017年只有118万吨，下跌了78%。

在输美钢铁国家排名中，加拿大排名第一，中国只排第十一。仅凭这些钢铁，如何威胁美国天罗地网般的国家安全体系？在美国“232调查”报告中，共提到中国202次，加拿大只被提到24次。最终，中国被加征25%关税，而加拿大被暂免征税。这是保卫“国家安全”还是以“国家安全”为借口遏制战略对手？一些美国媒体都看不下去了，美国彭博新闻社当即发表了一篇文章，标题是“国家安全是搞保护主义的好理由，但不该选钢和铝”（*National Security is a Good Reason for Protection, but Not of Steel and Aluminum*）。

2018年下半年以来，美国故技重施，对华为公司及其5G技术展开全球“围剿”，理由也是保护美国及盟友的“国家安全”。当华为副董事长孟晚舟在加拿大被逮捕后，美国意见领袖们迫不及待地对孟晚舟和华为做出有罪推定，拿出自由派的傲慢派头大谈“主义”，比如华为同“非民主国家”的生意往来、华为的“共产主义”基因等。然而一些美国精英们私底下聊天时却坦言，他们更惧怕的是华为的实力。

第五笔账：机械化和中国，谁抢走了美国饭碗？

特朗普曾多次指责中国抢走美国制造业的饭碗，美联社也援引美国印第安纳州波尔州立大学（Ball State University）的统计数据，宣示了 88% 美国制造业岗位流失是机械化造成的。美国国会旗下的国会研究服务处（Congressional Research Service）也有调查显示，2010—2015 年，美国制造业从中国进口增长 100 亿美元，但制造业整体就业机会不但没有减少，反而增加 7%。

第六笔账：美对华服务顺差全球第一

2016 年美国对华商品贸易逆差 3470 亿美元，但美国对华服务贸易却顺差 370 亿美元，全球排名第一。美方只强调两国贸易中的商品贸易，比如服装、大豆、手机，但两国间还有大量的服务贸易，比如旅游、教育和知识产权。

根据中国商务部统计，2016 年中国游客在美人均消费 1.3 万美元，远超其他国家游客；在教育方面，美国是中国学生留学的第一大目的地，2016 年中国在美留学生人均花费约 4.5 万美元，为美贡献约 159 亿美元的学费收入；在文化产业方面，2016 年中国进口美国影片 51 部，给美方带来了近 160 亿美元的收入。

第七笔账：中国先扛不住？

诚然，中国经济在2018年面临巨大的下行压力，很多行业都有明显的感受。人们共同关心的一个问题是：贸易战继续打下去，中国经济扛得住吗？2019年5月，中国中央广播电视总台将这个问题提给了在华盛顿参加中美第十一轮高级别经贸磋商的国务院副总理刘鹤。他是这样回答的：

“从中国经济来说，从中期来看，经济周期的角度，从去年有点触底，今年走入上升期；从中长周期看，我们是非常乐观的；从近期的角度，从需求侧来看，中国国内市场巨大，巨大的消费市场，巨大的投资市场，不仅中国人看到了，全世界都看到了；从供给体系来看，我们正在推动供给体系的改革，所以产业的竞争力、产品的竞争力、企业的竞争力全面提升；从政策角度，宏观面看，我们的货币政策、财政政策还有充分的空间，政策的工具很多；从微观来看，我们的企业、企业家们也是有信心的。所以尽管会有压力，我相信，中国经济将保持平稳健康发展的良好态势。这里面最核心的一个问题，是信心和预期的问题。只要我们自己有信心，什么困难都不怕。在大国发展的过程中，出现一些曲折，是好事，正好检验我们的能力。我相信在以习近平同志为核心的党中央的领导下，大家共同努力，我们经济应该没问题。”

与此同时，中国现在是美国33个州的前三大货物出口市场，从大豆、红酒到波音飞机，太多美国制造依赖中国市场。代表美国150多家行业协会的贸易组织“关税损害美国腹地”（Tariffs Hurt the Heartland）多次发表声明，反对关税战。该组织网站中央的电子显示牌每秒都在更新美国方面的损失：按照美国经济每秒钟损失810美元估算，美中贸易摩擦已经给美国经济带来了超过250亿美元的损失。

一五一十地讲明这些道理，并不只是为了赢得一场辩论，更不是要挑衅，而是希望各方能够回归理性。或许有人说，谋求2020年大选连任的特朗普同中国对抗本身就是一种“理性”的冲动。且不说这一策略能否成功，美方发动这场贸易战，包括在此期间多次出尔反尔，对双边经济、全球化进程和美国国际信用带来的损害或许是一段时间都难以修复的。

『黄祸』的前世今生

侵入西方国家的黄种人劳工愿意忍受低薪待遇和恶劣工作条件，而对西方人生活方式构成的威胁。同时也指，黄种人不断壮大的实力和影响力对西方文明带来的威胁。

——美国《韦氏国际英语词典》对“黄祸”一词的解释

19 世纪中期，一群华人漂洋过海来到美国，凭借吃苦耐劳的天性，拿着比白人更低的工资，在高强度的工作中艰难度日。但随着美国淘金热的退去和经济危机的来袭，美国白人开始指责华工抢走了白人饭碗，华人被视作“黄祸”。美国社会掀起了声势浩大的排华浪潮，迫使美国政府在 1882 年顺势出台了《排华法案》。此法案始于民间，成于政府，这是第一个禁止一个种族进入美国的法案，也是第一次排斥一个种族加入美国国籍的法案。

百年之后，《排华法案》已废，而对黄种面孔的歧视犹在。

1982 年 6 月 19 日，即将结婚的 27 岁华裔工程师陈果仁与两位好友在底特律一间酒吧庆祝即将告别单身生活。两名失业的白人汽车工人坐在他们对面，对他们进行挑衅辱骂。当时以日本为代表的亚洲汽车大量倾销美国，致使美国汽车工业受挫，许多工人被解雇。一番口角之后，陈果仁逃出酒吧，白人父子不依不饶，追上陈果仁并用棒球棍将他殴打。四天后，陈果仁因伤重不治去世。原定于 6 月 28 日的婚礼却成了这位华人青年的葬礼。当地韦恩郡地方检察官以太忙为理由没有出庭，也没有传唤证人，底特律当地的州法院判决白人父子过失杀人，缓刑 3 年，罚款 3780 美元后当场释放。法官判决后说："这两个人不应该坐牢。" 1987 年 5 月 1 日，在华人的抗议声中，上诉法院推翻了之前的判决。然而，由 10 名白人、2 名黑人组成的陪审团竟认定白人父子没有种族仇恨动机，改判无罪！孤苦的陈母无处申冤，只身回到广州老家度过余生，生前以陈果仁的名义设立了一笔奖学金。[1]

进入 21 世纪，美国社会的种族关系取得了长足进步。但东方面孔在美国依然被戏称为"永远的老外"（the eternal foreigner）。虽然"黄祸"的喧嚣已经不在，但隐形的种族歧视，比如种族形象定性（racial profiling）依然屡见不鲜。

[1] https://chineseamerican.org/p/23635

2015 年 5 月 21 日清晨，任职于美国天普大学的美籍华裔科学家郗小星被猛烈的敲门声惊醒。

睡眼惺忪的他披上外衣打开门，只见十多名身着 FBI 制服的探员冲进屋里。“他们端着枪指着我，让我的妻子和孩子举起手站到角落里，在他们的面前给我戴上了手铐。”郗小星后来回忆说。当天，FBI 在郗小星家中将其逮捕，指控其涉嫌犯下包括将美国机密敏感的国防科技输送给中国企业在内的 4 项重罪。当时的郗小星面临最高 80 年监禁和 100 万美元的罚款。就在郗小星被捕前 6 个月，另一名美籍华裔科学家、美国国家气象局的水文专家陈霞芬也在位于俄亥俄州的办公室内被 FBI 逮捕。平时勤勤恳恳、低调做事的陈霞芬后来说，自己一辈子也不会想到有一天会在众目睽睽之下被铐上手铐，从办公室里一路拖出示众。陈霞芬被指控是中国政府的“间谍”，将敏感的水文信息等资料非法发给中国官员。几个月后，由于没有发现任何可以确凿指控郗小星和陈霞芬间谍罪的证据，美国司法部撤销了对两人的全部指控。2018 年 4 月底，美国绩效系统保护委员会首席行政法官施洛德做出裁定，华裔科学家陈霞芬是“严重不公正的受害者”。整个诉讼期间，美国国家气象局一直没有恢复陈霞芬的职位，4 年没有工作的她还欠下不菲的上诉费。而郗小星在案件结束后虽继续回到天普大学任职，但却因为此案失去了竞争正式职位的机会。[1]

2009—2015 年，美国因涉嫌经济间谍罪被起诉的涉案人员中，亚裔占比高达 62%，接近 2/3，而其中华裔占了大多数。[2]

---

[1] https://www.thepaper.cn/newsDetail_forward_2036830

[2] https://chineseamerican.org/p/23635

面对太平洋另一边的中国的崛起，美国的白人治国精英心里是百味杂陈。2018 年，美国“鹰派”发起了对华“贸易战 +”。一边是遏制中国高精尖科技的经贸攻势，一边是防中国“渗透”甚于防川的政策和舆论打压。以卢比奥、科宁、克鲁兹为代表的国会“鹰派”同“反华大本营”的安全及情报界一起发力，要求关闭孔子学院、叫停中美联合办学、指责中国驻美媒体和学者为“渗透”。FBI 局长克里斯托弗 · 雷（Christopher Wray）更是在 2018 年 2 月的国会听证上宣称：在美国“几乎所有领域”中学习和工作的“华人教授、科研人员、学生”都可被视为“非传统的情报搜集人员”，都可能是美国的“国家安全威胁”。该言论还一度得到特朗普本人的附和。

150 年，沧海桑田。从“黄祸论”到陈果仁案，从李文和间谍案到陈霞芬案、郗小星案，从对华贸易战到严防中国“渗透”，很多人在思考：中国人为什么总是美国爱找的那只替罪羊？这一切或许可以从“黄祸论”说起。

19 世纪中叶的淘金热（Gold Rush）和西进运动是美国人津津乐道的一段往事。对他们而言，那是一段荡气回肠的拓荒史，是放荡不羁的牛仔精神，是一夜暴富的勇敢者游戏。然而，对那个年代的数万名赴美修建铁路的华工来说，却是一段血与泪的辛酸史。这些中国人坚守在海拔 2100 米、地势凶险的内华达山脉中，挖山、炸石、凿隧道，任劳任怨。酷暑时分，他们在 45 摄氏度的内华达沙漠里挥汗如雨，经常有人昏厥。寒冬来临，大批来自中国南方的华工冻死在落基山脚下。越来越多的华人参与了美国第一条跨州铁路的修建，而这竟招来了白人劳工的嫉恨。“黄祸”的指责开始不绝于耳。

白人工头起初不是没给自己的同胞们机会。但铁路开工后，很多爱尔兰后裔的白人工人发现施工条件太艰苦、太危险，便开始要求加薪，酗酒斗殴，还隔三岔五搞罢工。每天有数以百计的白人劳工逃跑，施工进展缓慢。据记载，开始的两年只铺了 80 千米铁轨。[1]铁路公司没有办法，决定雇用大批华工。白人眼看着这些吃苦耐劳的中国人“抢走”了自己的饭碗。公司每月付给白人工人 35 美元，包食宿；而给华工只有 26 美元，不包食宿。尽管如此，华工们齐心协力，在当时创造了 12 小时铺设 16 千米铁轨的世界纪录，人数也一度占到美国铁路工人总数的 90%。[2]那个年代施工的危险也是巨大的，据《每周华侨史话》记载，某些艰险地段华工死亡率超过 10%。美国作家马克·吐温后来写道：“每一段铁轨下面都埋葬着华工的尸骨。[3]”

美国第一条州际铁路的建成，为美国近代工业化奠定了重要基础。然而，在这条用华人血肉之躯铸成的铁路的竣工之日，庆祝活动上竟没有一位华工作为代表被邀请，他们是连“二等公民”都不如的“异类”。来自加州的法官在贺词中说：“铁路的建成是加州同胞努力的结果，在加州人民的血管中，流着法国、德国、英格兰和爱尔兰四个当代最伟大民族的血液。”[4]

铁路修建完毕，“黄祸论”却没有就此退场。华人从西部逐渐扩散到

---

[1] https://baike.baidu.com/item/%E5%A4%AA%E5%B9%B3%E6%B4%8B%E9%93%81%E8%B7%AF

[2] http://blog.sina.com.cn/s/blog_860e956c0102w26j.html

[3] https://baike.baidu.com/tashuo/browse/content?id=835bbb2f9dafd926a7039dbf&lemmaId=9734631&fromLemmaModule=pcBottom

[4] http://blog.sina.com.cn/s/blog_61b418470102wgne.html

其他城市，开餐厅、开洗衣店，大多是体力活。美国人于是又发明了“coolie”（“苦力”的音译）一词来形容那个时期的黄皮肤的“低技能”体力劳动者，这个词后来被收进英语词典。随着淘金热的退去，金矿数量不断减少，1873 年美国又爆发了经济危机，就业形势急转直下，白人再次将失业原因归咎于这些“苦力”。他们在各种公开场合喊话，呼吁不要给华人工作机会，还通过强征“矿山执照税”等手段迫使中国矿工离开。美国多地还爆发了暴力排华事件，百余名无辜华人被凶残迫害致死。

学者们总结了那个时期美国白人对黄种人歧视的心理原因。汉学家梁颖晖犀利地指出：“‘黄祸’代表了西方对一个异族在性和种族方面的焦虑，是一种担心西方衰败的理论，认为西方将被东方人种在数量上超越并被奴役。”[1]西方学者吉娜·马切蒂（Gina Marhchetti）则认为，西方人对“黄祸”的恐惧根源要追溯到 13 世纪蒙古人成吉思汗征服欧洲，他们担心“西方将被来自东方的不可抗拒、黑暗、神秘的力量征服和包围”。[2]而到了 19 世纪中后期，东方人种在数量上迅速超过西方，而文化又自成一个闭环，使富有侵略性的西方文明认为“没有切入点”。那个阶段，日本军国主义力量迅速崛起，引起西方警惕，中国虽因西方列强侵略跌倒在血泊中，却有不容忽视的庞大身躯，将来若重整旗鼓，更是西方不能承受之重。

20 世纪初期，西方大众传媒的发展更是让“黄祸论”在更大范围内传播。那个年代的英美漫画、小说和电影中，“黄种人入侵”的题材刺激

[1] https://www.irishtimes.com/culture/books/perceptions-of-the-east-yellow-peril-an-archive-of-anti-asian-fear-1.1895696

[2] 吉娜·马凯蒂：《浪漫故事和“黄祸”论：好莱坞影片中的种族、性以及主题不清的策略》，加州伯克利大学出版社，1993 年出版。

了西方人的敏感神经。在这些作品中，黄种人只有两副面孔，要么愚昧麻木，要么面目狰狞。其中对整个西方世界影响最深远的莫过于神秘而邪恶的傅满洲博士（Dr. Manchu Fu）。这个人物是1913年由英国作家萨克斯·洛莫尔（Sax Rohmer）在《傅满洲博士之谜》一书中刻画的。中国人可能并不熟悉，但他在当时的西方可是家喻户晓。傅满洲博士学贯中西、精通多国语言，是个科学怪人，同时又野心勃勃，心肠极为歹毒。他的核心目标就是用残酷的手段扫荡整个西方。他是中国人奸诈巧取的绝佳象征，是典型的"东方歹徒"，是"黄祸"的化身。1932年《傅满洲的面具》中有这样一段描写：傅满洲把一个白人女孩交给他的追随者，并对他们说："你们想不想要这样的少女做老婆？那么征服吧！繁衍吧！杀光白人男子，抢走他的女人！"（Would you all have maidens like this for your wives? Then conquer and breed! Kill the white man and take his women!）

冷战时期，傅满洲博士这个阴险角色的受欢迎程度有增无减。今天，我们常会抱怨黄种人在好莱坞电影中大规模缺席，即便出现也难成主角，殊不知从1929年的《傅满洲博士之谜》到1980年的《傅满洲的奸计》，西方世界共拍摄了13部傅满洲的电影，只不过这个黄种人男主角是由化着倒三角眼、粘着两撇胡子的白人演员扮演的。黄种人傅满洲是对美国人生活方式构成威胁的全民公敌，有人说他当时的"江湖地位"堪比后来的本·拉登。

为什么要创作出如此"妖魔化"的一个种族的大众文化符号？这个符号为什么能在美国社会深入人心？

傅满洲系列作品的原创作者萨克斯·洛莫尔后来一语道出天机："1912

年，似乎一切时机都成熟了，可以为大众文化市场创造一个‘中国恶棍’的形象。义和团暴乱引起的‘黄祸’传言，依旧在坊间流行，不久前伦敦贫民区发生的谋杀事件，也使公众的注意力转向东方。”[1]

从“黄祸”“苦力”到傅满洲，这一系列诋毁黄种人形象的文化符号背后有着白人刻骨的傲慢。

美国人称自己为“上帝的选民”，自己的国家是“山巅之城”（City upon a Hill），崇尚“美国特殊论”。直至今日，虽然美国种族问题取得长足进步，但今天的美国依然可以选出鼓吹“白人至上”的总统。100 年前，对西方文化有深入理解的文化大师辜鸿铭犀利指出，“黄祸论”者绝不仅仅是“贪求物质利益并着眼于贸易目的的自私”[2]，其背后是根植于西方文明深处的扩张愿望和“文化战略”。辜鸿铭指出，道貌岸然的形象之下，西方文明有不愿意自我审视的阴暗角落。在历史上，“黄祸论”者研究出一些所谓的“科学证据”显示：白种日耳曼人的平均脑容量远高中国人和黑人，是世界上最优秀种族，因此“劣等”黄种民族最好由欧美纯种民族来统治。

2018 年 6 月，普林斯顿大学出版了首部英文完整版的《爱因斯坦游记》（*The Travel Diaries of Albert Einstein*），连这位享誉中外的科学家竟也难掩对东方人生活习惯的歧视。他用勤快（industrious）、猥琐（filthy）和迟钝（obtuse）3 个词形容他在 1922 年见到的中国人，他说：“中国人吃饭

[1] https://baike.baidu.com/item/%E5%82%85%E6%BB%A1%E6%B4%B2/9265630#viewPageContent

[2] 黄兴涛等译：《辜鸿铭文集》，海南出版社，1996 年出版，第 171 页。

的时候不坐在长凳上，而是蹲着，就像欧洲人在茂密的树林里解手时那样。就连孩子们看起来都是无精打采的迟钝样子……就连那些沦落到像马一样工作的人似乎也没有意识到自己的痛苦……他们往往更像机器人，而不像人。”[1]这位美国科学家甚至还称：“中国人繁殖力旺盛，如果中国人取代了其他种族，那就太可惜了。”[2]

在很长一段历史时间里，美国的政客和白人统治精英们也毫不掩饰自己对黄种人的歧视。

美国总统杜鲁门在 1911 年的一封家书（见图 3-4）中对妻子说：“我觉

sticks away and use only a cane now. I told Ethel I am going to get me a gold headed one and an eye glass if some one of my friends lent me the coin and pretend that I had been to Georgie V's crowning. Don't you abhor snobs? Think of such men as Morgan paying to be allowed to dance with Royalty. You know there isn't a royal family in Europe that wouldn't disgrace any good citizen to belong to. I think one man is just as good as another so long as he's honest and decent and not a nigger or a Chinaman. Uncle Will says that the Lord made a white man from dust, a nigger from mud, then ~~He~~ threw up what was left and it came down a Chinaman. He does hate Chinese and Japs.

I know I am not good enough to be anything more but you don't know how I'd like to be. Maybe you think I won't wait your answer to this in suspense.

Still if you turn me down, I'll not be thoroughly disappointed for it's no more than I expect.

I have just heard that the Masonic Lodge I was telling you of is a success. There won't be two in our town. The one I belong to is in Belton six miles away. This one is in Grandview only one mile.

Please write as soon as you feel that way. The sooner the better pleased I am.

More than sincerely
Harry.

图 3-4　杜鲁门 1911 年 6 月 22 日写给妻子的亲笔信（藏于杜鲁门总统图书馆）

[1] 阿尔伯特 · 爱因斯坦：《爱因斯坦游记》（*The Travel Diaries of Albert Einstein : The Far East,Palestine and Spain,1922–1923*），普林斯顿大学出版社，2018 年出版。

[2]《爱因斯坦游记》。

得一个人只要诚实、正直、不是黑鬼或者中国佬（Chinaman），他就是好人。威尔斯叔叔说上帝从尘土中造了白人，从泥巴中造了黑人，然后把剩下的东西一扔就出来了个中国佬。他（威尔斯叔叔）恨中国人和小日本（Japs）。我也恨。我想这就是种族歧视吧。但是我坚信黑鬼就应该在非洲，黄种人在亚洲，白人在欧洲和美国。（I think one man is just as good as another so long as he's honest and decent and not a nigger or a Chinaman. Uncle Wills says that the Lord made a white man from dust, a nigger from mud, and then threw what was left and it came down a Chinaman. He does hate Chinese and Japs. So do I. It is race prejudice I guess. But I am strongly of the opinion that negroes ought to be in Arica, yellow men in Asia, and white men in Europe and America.）"[1]

后来，曾经将黄种人视为低端人种的杜鲁门在 1945 年做出了在人类历史上影响最深远的决定之一，向日本投下两颗原子弹，造成近 20 万日本民众和军人的死亡。美国政府称，派地面部队同日本短兵相接可能造成大量美国人死伤，原子弹"挽救"了数十万美国大兵的生命。这也是人类历史上唯一一次使用原子弹。向日本投原子弹当然主要是军事和战略考量以及政治需要，但是否有些许对东亚黄种人的歧视也是众说纷纭。至少，杜鲁门本人多次将日本称为"蛮夷"，美国军中更是将 Japanese （日本）和 apes（猿人）合在一起，构成 Japes（日本猿）一词来表达贬义。美军在战时宣传中，将日本人刻画为害虫和老鼠，是"低人一等的动物"。

而从艾森豪威尔政府的"反共"主张里也能依稀看到黄种人"低人一

[1] https://apnews.com/article/ab0d537a112c3554373a97dff54c0e60

等”的看法。艾森豪威尔的左膀右臂、国务卿约翰·福斯特·杜勒斯（John Foster Dulles）是冷战政策的主要推手之一。他毫不掩饰对黄种人的歧视，称要防止“一群黄种原始部落南下，把整个亚洲都变成共产主义国家”[1]（images of yellow hordes seeping south to turn all of Asia communist）。

到了 21 世纪，中国人在尝尽挨打和落后的苦头后卧薪尝胆，一跃成为世界第二大经济体。而后经济危机时代的美国却经历了制造业流失、债台高筑、家庭收入停滞等困局。美国“鹰派”将美国衰落的一部分原因归咎于中国在经济上的“偷窃”和“侵略行为”，并在 2018 年发起酝酿已久的对华贸易战。没有了“黄祸”的喧嚣，“中国威胁论”这个听上去更加“政治正确”和“正当”的说辞粉墨登场。

这一系列攻势背后的主要推手之一、白宫幕僚纳瓦罗的著作和言论被一些人认为堪称“21 世纪版黄祸论”。虽然少了“黄祸”“中国佬”等如今已经政治不正确的字眼，但“偷窃者”“骗子”“不遵守国际规则的人”等表述却饱含敌意和歧视色彩。作为学者，纳瓦罗过去 10 年酝酿了 3 轮对华舆论攻势。2008 年他出版了《即将到来的中国战争》一书，副标题是“战场在哪，如何取胜”（*The Coming China Wars—Where They Will be Fought and How They Can Be Won*）。书中认为中国利用廉价商品跟美国人进行经济战争，预言中国的盗版、毒品、环境、水资源、腐败、内部矛盾、人口老龄化都将使中国内部瓦解的同时威胁美国和西方世界。2011 年，纳瓦罗又出版了著名的《致命中国》（也有人翻译成《中国致死》），副标题为“对

[1] 弗瑞林：《黄祸：从傅满洲看西方人的东方恐惧》（*The Yellow Peril: Dr Fu Manchu & the Rise of Chinaphobia*），泰晤士与赫德逊出版社，2014 年出版。

抗中国龙——全球总动员”（*Death by China*：*Confronting the Dragon—A Global Call to Action*），危言耸听地将中国塑造成一个即将侵略西方的世界恶霸，声称如果中国成为世界最大经济体，将盗取美国和整个西方的科技、知识产权，置美国人于死地。而2015年最新出版的《卧虎：中国军事化对于世界意味着什么》（*Crouching Tiger*：*What China's Militarism Means for the World*）则将中国军力夸大10倍，吹响了“中国军事威胁论”的号角。

面对西方白人的优越感，早在百年前，深谙东西方文化的辜鸿铭就说，各方应在知识和道义上扩展对彼此的认识，化解对彼此的恐惧。

时至今日，中华民族的伟大复兴是回击“黄祸论”和白人“优越论”的最好利器。有时候，我们可以多做少说，甚至光做不说。另外一些时候，我们可以也做也说，将中国人的故事更好地讲给西方人听，增信释疑。民族复兴不是要证明自己更“优越”或者更“特殊”，更不是像对手矮化我们为“黄祸”“中国佬”一样将对手矮化为“白垃圾”，而是为了传承人类延续最悠久的文明的精神血脉，达到社会经济与民生教育发展潜力的上限，让一个种族和民族获得它在世界上最应得的地位（earn its most deserving standing）。

『历史终结论』的终结

我们目前见证的不仅是冷战的结束，或“二战”后一段特定时期的逝去，而是历史的终结：即人类意识形态演进的终点，以及西方自由民主制度作为人类“终极”政治制度的普世化。

——弗朗西斯·福山

What we may be witnessing is not just the end of the Cold War, or the passing of a particular period of postwar history, but the end of history as such : that is, the endpoint of mankind's ideological evolution and the universalization of Western liberal democracy as the final form of human government.

—Francis Fukuyama

1992年，随着苏联的解体和柏林墙的倒塌，美国知名政治学者弗朗西斯·福山撰写了《历史的终结与最后的人》(*The End of History and the Last Man*)一书。开篇的引言浓缩了其中的观点。福山认为，冷战的结束是"历史的终结"，因为它宣告了西方式民主制度成为放之四海而皆准的人类"终极"政治制度(the final form of human government)。东西阵营长达半个世纪的赛跑到了终点。

此观点一出，受到西方学界的热烈追捧，精英阶层为之一振，普通民众也欢呼雀跃。

当时当地，福山没能预想到中国可以"逆袭"。

2014年，在接受加藤嘉一专访时，福山改口了："中国构成了对'历史的终结'这个观念最重要的挑战……如果中国成功化解了这些压力，并且在下一阶段继续保持强大和稳定的状态，那么我认为中国确实成了(西方)自由民主制度以外一个真正的替代性选择。"[1]

福山的言论颇具代表性。步入21世纪以来，对于中国的制度模式，西方主流学界的声音也变得更加多元，从唱衰、坐等崩溃、接受其存在合理性，到如今开始系统研究和学习。

早在2004年，《时代》周刊前主编乔舒亚·拉莫(Joshua Ramo)用"北京共识"(Beijing Concensus)一词形容中国独特的制度。他认为"北京共识"就是通过务实的政策推动创新与实验，比如经济特区和试点制度；实现普惠、高质量增长以及可持续发展，强调GDP增长的同时强调环境保护，

[1] http://www.sohu.com/a/218040784_777705

捍卫国家主权独立，包括金融主权和军事主权。[1]他认为“北京共识”和之前“华盛顿共识”的最大区别是中国模式不强求其他国家仿效，它的独特性区别于华盛顿模式自诩的普世性。[2]

在谷歌学术（Google Scholar）中，先后搜索“China Model”（中国模式）和“Washington Consensus”（华盛顿共识），结果显示：2004—2018年用英文发表的国际学术著作和刊物中，“中国模式”出现了29000个结果，超过了“华盛顿共识”的25000个结果。大致浏览一下标题，这些文献里有对中国模式的质疑和唱衰，有研究其存在合理性的理性声音，也有对其独特性的肯定与称赞。

虽然西方学界对中国制度的认知呈日益多元化的趋势，但是更能反映普通民众认知的西方主流媒体的叙事角度却依旧单一，大部分报道没有脱离意识形态色彩十足的叙事，我们来看看西方媒体如何报道2017年召开的中共“十九大”。

我们选取了谷歌新闻搜索排名靠前的对大会的31篇报道。这些文章集中发布于2017年10月16—24日会议召开期间。其中包括美国收视率最高的三大综合电视台ABC、CBS和NBC，销量最大的报纸《纽约时报》和《华盛顿邮报》，美联、路透等通讯社，保守派杂志《国家利益》以及自由派的《赫芬顿邮报》。

在这些报道中，排名第一的高频词是“权力”，一共有75次，具体措辞不尽相同，较多出现的如“权力”（power）。第二高频词是“控制”，一

[1] http://www.xuanju.org/uploadfile/200909/20090918021638239.pdf
[2] https://thediplomat.com/2016/08/interview-joshua-cooper-ramo/

共有 40 次，具体措辞包括“管控”（control）“权威”（authority）等。第三高频词是“外交军事扩张”，一共有 25 次。报道引用南海造岛、“一带一路”，以及对香港和台湾事务“干预”为例子。第四到第六的高频词依次为对制度透明性的质疑、常委名单预测、中国经济挑战。第七高频词是会议时间，31 篇报道中有 10 篇都提到了会议长达 3 个半小时。“小康社会和现代化目标”和“反腐”分列第八和第九（见图 3-5）。

这些高频词体现了西方记者笔下对“共产党国家”的几种常见叙事，如权力叙事、扩张叙事和审查叙事。所选报道中，鲜有对“十九大”报告具体内容的梳理解读，几乎没有报道涉及“十九大”报告对人工智能、清洁能源、互联网科技、金融监管等领域的政策规划。

在这 31 篇文章中，评论占了近 1/3，体现了以前官员、学者、意见领袖组成的西方评论员队伍在西方话语体系中占据的重要地位。在新闻第一落点被社交媒体和应用软件（app）抢占的年代，越来越多的媒体重视第

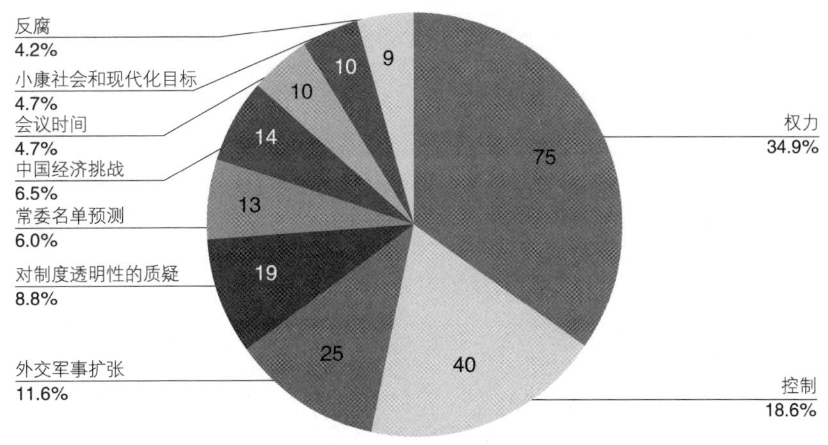

图 3-5　西方媒体报道“十九大”高频词排名

二落点，对新闻进行纵深梳理和评论。在今天的美国，托马斯·弗里德曼或者诺贝尔奖经济学家克鲁格曼撰写的观点性专栏比一篇新闻主消息的阅读量高很多。当下，美国收视率最高的两档晚间黄金时段新闻节目分别是福克斯新闻网（Fox News）知名主播、特朗普好友肖恩·汉尼迪的《汉尼迪秀》（*The Hannity Show*），以及 MSNBC 的女主播蕾切尔·玛多的《蕾切尔·玛多秀》（*The Rachel Maddow Show*）。两者都是解读当天时事动态的“夹叙夹议”风格的新闻评论节目。

所选 31 篇报道中，最负面的一篇莫过于章家敦（Gordon Chang）撰写的评论。该评论对中共制度和中国现状进行了全面指责，预言中国的政治模式将失效，而对“十九大”报告的主要内容却几乎没有涉及。章家敦是西方评论界的老朋友，专业“唱衰”中国 20 年，正可谓“孜孜以求”。他屡次预言“中国崩溃”却都失败，并因此而闻名。章家敦在 2001 年 8 月出版的《中国即将崩溃》（*The Coming Collapse of China*）一书中断言：中国现行的政治和经济制度，最多只能维持 5 年，称中国的经济正在衰退，并开始崩溃，崩溃的时间“会在 2008 年北京奥运会之前而不是之后”。现实“打脸”了这个推论，中国不但没有崩溃，GDP 还在 2002—2012 年翻了四番。章家敦为挽回颜面，在 2012 年出版了新版《中国即将崩溃》，称有利于中国经济的国内因素和国际环境已经改变，中国经济将步日本后尘，进入持久衰退期，并预测伴随着中东的“颜色革命”，“中共垮台就在 2012 年”，结果再次失败。他还曾在 2006 年、2011 年、2012 年、2016 年和 2017 年 5 次预言中国“崩溃”。在事实无情的掌掴下，章家敦这样的学者本应在西方学界信誉扫地，可这位满嘴跑火车的评论员却依然是西方评论界的宠儿，三天两头现身美国主流媒体，大谈特谈中国问题。我们只能推测，愿意相信“中国崩溃”的西方听众和读者依然不少。他们听听章家敦的妄言，多少能为自己一疏积郁。如果每天看到的都是中国人工智能突飞猛进、微信移动支付发达到“出门不怕没钱就怕手机没电”、中国高铁里程占全球 2/3 这类消息，一些人的心情想必会十分“复杂”。

分析西方报道对中国的指责可以发现，很多文章都采取了相似的套路和说辞，让人怀疑记者在下笔前已打好腹稿，然后选取符合“共产党国家”叙事的细节去填充。早在 2006 年我在美联社北京分社实习期间就发现，这些驻京西方记者大都有很强的职业精神和新闻敏感度，而且调查能力很突出。但很多时候，他们调查的是西方观众期待的中国故事。

针对西方媒体的意识形态偏见，美国学者乔姆斯基在《制造共识》（*Manufacturing Consent*）一书中指出：长久以来，美国媒体的五大“过滤机制”（news filters）之一就是“反共”意识形态，它是一个“国家层面的信仰和管控机制”（anticommunism as a national religion and control mechanism），一直左右着美国媒体的报道角度。其他四大“过滤机制”包括盈利模式和媒体拥有者、广告商和其他金主、政府和专家等新闻源、报道对象的施压。使这种“反共”意识形态深入人心的是美国长达半个世纪的“恐赤论”的“反共”宣传（red scare propaganda）。

1917 年，伴随着俄国革命的胜利，共产主义思潮席卷了包括美国在内的全世界。1919 年，美国共产党成立，助推了工人运动的兴起。一些底层工人的权益意识进一步觉醒，工会频繁组织罢工，少数族裔的民权活动也呈上升态势，这些都引起了美国统治精英的警惕。后来爆发的“大萧条”更是打击着美国精英对资本主义制度的信心。在这期间，美国掀起了第一波反对“红色恐怖”（red scare）浪潮，政府给共产主义思想和工人运动贴上了极左（ultra leftist）、“颠覆国家”（subversion）和“叛国”（treason）的标签，高调羞辱。“二战”结束后，美国同苏联展开冷战，美国精英们将拥有核威慑而意识形态又与自己截然不同的苏联当作头号公敌，掀起了更加汹涌的第二轮“反共”浪潮。美国政府通过政治迫害、法律追捕、社会孤立、文化妖魔化等方式，打压美国国内的共产党人和信仰共产主义的活跃人士。这个时期的代表人物是时任参议员约瑟夫·麦卡锡（Joseph McCarthy）。他声称美国政府内部潜伏着大量苏联掌控的共产党员，并呼吁尽快“肃清”，但始终无法提供可信的证据。为了迫害共产党人，美国国会专门成立了“非美活动调查委员会”（The House Un-American Activities Committee）。在麦卡锡议员等人的推动下，众多美国政府雇员、企业白领，甚至普通民众都接受了众院“非美活动调查委员会”的审问以及执法部门的调查。一些人丢掉了饭碗，一些人被起诉，另外一些人则被捕入狱。而后来，大多数案件因证据不确凿，或被判定含有政治动机而被撤诉，或给予平反[1]。第二轮“红色恐怖”也被称作“麦卡锡主义”（McCarthyism）。

在两轮“红色恐怖”宣传中，美国的大众传媒功不可没。“这就是我们的未来？”（Is This Tomorrow?）、“如果俄国人获胜”（If Russians Win）等海报在当时的美国家喻户晓，煽动着民众对共产党国家的恐惧。这类宣

[1] https://en.wikipedia.org/wiki/McCarthyism#cite_note-3

传中要么是苏联入侵美国本土的场景，要么是美国已经沦陷于苏军火海中的惨状，要么是美国妇女被苏联人侵犯的情景。当时还是一名好莱坞演员后来成为美国总统的里根也倾情主演了“反共”宣传片，现身说法，告诫全国同胞。教给学生如何识别和举报共产党人的“你是共产党还是公民？”（Are you a commie or a citizen?）的视频更是传遍了全美的校园。对“红色”的深深恐惧镌刻在一代美国人的记忆里。

直到今天，美国人开玩笑时还常用“communist”调侃对方的“邪恶”想法，右翼政客们也经常给左翼对手贴上“communist”的标签。不论是2009年奥巴马推出的全民医保，还是2016年大选桑德斯提出的扩大增加政府福利的主张，共和党人都在对政策没有系统考证的情况下，就一概将其痛批为“communist”。接受了半个世纪的“红色恐怖”宣传，不少美国人如今对“共产党执政国家”会产生条件反射般的反感。

虽然福山本人都承认历史并没有“终结”，很多西方学界精英也开始摒弃意识形态禁锢，更加实事求是地研究中国模式和中国道路，但更能反映西方民众平均认知水平的主流媒体对中国的报道却依然延续着传统的“共产党国家”叙事。在中国已经改革开放40年后的今天，一些自诩“国际范儿”的西方人却依然用“非此即彼”的思维框架进行着“姓资”还是“姓社”的讨论，让人感慨良深。

第 4 章

怎样让世界听懂中国

『西强我弱』话语权格局的现状及建言

知己知彼，百战不殆。面对“西强我弱”的话语权格局，我们先要搞清楚对手在哪里、强在何处，方能有的放矢。

全球网站流量监测公司 Alexa 的数据，截至 2018 年 11 月 28 日，根据访问量和页面停留时间，列出全球排名前十五的新闻类网站依次是[1]：(1) 红迪网 (Reddit，美国，类似微博和天涯论坛)；(2) CNN (美国)；(3)《纽约时报》网站 (美国)；(4) 谷歌新闻 (美国)；(5)《卫报》网站 (英国)；(6) 雅虎新闻 (美国)；(7)《印度时报》网站 (印度)；(8)《华盛顿邮报》网站 (美国)；(9) 图片网站 Shutterstock (美国)；(10) 美国天气网站

[1] http://www.alexa.com/topsites/category/News

Weather.com（美国）;（11）福克斯新闻网（美国）;（12）《福布斯》网站（美国）;（13）《赫芬顿邮报》网站（美国）;（14）《印度时报》（印度）;（15）《今日美国》网站（美国）。

另外一个有影响力的调查是法国咨询公司益普索（IPSOS）的年度排名。

依据媒体对全球主要国家中产及以上人口（家庭收入居本国前15%）的触及率[1]，排名前十的媒体依次是:（1）CNN（美国）;（2）BBC（英国）;（3）天空电视台（英国）;（4）欧洲新闻台 Euronews（法国）;（5）彭博新闻社（美国）;（6）CNBC（美国）;（7）《时代》周刊（美国）;（8）《福布斯》（美国）;（9）半岛电视台（卡塔尔）;（10）《金融时报》（英国）。这其中只有卡塔尔半岛电视台一家非西方媒体。其中CNN的触及率达36%。

这些排名体现了“西强我弱”的国际话语权格局。从中，我们可以分析西方话语权领先的三大原因。

汉语和英语的输出力差距

从列表中不难发现，排名靠前的清一色是英文媒体。的确，上述民调的取样对象是全球英文媒体。有人一定会问：人口基数巨大的汉语世界、西班牙语世界和阿拉伯语世界的媒体呢？如果按国别收视率和浏览量计算，我们的央视一套、新浪、腾讯应该不会输给CNN和《纽约时报》很

[1] http://cnnpressroom.blogs.cnn.com/2016/11/02/cnn-named-the-worlds-1-international-news-brand/

多吧？阿语世界的阿拉伯卫视、西语世界的波多黎各电视台（Telemundo）应该也不比 FOX 和 CNBC 差很远吧？

这是一个看似很合理的关切，但事实上，全球英文媒体的排名具有更强参考价值。一来很少有调查机构进行跨语种且跨国的全球新闻媒体影响力比较。二来国际传播力不是媒体在本国范围内的影响力，而是走出去影响别国乃至世界的能力。而英语是世界上最普及的语言，是最接近国际语（lingua franca）的语言。英语的所谓普及，不仅指使用人口基数大，更是使用范围广、频率高。这一点，我们可拿汉语和英语做对比。

虽然汉语的使用人口总数不逊于英语，但英语的全球普及率远超汉语。目前，全球英语母语人口 3 亿多，汉语母语人口 14 亿多。但从两种语言影响别国的能力看，讲英语的外国人有 14 亿，而讲汉语的外国人只有 3 亿[1]。此外，将英语作为官方语言或工作语言的人口分布在 81 个国家或地区[2]，而将汉语作为官方语言或工作语言的国家只有中国和新加坡。

从分布国家或地区的 2∶81 到外语人口的 3∶14，汉语同英语的普及度差距可见一斑。

此外，英语还是全球主要国际机构、欧盟及东盟等地区性组织、国际商务、航海和航空等领域的工作语言。全球虽然有约 3000 种书面语言，但 2018 年全球访问量最大的前 1000 万个网站中，英语网站占比高达

[1] https://en.wikipedia.org/wiki/List_of_languages_by_total_number_of_speakers; https://en.wikipedia.org/wiki/English_language#CITEREFCrystal2006; ttp://m.xinhuanet.com/edu/2017-10/28/c_129728266.htm

[2] https://en.wikipedia.org/wiki/List_of_territorial_entities_where_English_is_an_official_language

52%。[1]一家独大的局面早已形成。

英语的霸主地位形成于近现代。17 世纪，“日不落”帝国的崛起及海外殖民扩张带来了第一波全球英语浪潮，今天一大半的英语母语国家都是那个时期的产物。而“二战”后，美国在全球打造文化软实力，通过好莱坞、美国职业篮球联赛（NBA）、音乐电视（MTV）、微软 Windows 等载体，在全球掀起了第二波英语普及浪潮。英语在这个时期成为大多数国家课堂上的首选外语。

广义的国际传播包括被外媒转载的我们的对内报道，但严格意义上的国际传播是指用目标受众语言所做的报道。语言媒介不同，策略和技巧也不一样。这就好比打扑克或下棋，是玩够级[2]还是打德州扑克，是下围棋还是下五子棋，玩家在不同的游戏规则中实力也不尽相同。玩自己驾轻就熟的游戏，自然得心应手。如果又当裁判又当选手，效果更不必说。国际传播也是这样：从小读十四行诗、莎士比亚、J.K. 罗琳的欧美人同从小读《论语》、四大名著和鲁迅的我们，如今用英语比讲故事，对我们来讲，谈何容易！

打通中西方交流的语言屏障，我们可以做到以下几点。

要彻底改变以应试教育为中心的英语教学体系。长久以来，我们将英语定位为工具性科目，围绕语法点设计教学大纲，结果培养出许多语法水平高、应试技巧足，但无法用英语自如表达思想的学生。着眼未来，我们需要由学习英语（learn English）转变为用英语学知识（learn in English）。

[1] https://w3techs.com/technologies/history_overview/content_language
[2]“够级”被誉为中国桥牌，起源于山东青岛。

新加坡式的双语教育或许不完全适合中国国情，但新加坡的一些双语实践可以借鉴参考。

第一，我们可以在中学数理化学科中对重要概念进行英语标注，让孩子未来更好地同国际接轨。

第二，我们可以增设“文综英语”的范畴，将历史、地理、政治的核心知识点同步到英语课本中，培养孩子以汉语为主体、英语为辅助、融通中外的知识体系和表达能力。教学方式也要改变，减少对单词和课文的朗读、背诵，增加对文史知识和当下热点议题的演讲和辩论。

第三，我们可以在英语课程中增加中国传统文化以及全球经典文学作品的内容。从中国古典名著的典雅译文，到近现代文学的通俗译本，从四书五经到四大名著，从鲁迅、老舍、林语堂到雨果、托尔斯泰，都可以收录进英语课本，取代那些围绕语法和单词设计的多少有些“小儿科”式的英文情景对话。这一点上，我们可以借鉴抗战时期西南联合大学的英语课程，其内容全部是中外大师的文学作品和哲学经典。这样一来，学生在学习英语语法和语言点的同时，更可以学到语言背后的文化。这种学习会增强学生用英语讲述中国文化的能力，培养跨文化交流的意愿，保持对自己本民族的文化认同，在中西文化的碰撞中，获得更多的智慧启迪。

宁可媚俗也不媚上的西方媒体

西方新闻界的一个微妙心态是：“宁可媚俗也不媚上。”他们可以突破底线大篇幅报道凶杀、性和名人丑闻去讨好受众，但绝不能流露出对官员的倾慕和奉承。有时为了保持批判姿态，不惜为了批评而批评。这是西方新闻界的传统。

也许正因为如此，排行榜上备受青睐的清一色是商业媒体，几乎没有政府背景的媒体，英国的BBC和美国的NPR曾经是政府媒体，但后来都变成了公共媒体。为在竞争激烈的市场中求生存，媒体要监督政府、要做民众利益的“看门狗”（watchdog），要塑造“客观平衡”的公众形象使自己立于不败之地。看上去平衡的首要标准就是拥有正反两面的声音。西方受众默认官媒只是肩负着代表政府立场的使命，难以将其看作可信赖的消息源。

不能“媚上”与西方教育有关。拿美国教育为例，那也是一个去权威化、强化自我意识的过程，不鼓励孩子背诵标准答案和“权威”论述，鼓励批判性思维。在文科领域，往往没有标准答案，只要能自圆其说就会获得老师的真心称赞。此外，西方社会强调竞争和对抗，这与东方文化的“和为贵”思维相去甚远，因而党派的对立、观点的冲突无处不在。美国的政治娱乐节目收视率居高不下，大都在揶揄嘲讽官员，尺度之大，在我们看来已经到了不尊重的地步。人们对政府的排斥还体现在投票率上，美国选举投票率近几十年一直徘徊在50%上下。

目前，我们从事国际新闻报道的大多是国家媒体。在中国特色社会主义下，意识形态工作是为改革发展稳定明确思想引领、汇聚力量，凝聚广泛共识。但“宁可媚俗也不媚上”的西方受众一听说消息来源是国家媒体，在阅读之前，会条件反射般地先打上问号。如何让我们的主流媒体采取西方观众喜闻乐见的方式讲故事，如何更大程度地发挥新媒体在国际传播中的作用，值得研究。

新闻教育的质量

西方近现代新闻教育起步早，以美国为例，早在1920年，当代新闻学就已经诞生。我们新闻学研究起步也不晚，新文化运动兴起后的1918年10月14日，中国就成立了北京大学新闻学研究会，这被认为是中国将新闻学作为一门学科进行研究的开端[1]。然而“文革”时期，我们的新闻教育一度中断，直到1983年才召开了中华人民共和国成立以来的第一次全国新闻教育工作座谈会，要求加快新闻教育发展。如今，新闻教育被国家摆在了非常重要的位置。截止到2015年底，中国有681所高校开设了新闻传播学类相关专业[2]。从数量上，我们似乎不输给西方，但很多业内专家指出，我们的新闻教学在质量上与西方依然存在差距。

比如，对一名新闻传播类专业学生来说，跨学科选课非常重要。因为在现实新闻世界里，记者经常要“分口”，这就对专业知识提出了很高要求。比如，我们北美分台就有不同的“跑口记者”，我先后担任过“外交口”“白宫口”和“中美时政口”的记者，有时我们“经济口”记者休假，我也兼跑“经济口”。试想，如果一个“时政口”记者不了解现实主义、自由主义等主要国际关系理论，“经济口”记者不理解美联储和美国财政部职能上的区别，采访报道很难推进。美国新闻学院学生去商学院、国际关系学院、法学院等学院选课相对容易。哥伦比亚大学、密苏里大学的新闻学院更是很早就开始将学生的通识教育和量身定制课程相结合。我们可

[1] 方汉奇:《中国新闻传播史（第3版）》，中国人民大学出版社，2014年出版。
[2] http://media.people.com.cn/n1/2016/0624/c14677-28476743.html

以借鉴美国新闻院校在专业细分和跨专业选课方面的经验。另外，我们要改变一些课程的授课方式，太多的“填鸭式”教学方式会带来学生的逆反心理。

此外，新闻是实操性很强的学科，除了理论学习，对新闻实践的探索与传授同样重要。我的母校中国传媒大学在这方面就走在了前面。记得当年走在校园里，几乎每天都能看到几场“真刀真枪”的学生摄影、录像或采访报道。中国传媒大学在广播电视采编播设备、实习机会、新闻传播科研能力等方面都位居前列。但从整个社会层面来看，中国整体的新闻实践研究与教学同美国相比仍有差距。

比如，我们熟悉的从典型人物故事切入、由点及面的“华尔街日报体”，以及按重要性排序的“倒金字塔结构”，都源于美国。再比如，1977年首发、每年更新一次的《美联社写作指南》（*AP Stylebook*）堪称全球英语新闻写作手册，它定义了语法、用词、标点、采访者引述等报道规范。还有很多约定俗成的新闻写作准则也来自欧美，比如平衡报道手法——在新闻正文中，带感情色彩的形容词永远要注明出处，对某个事件的反应要有正反两方的均衡引述。而如何正确引述是美国传播学课堂上的一门必修课，学术要求非常严谨，代表直接引语的引号里哪怕有一个词不是采访者的原话，即使和原文意思一致，或只是将“the”“a”两个冠词混淆，也会被老师打零分。另外，政府信息发布条款（speaking terms）也源自欧美：如果是公开表态就叫“on the record”，记者可以署名引述；如果是不能公开的信息，但官员出于某些特殊考量需要提前漏题，叫作“off the record”；介乎两者之间叫“on the background”，即记者不能直接披露官员身份但可以发布内容。每次吹风都有严格的发布时间限制。可以说，在过去很长一段时间，美国的新闻实践在一定程度上引领了西方甚至全球的新闻实践。当然，这一优势也得益于之前所说的英语在全球传播中的主导地位。

改变“西强我弱”的国际传播格局非一日之功。我们需要改变和优化英语教学体系，从学英语（learn English）转变为用英语学知识（learn in English），适当减少死记硬背和应试内容。同时，我们的传统媒体和新媒体要更好地了解国际受众的需要，因地制宜，用更扎实、更平衡的报道打造公信力，用事实讲中国故事。最后，在国际传播中，人才是核心。我们要想打造融通中外的话语体系，就要先让国际传播的人才去了解“中”和“外”两种文化和话语到底是什么，只知其一，便是不知。这就需要给学生更大的空间和维度去学习与思考，少一点灌输，多一点激发。年轻人通过自主探索和比较后获得的真知灼见与家国情怀往往比灌输来得更真切、更牢固。

当然我也欣慰地看到，全球汉语学习者的数量增长势头迅猛，我在美国这些年间，发现这里有很多小学和中学都增加了汉语课程，在全球很多国家，汉语也正在成为最受欢迎的外语之一。另外，中国民众的英语水平正在稳步提高：每年有百万中国留学生出国深造，国内对英语教育的重视也在逐年提升。这都有助于扭转西方独大的国际传播格局。

诉诸同理心的『接着说』

你想去说服的人不会在乎你有多懂，直到他们懂得你有多在乎。

——弗兰克·伦兹

Persuadables won't care how much you know, until they know how much you care.

—Frank Luntz

2016 年，我参加了一个中国国际传播研修班，收获颇丰。在班上，复旦大学中国研究院吴新文老师用最直白的语言提出了一个直捣核心的议题：在西方的普世价值话语体系中，中国是应该照着说、接着说，还是对着说？在华盛顿舆论场的多次实战，让我有颇多感悟和心得。

"照着说"，基本就是无条件地认同西方。比如，西方说自由民主制度是人类的终极社会制度，就赞同；美国说自己主导的战后安全格局是最优制度设计，也认可。"照着说"常见于美国伙伴及其主流舆论，比如日本、印度和菲律宾（尤其在杜特尔特总统上台前）。这些国家的官方表态和媒体报道经常向西方意识形态和价值观倾斜。"照着说"，自然容易得到西方的认可。然而，中国作为数千年文明延续至今的大国，作为成功探索出独特政治制度的全球第二大经济体，需要拥有与之相匹配的话语体系，跟着西方"照着说"显然不是我们的选择。

"对着说"，是对西方话语的"反叙事"(counter-narrative)。你说你的"西方式民主选举"，我说我的"东方式选贤任能"；你弘扬基督教文化，我弘扬儒家思想；你说要维护南海航行自由，我说你这是要"横行"自由。你说对台军售确保亚太安全，我说这是粗暴干涉中国内政。没错，"对着说"解气！但却容易造成各说各话的局面，实际效果甚为有限。在官方层面，像"一贯主张……""坚决反对……"的立场表述十分必要，亮出底线方能保持威慑。但媒体话语、学术话语和民间话语如果也照搬官方语态，难免会被原本就有些逆反心理的西方受众贴上"政府传声筒"的标签。硬碰硬，有时能点醒对方，但有时也会触发对方更大的抵触。毕竟，在传播中最重要的不是我们说了什么，而是对方听进去了什么。

"接着说"，看似退了一步，先引述西方观点，以倾听、理解的姿态来回应对方："我理解你的感受"，甚至大方承认对方批评的合理处，之后再用事实和道理澄清反驳。这种方式实际是以退为进。

比如，对方说："中国知识产权保护不力！"我们说："的确，中国知识产权保护还存在一些问题，个别组织或个人还存在盗版的情况。但如今中国的纠错机制在不断完善。在中国提起的知识产权案中，外企胜诉率达到80%。此外，中国自主创新不断提升，专利申请数量已跃居世界前列。而另一方面，一些逐利贪婪的西方企业对知识产权存在过度保护，如辉瑞制药。”

再比如，西方攻击我们中国政府没有选举合法性（electoral legitimacy）。我们说西方式民主对西方国家来说的确很大程度上是奏效了，中国确实没有采取西式选举制度，但西方忽略了中国基于执政表现的绩效合法性（performance legitimacy），以及中国制度中贤治（meritocracy）和贤能（competency）的特点。

一些人也许认为这样的表述不够强硬，但多年在对外传播一线打拼的经验告诉我：**总体看，接话式表达的效果更好，容易唤起对方的同理心，同样一段表述，这一方式会让对方“真心听进去”的部分更多。**“接着说”也展现了大国的自信与胸怀。

西方舆论的传播大师也在自己的著作中论述过“接着说”的好处。

弗兰克·伦兹（Frank Luntz）是美国著名的民调专家和媒体传播顾问，曾辅佐多位西方政要。他擅长设计和主持“焦点小组”（focus group）调研——一种被认为比问卷更接近真实民意的舆论监测方式。伦兹帮助政府和企业打造宣传策略，设计影响受众认知的有效表述，其巅峰之作是为以色列政府撰写的《以色列计划》（*The Israel Project*）外宣要点。这本小册子教以色列人如何向国际社会讲述以色列故事，抗衡巴勒斯坦和阿拉伯世界的声音，被奉为以色列政府宣传的“金科玉律”。整个要点的开头有这样一句话：“你想去说服的人不会在乎你有多懂，直到他们懂得你有多在乎。表露同理心吧！”[1]（Persuadables won't care how much you know, until they know how much you care. Show empathy!）伦兹建议以色列在阐述自己的立场之前，要真诚展现对巴勒斯坦遇难者的同情。

国际传播与人际沟通有相似之处。人们都希望被对方理解和体谅。过去几年，我同美国等西方人士不下百次的观点交锋也印证了这一点。在开口表达之前，先去了解对方的知识结构和认知，顺着对方的思路，肯定对方的情绪，甚至帮对方把他们的心里话说出来一部分，然后再引导对方看到事实的另一面，指出对方的谬误。

在第2次就南海问题辩论前，我发现西方舆论对中国的谴责呈一边倒态势，如果此时“对着说”效果肯定不好，所以我花时间搜集了所有西方主要观点，在辩论时我也采取了接话的策略。比如开头我说：“《联合国海洋法公约》第15部分第3节第298条规定：法院不能裁决主权问题。那么海牙仲裁法院是否对主权做出了裁决呢？从文字上看，没有……”

之后，我层层推进，解释了菲律宾和仲裁法院如何通过九段线、岛礁差异和捕鱼作业等议题变相“裁决”了南海主权。最后我亮出了观点，这样的裁决看似没有违反《公约》的法律文字（in letter），却违反了《公约》的法律精神（in spirit）。辩论结束后，除了留言区的国际受众，还有一些西方国家的外交官、学者和专家也承认我们很好地表达了自己的立场。

2017年为迎接“十九大”，在总台各级领导的支持下，央视北美分台

[1] 弗兰克·伦兹：《以色列计划——2009全球语言辞典》，以色列计划组织，2009年出版，第4页。

管理层推出了跟贸易战系列节目为同一制作班底的《跟世界解释中共“十九大”》系列短视频。里面也采用了“接着说”的思路：我们先列举了西方对中国体制的质疑，比如认为中国的“体制不透明”“任人唯亲”等。然后我们话锋一转强调，西方忽略了中国政治体制中特有的选贤任能的文化机理。我们讲到了古代科举考试，讲到了被誉为“世界上最艰难的考试”（most grueling exam）的中国高考，讲到了进入政府工作所必需的公务员考试，还讲到了从副科到正国的十级晋升的层阶。通过生动的动画和图表，我们向西方介绍了中共和中国政府选贤任能的文化，回应了西方的指责。

该系列短视频在“十九大”召开前的 10 月 17 日在谷歌全球新闻搜索排名第二，超过 CNN、《纽约时报》等西方老牌媒体，算是我们同西方主流媒体争夺话语权的一次成功探索。

突破西方话语围堵，困难不少。有时，我们难免受情境和身份的局限。有时，路径依赖的惯性大，国际传播领域的“新旧动能转化”需要时间，新话语体系的构建非一日之功。但是，我们在前进的道路上没有回头路。着眼未来，我们不妨更多采取“接着说”的思路，展现同理心，与西方世界更有效地对话。不要忘记国际传播领域的那句经典总结：你想去说服的人不会在乎你有多懂，直到他们懂得你有多在乎。

告别套路化的平铺直叙

翻阅一些对外报道，经常会发现洋洋洒洒一大篇，都是千篇一律的平铺直叙，内容套路化，语言生硬，说教感十足。国际传播的确要适时发声，可也要考虑方式方法，考虑国际受众的感受。

西方舆论长时间以来给我们的国际报道贴上“propaganda”（政治宣传）的标签，这与我们的一些对外报道质量不高有一定关系。对国家的大政方针表态缺少翔实生动的解读，缺少接地气的语态和呈现形式，拒人千里。在注意力持续时间变短的时代，缺乏抑扬顿挫和起伏的报道常流于平淡，让人在缺乏悬念的阅读中丧失兴趣，即使阅读，国际受众也只是想从中捕捉高层动态、政策走向，窥探政治舆论环境，而不是将我们的报道作为具有公信力的可信赖消息源（credible source）。

如何解决这个问题，我们不妨先来看看新加坡的例子。

新加坡已故领导人李光耀是一个深受儒家思想影响的政治家。虽然在中国他一度被贴上英美代言人的标签，但在西方世界，他始终在孜孜不倦地传播着东方价值观。他认为亚洲国家没必要移植西方式民主制度。对于一人一票的西方选举，李光耀曾反讽道："一个街上要饭的人的选票同一个受过哈佛教育的人的选票怎么能拥有同样的分量呢？" 他还说过："不成熟的民主制度就是把暴民政治合法化，这不是高效治国的最优途径。最好的民主也比不上一群能力出众、廉洁奉公、富有抱负的精英治国。"[1]李光耀在位时，新加坡虽然在政治上实行普选，但他领导的人民行动党（People's Action Party）独大，从 1965 年建国到今天，从未有过执政党轮替；在社会政策上，他崇尚媒体监管，将集体秩序置于个人自由之上。在法治上，新加坡保留了颇具争议的鞭刑。

把这些基于东方文化和儒家思想的治国理政思路讲给西方人，对方会相信吗？

西方媒体也曾一度充斥着对新加坡的负面报道，尤其针对其政治制度和社会制度，比如媒体监管和鞭刑，这些声音到现在也没有完全消散。但西方主流舆论的一个基本共识是：新加坡模式是西方模式之外的另一个选择。撒切尔夫人、基辛格和奥巴马都在不同场合称新加坡为世界上最成功的国家之一。撒切尔夫人说她阅读过李光耀的每一篇公开演讲，并这样

[1] 汤姆·普雷特：《李光耀对话录：新加坡建国之路》（*Conversations with Lee Kuan Yew: Citizen Singapore: How to Build a Nation*），马歇尔·卡文迪许公司，2015 年出版。

评价李光耀讲新加坡故事的方式："看着他驱散宣传的迷雾，如拨云见日，角度独特，阐释清晰，提出了时代的议题及其解决方案。"（His way of penetrating the fog of propaganda and expressing with unique clarity the issues of our time and the way to tackle them.）[1]

客观地讲，这一夸赞中有意识形态的成分。毕竟新加坡是美国的伙伴国，两国军事战略合作密切。另外，新加坡的成功也得益于人口少、面积小、好管理等客观有利条件。但不应否认，新加坡在塑造其国际形象的过程中的一些策略和技巧值得借鉴。李光耀在一次访谈中，透露了其中一个秘诀。

2009 年，美国知名记者兼作家汤姆·普雷特（Tom Plate）联系 86 岁的李光耀，想写一本关于新加坡故事的书，李光耀答应了。将其请进总统府的大门之后，李光耀出其不意地非常严肃地对普雷特说："汤姆，这本书里需要有一些谏言。我明白你可能担心我的感受，但你不用管，你把你眼中完整的事情描述出来，顺其自然就好。（Let the chips fall where they may.）"[2]

"Let the chips fall where they may." 原意是指一个人去砍树时，刀斧砍下去的刹那木屑四溅。砍树人的首要目标是把树砍倒，四处飞溅的木屑和枝丫落到何处，既无法控制，也不应强求。这句话后来被用来形容要抱着一颗平常心，顺其自然，注重主要结果，不过分看重次要结果。让对方容易接受的方式，告诉对方要尽可能全面描述新加坡社会，好的东西当然欢迎，但也别报喜不报忧，客观就好。这样的姿态，很容易激发记者内心

[1] https://www.thedailybeast.com/lee-kuan-yew-the-great-grandfather-of-singapore
[2] 汤姆·普雷特：《李光耀对话录：新加坡建国之路》。

的敬意。对记者来说，他对所描述的事情真心认可和完成一个规定动作的效果是不同的，区别在细微之处，用心体察方能领会。

果然，这本《李光耀对话录：新加坡建国之路》刻画了一个立体的新加坡社会：政治威权但办事高效，法治过于严苛但社会秩序井然，不喜欢冲突但也还能包容差异，以东方文化为傲但也精通西方文化和话术。这样的叙事和报道帮助新加坡社会在西方主流舆论中真正树立了积极正面的形象，虽然不够完美，但足够真实，而且因真实而可信。

假若通篇是平铺直叙，读了上句知下句，没有起伏和波折，难免会触发国际受众尤其是西方受众的抵触情绪，于是选择不去相信其中的大部分内容，这样反而事倍功半。

我们再去世界另外一边，看看经常在我们国内朋友圈刷屏的美国记者马修的故事。

在美国国务院例行记者会上，最抢眼的人物莫过于总坐在第一排右边的美联社记者马修·李（Matthew Lee）了。马修·李的曾祖父李恩福是中国第一批留美学童，因此马修有 1/8 中国血统。他经常用刁钻的问题向发言人发难，质问美国的双重标准，胳膊肘拐向世界各地。

2018 年 12 月，加拿大应美国要求粗暴逮捕中国公民、华为首席财务官（CFO）孟晚舟。美联社记者马修就此追问发言人帕拉迪诺。

马修·李：请问你是否关注到加拿大前外交官被拘留一事？人们都认为这是中国对加拿大拘押中国公司高管的报复。

美国国务院发言人帕拉迪诺（撇嘴）：美利坚合众国对报道中

关于加拿大公民被中国拘留的消息感到担忧，我们敦促中国结束一切形式的无礼拘留，尊重所有个人在中国国际人权和领事承诺下受到的保护和自由。

马修·李：那你会不会敦促加拿大政府做同样的事情，还是说，你就是支持加政府的逮捕拘留行为？

帕拉迪诺：呃……我……呃……我，不好意思，我没听懂你的问题，能再重复一遍吗？

马修·李：刚才听你说，好像暗示了这个意思，加拿大拘押中国公司高管，你就觉得可以，但是中国（拘押加拿大前外交官）就不行。

帕拉迪诺列举了美国的“理由”，比如所谓的华为违反美国国内禁令和伊朗做生意。

马修·李（打断对方）：我知道了，但你不觉得中国也有正当的理由拘留加拿大前外交官吗？

帕拉迪诺（最后说）：我建议你最好去问问加拿大和中国政府拘押的理由，谢谢，下一个问题！

马修另外一次让国人记忆犹新的追问发生在2016年。当时，美国以“航行自由”为由，再次闯入南海。美国国务院发言人特鲁多在陈述美方立场时称，这次美军航行是为了挑战一些国家“过分的”海洋主权声索，这些国家的声索不符合国际法，限制了美国和所有国家的航行权利。马修和发言人的对话开始了。

问（马修·李）：我能问两个问题吗？

答（美国国务院发言人特鲁多）：当然。

问："过分的海洋主权声索"是谁定的？谁决定这是"过分的"？

答：与《联合国海洋法公约》一致，众所周知什么是"无害通过"。

问：美国没有加入《联合国海洋法公约》，不是吗？

答：所以我们进行了自由航行。

问：但这不是我的问题。

答：对，所以……是……

问：在我看来，你刚刚将"声索"判定为"过分"——根据一项你都没加入的协议。

答：这些国家向过往船只提出要求，这不符合海洋法。

问：但是你没有——

答：美国的行动——我们的自由航行挑战了上述行为，因为这些签署国——

问：是的，但是你们没有——你们忽略了他们。战舰就这样闯进去了——

答：同时遵守了国际海洋法。

问：是的，但是，我的意思是你们没有告知任何国家。

答：是的，我们没有告知。

问：你们就这样闯进去了，但这不是我的问题。我的问题是，谁来决定主权声索是否过分？

答：我们是根据国际海洋法，这是我的理解，这决定了——

问：但你们不是《联合国海洋法公约》成员。

马修大战发言人的好戏几乎每天都在上演，其他在场记者都会习惯性地等待他开口发言，这也成了美国国务院新闻发布会上的一道别致风景线。

当然，马修也并非完全另类。例如，当我们找来马修在发出南海提问前后的署名文章，并将其同美国国务院官方文字实录做对比，发现两者还是有不小出入。或许是编辑所为，或许是自我取舍，马修发表的署名文章并非上述现场实录，很多尖锐发问最终并未发表，发表的部分依旧延续了美国主流媒体对中国的报道角度。在美国舆论大环境的影响下，惯性依赖依然强大。

毋庸置疑，马修是一名出色的美国记者，而他同自己国家的新闻发言人之间也形成了一种微妙的“共生关系”：马修不依不饶，几十个回合的真刀真枪，好不激烈。新闻教科书式的提问给国际新闻树了个标杆：质疑权威，尖锐发问。而发言人的态度则是：你尽管问你想问的，我只需说我能说的，甚至显得颇有风度。看视频的观众更是成了最大赢家，看了一场真刀真枪的比武，大呼过瘾。

『小词』大用场

过去55年，让人印象最深的流行语里只包含单音节单词，最多2个音节。

——弗兰克·伦兹

The most unforgettable catchphrases of the past fifty years contain only single- or at most two-syllable words.

—Frank Luntz

过去半个世纪，西方世界最流行的口号有什么共同特点？答案是：只用了最简单的小词。

在商业世界里，耐克的"Just do it！"（想做就做！）、戴尔电脑的"Easy as Dell"（像戴尔一样简单）、可口可乐的"It's the real thing"（这是真的）以及丰田的"Let's go places”（让我们去不同的地方），都是人们最耳熟能详的口号。

在政界，罗斯福的“the only thing we have to fear is fear itself”（我们唯一需要恐惧的就是恐惧本身）、马丁·路德·金的“I have a dream”（我有一个梦想）、奥巴马的“yes we can”（我们能做到），甚至特朗普的“make America great again”（让美国再次伟大），也是至今被人们传诵的金句。

没错，正是这些“小学生词汇”，正是英文词典中最基础的3000个英语单词，让美国乃至西方受众产生了持久共鸣。美国知名民调专家和传播大师弗兰克·伦茨精辟地总结道：“过去55年，让人印象最深的流行语里只包含单音节单词，最多2个音节。”[1]

而反观一些失败的例子，常常是因为用词“太高级”。

2004年美国总统大选，民主党人克里挑战时任共和党总统小布什。克里原本想批评小布什在伊拉克战争等问题上奉行单边主义，用普通民众的话说就是“this guy is going it alone”（这伙计在单干）或者“this dude is acting like crazy”（这哥们瞎整）。而耶鲁高才生克里是这样说的：“（我倡导的）有胆识的、进步主义的国际主义与布什政府穷兵黩武且一叶障目的单边主义泾渭分明。”（a bold, progressive internationalism that stands in stark contrast to the too often belligerent and myopic unilateralism of the Bush Administration.）[2]

美国草根大众也是听得云里雾里。最终，克里惜败小布什。

比克里更爱用“大词”的莫过于美国前副总统戈尔。戈尔在2000年

[1] 弗兰克·伦茨：《有效的词语》，阿歇特出版集团，2007年出版。
[2] 弗兰克·伦兹：《有效的词语》，阿歇特出版集团，2007年出版。

总统大选中代表共和党对阵小布什。戈尔曾发誓要用最直白的语言同选民沟通。然而到了辩论的时候，戈尔却批评小布什的政策是“十恶不赦且抱残守缺”（abhorrent,medieval behavior）。

三个单词中就有两个标准的美国研究生入学考试（GRE）词汇。不少美国人调侃：哈佛毕业的戈尔以为自己还在常春藤大学讲坛里吧。戈尔也输给了小布什。

以美国为代表的西方表述发展到今天的一个趋势是：句子越来越短，用词越来越简单。根据宾夕法尼亚州立大学教授统计，在美国总统就职演说和国情咨文演说中，一个句子的平均长度在 1800 年前后是 40 个单词，到了 1900 年只有 30 个，而 2000 年之后仅仅有 20 个；而一个单词的平均长度也由 1800 年的 5 个字母下降到 2000 年的 4 个。[1]

中国国际传播的主要受众在海外，西方受众是重要的目标受众。我们必须考虑按照对方的接受习惯，深入浅出地遣词造句。在互联网和新媒体时代，全球民众尤其是年轻人越来越多地使用社交媒体阅读新闻。除政府权威发布和学术研究需要较正式语态外，其他传播主体不妨尝试使用语意浅显的“小词”跟西方讲中国故事。

如何具体实践？文字功底扎实的媒体朋友大可以发挥自己的创造力。在这里我也分享一下在国际传播一线工作 12 年来的几点思考。

[1] http://languagelog.ldc.upenn.edu/nll/?p=3534

第一，化繁就简，方得始终

在媒体和民间，对官方概念采取更灵活的表述，将直译和意译相结合。比如“最高人民检察院”对应的官方翻译是“The Supreme People's Procuratorate”。Procuratorate 一词生僻且在西方政治术语里极少使用，普通西方民众难以理解。我们在一篇文章中第一次介绍这个机构时需要给出全称，但再次出现时，可以使用“China's top prosecuting body”这样的解释性表述。还有一些机构的全称较长，比如“中国人民政治协商会议”（Chinese People's Political Consultative Conference）、“中共中央政治局”（The Politburo of the Central Committee of the Communist Party of China）。我们可以采取首字母缩写加释意的方式，比如“CPPCC—China's multi-party advisory body”以及“Politburo—the party's top decision making organ”。一来，西方人对机构名称使用首字母缩写的现象非常普遍，这种写法便于受众记住这些中国机构的名称。二来，也能理解相关机构的职能。

在其他领域，我们要敢于使用“小词”去解释大概念。比如“中国企业国际化”的标准翻译是“the internationalization of Chinese enterprises”，中规中矩。但如果用“Chinese firms going global”，则更简短有力。再比如“人民币汇率浮动区间扩大”的标准翻译是“the expansion of the floating range of the Chinese yuan's exchange rate ratio”，语法上没问题，但如果用“allowing the Chinese RMB to trade more freely”则简洁明了不少。“go global”和“trade freely”的动词结构比“internationalization of”和“expansion of”的名词结构更富有动感。

第二，打造融通中外的新表述

对一些概念的表述，我们可以走出翻译的思维，采取“对等释义”（find its English equivalent）的思路。若逐字逐句将一个中国概念译成英文或其他外语，有时显得生硬，外国受众理解起来也很困难。我们不妨在另一种语言中寻找对等概念，结合中文原意，创造出新表述。比如“中华民族伟大复兴”这一个宏伟概念，如果直译成“the great rejuvenation of the Chinese nation”，虽然意思准确，但稍显书面语气，对国际受众来说还有一丝政治宣传的意味。而且“rejuvenation”（复兴）这个词相对生僻，长达5个音节，整个表述也有7个单词之多，听上去拖沓。我认为在半官方或者非官方场合，我们可将“中华民族伟大复兴”翻译为“The Chinese renaissance”，3个单词，短、平、快。“renaissance”原来特指欧洲中世纪文艺复兴，后来泛指一个社会和文化的崛起，当年指摆脱中世纪封建社会枷锁，现在也是进步、启蒙、闪烁人性光辉的代名词。“renaissance”一词在西方人心中有着特殊的地位。对从小接受欧美中心史教育，甚至普遍有“恋欧癖”（europhile）的美国人来说，听到“renaissance”一词脑海中自然会出现一幅穿越晦暗重建希望的辉煌画卷。

类似的例子还有很多，比如“治理环境污染”与其用“environmental protection and prevention”不如说“war on pollution”，因为美国人对自己社会整治毒品走私（war on drugs）、打击恐怖势力（war on terror）的固定搭配已经非常熟悉。

第三，让更多中文词汇成为英文的"舶来词"

还有一些场合，我们可以尝试直接用汉语（或汉语拼音）表述中国概念，使其变成其他语言的"舶来词"。首先，这种做法有时是必要的。一些中文概念没有相应的英文表述，即使有也是用西方的"履"套中国的"足"。此时，不如更加频繁地使用中文原词并附上解释，久而久之，让西方观众习惯成自然。比如中文里的"阴阳"（Yin and Yang）、"功夫"（Kung Fu）早已被西方主流社会接受，而其他一些概念也正在走入西方人的生活，比如包子（baozi 或 bao）、关系（guanxi）、道（tao）、两会（lianghui）。此外，像"您辛苦了"这样一个温暖而含蓄的东方式寒暄也应该成为英文的"舶来词"。为什么不呢？仅是"辛苦了"如何译成英文，就难倒不少人。因为遇到类似情景，美国人一般只会说"You have been working so hard. Thank you！"（你一直在努力工作，谢谢你！）或者"Thanks so much for your efforts. That's so sweet of you."（非常感谢你的努力。你真是太好了。）如此直白的表达根本无法传递东方的韵味。我们不如更大胆地使用"xinku"一词，把"辛苦"的汉字放在括号里，然后紧接着解释这个词的意思和语境。慢慢地，西方人就熟悉了。

随着中国与世界交融的深入，会有越来越多的中文概念无法翻译成外语，如何让它们成为外语的"舶来词"，这需要我们积极作为。除了提高综合国力外，我们需要秉承文化自信，在国际舆论场上主动表达，着力传播。回头看看，今天中国人十分熟悉的"酷""很嗨""罗曼蒂克""摩登""幽默"等西方外来词，当初也不是从天而降。

让西方受众『入心入耳』

传播学里有这样一个说法：It's not what you say, it's what they heard，即“重要的不是我们说了什么，而是对方听到了什么”。让国际受众真心听进去，我们讲话的语气和语言所营造的气氛就显得十分重要，尤其是对电视和视频传播而言。

长久以来，在“内容为王”思维惯性的影响下，我们常常忽视“形式”的重要性。这与我们的教育和社会风尚有关。“言之有物”一直被奉为讲故事、说道理的最高境界。“不要形式大于内容！”儿时恩师的教诲依然在耳畔回荡，挥之不去。从小到大，我们生怕自己太肤浅，修炼内功，读书积累，不经深思熟虑不敢开口。而做时政记者多年，一些所见所闻不断冲击着这个从小植入我内心深处的认识。

2016年，我作为台里驻美团队里的老人，第二次全程报道了美国总统大选，也见证了“大嘴”候选人特朗普的胜选。很多人问我：你觉得特朗普的演说为什么能征服美国？跟随他参加了几十场竞选集会、发布会和中外元首见面会后，我的回答是：他会讲人话，懂得用语言调动听众情绪，是一个驾驭语言的高手。

比如，2017年，美国爆发了“白人至上主义者”发起的骚乱，导致一人死亡，特朗普迟迟不肯公开谴责“白人至上主义者”，受到舆论谴责。后来当特朗普终于开口时，他是这样说的：

“I didn’t wait long. I didn’t wait long. I didn’t wait long. I wanted to make sure, unlike most politicians, that what I said was correct. Not make a quick statement. The statement I made on Saturday, the first statement, was a fine statement. But you don’t make statements that direct unless you know the fact. It takes a little while to get the facts. You still don’t know the facts. And it’s a very, very important process to me. And it’s a very important statement. So I don’t want to go quickly and just make a statement for the sake of making a political statement. I want to know the facts.”

这段话翻译过来是：

“我没有等太久。我没有等太久。我没有等太久。跟其他政客不同，我想要确保我说的话是对的。不要太快表态。我周六的表态，也是第一次表态，是一个很好的表态。但不要过于直接地表态，除非你知道事情的真相。了解真相需要时间。现在依然不知道真相。对我来说，这是一个非常非常重要的过程。我的表态是一个非常重要的表态。我不想太快表态，不想为了表态而表态。我想要知道真相。”

说来说去，只表达了一个意思，就是他没有表态是因为他正在了解真相。一句话能说清，却用了13句话。读者发现，如果只保留第一句话和最后一句话——“我没有等太久”（I didn’t wait long），“我想要知道真相”（I want to know the facts），而去掉中间所有内容，意思不受影响。看到白纸黑字的读者很难不对这样颠三倒四的讲话嗤之以鼻。

然而，现场和电视机前的观众感觉却大不相同。小词、短句、排比、重复。特朗普让他们记住了一个简单的“主旨”，同时更是将一种情绪传递给了聆听者：我没有怠慢，我一直在努力！

诸如此类的场景，每天都在出现。

习惯了阅读《纽约时报》的精英们当然会觉得特朗普的讲话不着边际。然而就是这样一个啰里啰唆、逻辑看似混乱的竞选者，在2016年力压民主党候选人希拉里·克林顿；而2020年，这一幕还可能再次上演。

特朗普这个例子有些极端。我们不能片面追求形式，舍弃内容。然而极端的例子有时可以帮我们更好地看清硬币的另一面：假定内容一样，好的形式可以事半功倍，尤其是在视觉和听觉传播中。文字传播落在白纸黑字上，读者可以思前想后，反复推敲，但音频表达是单向线性的内容，是说给耳朵听的。一个正常人的记忆“缓存”有限，如果句子太长或意思太绕，很难被耳朵和大脑接收。这和音乐有共通之处，回想一下那些脍炙人口的经典旋律，都少不了简单与重复，不论是贝多芬《第五交响曲》开篇掷地有声的“bang bang bang bang...”，邓丽君的“甜蜜蜜……你笑得甜蜜蜜……”，还是传统民歌“一条大河……”以及“说句心里话……”。当你回忆起一首歌的时候，能想起的是不是总是那些不断重复的主旋律？歌词也是语言的艺术，所谓白而不白，短而不短，浅而不浅。说话也有类似之处。

接下来的问题是，如何打造更好的形式？在这里，我想分享我的几点体会。

第一，别贪求把观点讲“全”，使劲琢磨用故事把观点讲“精彩”

我从小在国内接受教育，慢慢形成一些思维定式。比如，当被问到一个问题，我首先会思考：答案应该包括哪几个要点？心里默数一二三四五……生怕漏下。毕竟，不论高中文史类考试的最后几道论述题，还是考研和公务员最后的申论和政论题，都鼓励和培养了这种思维。得高分的秘诀是命中尽可能多的得分点，而不是逮住一两个点尽情发挥。久而久之，我们潜意识里会害怕“不够全面”，也会以全面为标准去构建自己的回答。

然而，大众传播中的表达不是回答论述题。评定好坏的不是阅卷老师手里的红笔，而是观众手里的遥控器。播出时长有限，即使表述者想面面俱到，时间上也来不及。另外，大量实践表明，人们爱听的还是故事。这里的故事是指广义的故事，它可以是一段亲身经历、几组数据或史实、一个格言警句或者当下的时事热点。作料会让一道菜更有滋有味，故事会让观点更生动和具有说服力。

后来，我慢慢养成了一个习惯，在电视直播或者公开演说时，我会把“横向思考”和“纵向思考”相结合。我先快速扫描大脑“内存”，找到两三个最犀利且切题的观点，再针对每个观点找到最翔实贴切的“故事”，然后思考用故事演绎观点的路径。把两三个观点讲透彻、讲精彩远比面面俱到“干巴巴”地罗列五六个观点，更容易让观众记住。

过去几年，我参加了不少国际论坛。中西与会者的话语交锋也是我关注的焦点。一个突出感触是，很多西方嘉宾虽然不了解中国，没去过中国，但讲起中国的故事来头头是道。反观中国嘉宾，虽然知识渊博，准备充分（有时太充分），但讲起话来颇受条条框框的束缚，道理和观点太多，故事太少。一些人论点就有四五条，每点中又包含两大点三小点。观众的心思早已不知飘向何处。

第二，巧用重复和排比句

经常看西方电视新闻的人会发现，他们的记者、主持人和评论员的播音腔较少，口语化的东西更多，经常插科打诨，显得轻松自如。如果大家在同一语境下心领神会，他们经常还会省略主语或谓语，而不会正经八百地讲一个“主谓宾”完整的语法精确无误的句子。在美国，从发言人到政客，从商界领袖到学者评论员，都会有“缺宾少主”的情况。然而，这样的节奏显得更快、语言更流畅，拉近了和观众的距离。毕竟，平时大家私底下就是这么说话的。

此外，细心观察会发现，排比句可以让表达更精彩。

从马丁·路德·金的“I have a dream”，到奥巴马的“yes we can”，再到特朗普的“make America great again”，它们在一段演说中多次重复，威力不小。用排比来说理，显得条理更分明。用排比叙事抒情，则显得感情充沛、气势如虹。人脑对平铺直叙有一种天然的审美疲劳，而排比句则能很好地唤起听众的注意力。我们身边就有不少成功的案例。

2015 年，复兴路上工作室出品的音乐短片《十三五之歌》，以欧美说唱乐（Rap）的方式，将中国第十三个五年规划深入浅出地解释给国际观众。整段视频 3 分钟，节奏感和动感极强，歌词十余次重复了“shi san wu,shi san what?（十三五,十三啥？）”的主旋律，朗朗上口。该视频如春雷惊蛰，让国际社会对中国国际传播另眼相看，称之为“爆红神曲”。维基百科上很快就有了“十三五之歌”的英文词条。美国《大西洋月刊》《赫芬顿邮报》《纽约时报》、英国《金融时报》等媒体均对《十三五之歌》做出报道和评论。BBC 报道称，这部音乐短片为中国的对外宣传做出了新尝试。[1]《十三五之歌》在国际社会的大获成功与新颖的形式是分不开的。我第一次听说这个视频，竟是从我的朋友乔治（George）那里。至今仍然记得他用滑稽的发音把“shi san wu,shi san what?”的主旋律手舞足蹈地唱给我听。西方人记住这句话，不是因为它高深莫测，而是因为它被多次重复。

我同美国人的几次辩论中，也使用了排比句来加强气势。

我在电视辩论中曾经这样回应了美国指责中国总爱扯历史：“他们常说，中国人就爱扯历史。……可我们不要忘了，正是在 1893 年，美国外

[1] https://www.bbc.com/zhongwen/trad/china/2015/10/151028_13th_five_year_plan_video

交官约翰·史蒂文森发动政变推翻了夏威夷王国，才使其后来成为美国的一个州。在1898年美西战争后，美国占领了波多黎各和关岛。1889年，美国发动军事行动占领了如今的美属萨摩亚群岛。”

而针对美国在南海问题上的双重标准，我是这样说的：“当越南1976年在南沙群岛建立第一个机场跑道时，美国并没有跳出来批评越南，当菲律宾两年后在南沙群岛填海造陆时，美国也没有跳出来批评菲律宾。后来，当菲律宾把一艘老军舰停在仁爱礁不走的时候，美国还是没有跳出来指责盟友菲律宾。”

第三，抓住“比金鱼还短”的注意力

2015年，微软公布了一份报告，称人们的注意力持续时间（attention span）从2000年的12秒下降到了2013年的8秒，比金鱼的9秒还要短。[1]研究者取样了2000人，让他们聚焦做某事，同时采取各种手段分散他们的注意力，通过对他们脑电波追踪得出了上述结果。后来，BBC等媒体对这个调查结果曾提出过疑问。然而大多数人的一个共同感受是：从电视时代到互联网时代再到手机时代，我们的注意力持续时间确实在一点点缩短。

在国际新闻领域，新闻的长度也在发生变化，短视频成了潮流。对此，我们需要顺势而为。比如，在中央广播电视总台的指导下，我们CGTN策

[1] https://www.cnet.com/news/goldfish-the-actual-fish-not-the-crackers-may-have-a-better-attention-span-than-humans/

划和推出了《未知——中国》系列短视频，每集时长 2 分钟左右，将当今中国的前沿社会风貌、人文科技等话题展现给国际观众。从摩拜单车到扫码支付，从中国高铁到无人机，从新时期中国女性地位到中国啤酒酿造史，包罗万象。短片由国际化团队制作完成，团队成员来自十几个不同国家。画面动感极强，背景音乐明快，一个个镜头的剪接和拍摄手法让人觉得是在看好莱坞电影。该系列在海内外社交媒体上受到追捧，并于 2018 年 4 月获得了纽约国际电视电影节（New York Festivals TV&Film Awards）最佳新媒体短视频类全球银奖（Silver World Medal, Digital Short Form），这也是近年来中国新媒体栏目获得的最高国际荣誉之一。

除了迎合舆论，我们也要引导舆论。抓住人们注意力的同时，我们也在鼓励大家将注意力拉长。当西方媒体里的新闻时长和同期声越来越短、纪录片部门被外包的年代，我们央视的 CGTN 却在不断加强深度报道的力量。我们的摄制组深入北极圈和亚马孙丛林调查气候变化和生态保护，该系列作品荣获纽约国际电影节和白宫记者协会颁发的多项大奖。2016 年，CGTN 北美分台制作的纪录片《无腿少女的传奇人生》（*When "Can't" Is a Four-Letter Word*）荣获艾美奖最佳新闻类短纪录片奖，创造了中国新闻的新历史。

话题软硬结合，时长长短结合，内容深浅结合，角度雅俗共赏。很多业内专家认为，中央广播电视总台旗下的 CGTN 已经成为名副其实的中国国际传播旗舰。

具体到每一次表达中，如何抓住“比金鱼还短”的注意力，我想我们可以少一些平铺直叙，多用祈使句、自问自答、反问等修辞手法，让表达更抓人。记得我在同哈佛大学学者理查德·韦茨辩论时，被问到是谁在南海挑事，我是这样回答的：

“美国驶入南海是搞地缘政治多于原则性政策。让我们面对这个问题吧（let’s face it）：美国利用国际法，也就是《联合国海洋法公约》，一个美国自己都没有签署的条约，来推进自己的地缘政治利益。让我具体解释一下（here’s what I mean）：美国军方说驶入南海是行使航行自由权。如果真的如此，美国应该客观公正地行使这一权利。而实际上，美国海军前往的地点都是精心挑选的。我们来看看（let’s look at it）：目前放眼全世界，有近100个主权存在争端的岛屿。美国海军为什么不去（why didn’t）南大西洋的英称福克兰群岛，即阿根廷所称的马尔维纳斯群岛呢？阿根廷一直对英国在那里的主权提出挑战。美国海军为什么不去（why didn’t）地中海上西班牙控制的几个岛屿呢？摩洛哥对那些岛屿的主权也正提出挑战。美国海军倒是去了（did go）黑海，而且是在俄罗斯去年收复克里米亚之际，如今美国海军又来到了（now to）南海。”

整个回答有1分钟，已经不算短了。我接连使用“let’s face it”（让我们面对这个问题吧）或者“why didn’t”（为什么不去）等唤起听众注意的表达，给主持人、辩论对手和观众传递一个简单的信号：继续听，重要的话还在后面。

当然，形式背后是逻辑。

美方主要有两大观点：（1）在南海自由航行正义且正当；（2）中国南海声索过分且过大。反驳第二个观点需解释南海属于中国的来龙去脉，是“立”，相对复杂且容易陷入“自古以来就属于中国”的旧谈。反驳第一个观点找出例外和反例就行，是“破”。只要能找出美国违反公平行使“航行自由”权利的反例即可。于是我先破后立，把最抓人的东西放在开头。

深思熟虑过的逻辑，更要用有效的形式去驾驭和呈现，否则无法达到最优效果，着实会成为遗憾。

扭转有理说不出、说了传不开的国际传播格局，我们有很多工作需要做。提升表达形式可以是一个较好的切入点。要用更抓人的表达和更有气势的话语去讲述我们的故事。

四两拨千斤的『低调表述』

如果一个作者对他所写的东西烂熟于心，他就会省略一些内容，读者对他省略的东西依然可以感同身受，好像这些东西并没有被省略。冰山的尊贵之处在于它只有1/8浮在水面之上。

——欧内斯特·海明威

If a writer of prose knows enough of what he is writing about he may omit things that he knows and the reader...will have a feeling of those things as strongly as though the writer had stated them. The dignity of movement of an iceberg is due to only one-eighth of it being above water.

—Ernest Hemingway

潜意识里，我们可能不会将“低调委婉”同国际化表达联系在一起。我们的一个刻板印象是，同外国人尤其是西方人说话一定要直接，有一说一，因为对方更习惯这样的方式。

随着阅历的增加，渐渐明白了这种看法的局限。东方人更含蓄，西方人更奔放，这种认识未免过于笼统。与外国人打交道多年之后，我越发觉得人类在精神深处的差异远比我们想象的要小。西方人并非理解不了谦虚低调的魅力，只不过谦逊之于他们，有一套不同的表达方式。比如，将直截了当包裹在政治正确中，让价值评判显得不动声色。夸赞自己时避免过分骄傲，批判对手时又避免过于粗鲁。

具体如何做到的呢？我观察到其中两个重要技巧：一个是“展现，不要告诉”(show, don’t tell)，另一个是“低调表述”(understatement)。

“展现，不要告诉”的意思是让读者自己从文字的描述中体验故事的含义和情感，而不是被动接受作者直白的陈述和总结。从调动读者能动性上讲，读者在前者中是主动的，在后者中是被动的。研究发现：读者通过主动思考得出结论所获得智慧上的愉悦，是别人告诉自己的观点所无法取代的。

这个技巧已经深深融入美国人的日常表达中。在美国，小学语文写作必修课就是“表现出来，别说出来”，老师教给孩子少用一些主观词比如形容词，多用一些客观词比如名词。与其说“我是一个非常聪明、很有领导力的人”，不如说“我担任班长时，班里出勤率提高了 30%，作业准时上交率提高了 50%”。

美国作者查克·帕拉纽克（Chuck Palahniuk）建议，在表达中杜绝使用一切描述思考结果的动词（thought verbs），比如“我认为，我懂得，我相信，我判断”，而是使用描述感受过程的词语（sensory details），比如“闻上去、听上去、看上去、摸上去”等感官动词。

可以利用“展现，不要告诉”的例子有很多。比如形容一个地方的环保问题，与其说“我觉得这里的水污染糟糕极了”，不如说“我沿河骑车几千米都摆脱不了一股浓烈呛鼻的味道”。再比如反驳西方的“中国威胁论”，与其说“西方人根本不懂中国，中国人骨子里有爱好和平的基因”，不如讲“当中国海军处于世界领先地位时，航海家郑和七下西洋走访数十国，但没有占领一块殖民地”。相比起强硬灌输，听者对经过自己思考后得出的结论更能心悦诚服地接受。“展现，不要告诉”巧妙地把握了这种心理。

国际化表达的另一个思路是“低调表述”（understatement）。这也是展现自信和幽默的高招。

低调表述（understatement）也翻译成“轻描淡写”，是用一个程度更轻的表达把一个人或一件事情特意“往少里说”，经常使用的修辞方式包括幽默、反语和讽刺，类似中国人常有的自谦，如说“我只是尽了绵薄之力”“我也就是个芝麻大点的官”之类。

2016年，西方语言学家在《政治的语言》（*The Languages of Politics*）一书中，从修辞、受众认知、措辞逻辑等角度对比尔·克林顿、奥巴马等国际政治人物的演讲进行了分析。结果显示，国际顶尖演说家大约每讲20句话就会使用一次低调表述[1]。我们来看几个例子。

[1] https://books.google.com/books?id=F--2DQAAQBAJ&pg=PA170&lpg=PA170&dq=Minus+dicere+et+plus+significare&source=bl&ots=Fm0ILSkOf4&sig=Tah0SiJu-vLuLX0dDdHiiimquvMo&hl=en&sa=X&ved=0ahUKEwj60obQweTbAhXIpFkKH-W4oAawQ6AEIKTAA#v=onepage&q=understatement&f=false

美国前总统奥巴马曾回忆起他遇到的一位捐款人，这个人逼他去自己老家才肯掏钱。这未免有些强人所难，但为了党团利益，奥巴马还是痛快地答应了。谈起这次“义举”背后的心路历程，奥马巴半开玩笑地说道，“我想大概是因为晚餐时我小酌了几杯，我竟然爽快地答应了。”（I think I had a little bit of wine at dinner because right away I said “okay”.）台下一片哄笑。

2014 年 6 月，我专访了时任美国国务卿克里，他在谈到亚太地区领土争端时说，一些争议岛屿“其实也算不上是世界上面积最大的一块地，各方应找到合理的解决办法”。（Some rocks on the ocean that aren't exactly the largest of land...People ought to find a reasonable way forward.）

比尔·克林顿 2012 年作为民主党元老提名奥巴马连任美国总统，他在演说开场时说：“市长先生，民主党同人们，我们今天在这里要提名下任美国总统候选人。而我这里刚好有一个人选。”（Now, Mr. Mayor, fellow Democrats, we are here to nominate a president. And I've got one in mind.）观众大笑。

奥巴马本可以煽情地表达自己的“义不容辞”；克里也可以一本正经地指出那些岛屿的面积其实非常小，只有几平方千米；克林顿可以隆重介绍党内提名的总统候选人奥巴马出场，像常规操作那样说“我要提名一位了不起的、当代伟大的美国政治家”。但是，3 人都选择使用比实际程度更弱的表达，既展现了幽默，又体现了演说者掌控全局的气度。放眼全球，大多数文化都认可谦虚是一种美德，即使在鼓励自我表达的西方文化中，人们对适度的低调也会肃然起敬。

除政治话语以外，在大众流行文化当中，低调表述的使用也屡见不鲜。

美国肥皂剧里经常有这样的场景：一对在海滨别墅度假的情侣突遇飓风，小伙子摊手耸肩对姑娘说："至少阳台上的这些植物这回不愁缺水了。"（At least the plants will get watered.）引得原本颇感失望的姑娘大笑。第二天风平浪静后，回来推开门见满目疮痍的惨状，小伙子又俏皮地说道："昨晚似乎飘了点雨。"（Looks like it rained a bit last night.）

在今天的国际传播格局下，英语成为全球传播的最主要语言是一个既成事实，而英语背后的修辞文化也就成了重要的潜规则。英语中有一整套独特的修辞、文法、句法和典故：如何贬低却不露骨、何时褒扬却不张狂，怎样婉转而不刻意，都需要悉心体会。我们是来自东方的文明古国，要论语言的博大精深，要论说话的艺术，我们有自己的一套方法。中华文本库的中文修辞多达 63 个大类，在细微之处表达丰富的含义，也许没有人比我们更擅长。然而，将我们东方的思路转换成英语讲话的分寸感，这中间还需要太多的学习与体会。也唯有驾驭了这种转换，我们才能把我们的中国情怀、中国故事表达得更精彩。在这里，我想分享自己的几个拙见。

第一，用低调表述解释中国，彰显民族风度与幽默

随着中国影响力的全面提升，国际上也有一种声音把中国软实力称为"钝实力"（sharp power），有些时候又被翻译成"锐实力"。本人认为"钝实力"更能反映西方人使用它时带有些许贬义色彩的语境。的确，我们理直应该气壮，但也不必气粗声高，更没有必要咄咄逼人。官方表态必须严

正，而民间、媒体和学术话语可以考虑使用“低调表述”的方式，既避免中国的声音听上去“都是一个腔”，又彰显了风度。

比如，针对西方频频指责中国在非洲的所谓“新殖民主义”，我们可以说：中国对殖民主义的滋味还是略知一二的。19 世纪 40 年代，中国没有造坚船利炮去打开英国国门，事实恰恰相反。（China probably knows a thing or two about colonialism. Beijing didn't make guns and battleships to attack London in the 1840s, it was the other way around.）

看似低调表述了西方侵华史，实际效果却一点没有示弱。这样的语态避免了过于民族主义和西方常指责我们的“揪住历史不放”，同时足以点醒对方的傲慢和偏见。

再比如，谈到中国对全球和平的贡献时，我们可以说：平心而论，中国对全球发展的贡献还真挺不小，中国是全球最大的贸易国，是安理会五大常任理事国里对联合国维和部队贡献人数最多的国家。（It would be fair to say that China has done quite a bit for global development: trading more goods and services with the world than any other country, and contributing more to UN peace-keeping than any other Security Council member.）

第二，用低调表述反驳对手，四两拨千斤

我在同美国专家丹尼尔的南海辩论中，被问到为什么黄岩岛明明离菲律宾地理位置更近却被中国声索主权，我说：“丹尼尔，如果按地理远近原则来裁定主权，那么想想北马里亚纳群岛或关岛吧，它们离西太平洋国家

比离美国大陆似乎近了一点。”（Daniel, if geographical proximity is the rule, think about the Northern Mariana Islands and Guam. They are a little closer to the countries in the Western Pacific than to the continental United States.）

关岛就在中国台湾附近，人们都知道它是美国在海洋扩张时代豪夺的海外领地，用“a little closer”（近了一点）这样的低调表述，反而能让观众产生更大共鸣，也带去一丝喜感。同美国专家辩论到最后，对方批评中国在南海扩张，威胁别国，不守国际法。我则把时任美国总统奥巴马亲口承认美国遏制中国的原话一字不差地塞给对手，然后说，“如果这还不是勾结起来对付中国，那我不知道什么才是。”（If this is not ganging up against China, I don’t know what is.）看似退了半步，但比起“这显然是勾结起来对付中国，我千真万确地知道这一点”的表达，效果好了不少。

别把话说得太满，欲扬先抑，以退为进，其实这是一种融通中外的智慧，也很容易被国际观众尤其是西方人接受。放眼全球，不论是文学作品、新闻报道，还是政治演说，经常使用“展现，不要告诉”，以及“低调表述”等技巧。有时这种方法会比咄咄逼人的“亮剑”带来更好的效果。

我们的研究发现，当学生们学习在集体中用语言表达进行逻辑推理时，他们独处时的逻辑推理能力也更强，同时还能提高数学、自然科学和其他功课的成绩。

——剑桥大学教育学教授尼尔·莫斯

Our research shows that when students learn how to use talk to reason together, they become better at reasoning on their own, and so improve their attainment in maths, science and other subjects.

—Neil Mercer, Professor of Eduation,

the University of Cambridge

我们的教育，其实并没有系统地教给孩子怎么说话。

很多时候，对于讲话，大人更多是告诫孩子不要说太多。在小学，老师告诉我们要遵守课堂纪律，认真听讲；初高中，考试升学压力陡增，大人们告诉我们要“用成绩说话”；初入社会，很多人碰壁后的第一课就是谨言慎行、言多必失。至少在我成长的年代，比起会考试的孩子，社会的整体氛围并不十分青睐“会说话”的孩子。

文化惯性也好，社会风气也罢，“会说”和“会做”慢慢成了一对互斥事物。

然而，国际教育界的科学研究显示，这样的思维或许并不科学。

2011年，哥伦比亚大学教育学院教授蒂亚娜·库恩和阿曼达·克里尔做了一个实验，将一个班的高中生分成两组，并进行了长达3年的跟踪监测。

第1组23个孩子在普通班接受传统式教育，以老师授课学生做笔记为主，作业形式是提交书面作业。第2组48个学生接受以交流和互动为主的教育，在老师的引导启发下，学生每学期围绕不同议题展开讨论，作业形式是辩论，包括团队辩论、二对二辩论、一对一辩论。3年后，这两个班的孩子被要求就一个新话题进行书面作答。经专家评审后发现，口语班学生从写作干货量、论证严密性、逻辑思辨水平等各个方面都超过普通班学生。

实验发现，说话不仅锻炼了口头表达能力，还帮孩子理清了逻辑和思路。孩子们在反驳对方论据，组织本方论证过程中，强化了思辨能力。而公开讲话的压力更是培养这种能力的催化剂，它激发了一个人自我捍卫的本能：孩子们必须迅速地找到最严密的逻辑和最恰当的论据，否则会被对手无情反驳，在众目睽睽之下“丢人献丑”。反观提交书面作业的学生，很大程度上是为了迎合老师的口味，为获得高分去寻找老师满意的答案。

另外一些研究则发现，培养说话能力对提高孩子学习成绩也有帮助。

2018 年，剑桥大学对 11 岁年龄段（6 年级）的孩子长期观察后发现，经常在课上提问、发言、同老师互动的学生的学术能力评估测试（俗称美国高考，SAT）数学和语文成绩优于发言较少的学生。世界经济论坛（WEF）在全球范围内的一份研究也显示，经过演说培训的孩子在数学、自然科学和逻辑推理测试中的成绩更好。

说话从娃娃抓起，对一个民族未来国际话语力的构建是有益的，而且“会说”和“会做”有时也能相得益彰。不少欧美国家很早就意识到了这一点。

20 世纪 70 年代起，欧美教育界掀起了一场大变革，变革的重点就是将演说（oracy）同读写（literacy）和计算能力（numeracy）并列为小学生必备技能，有机融入教学大纲中。如今，美国的小学经常要孩子给全班同学讲故事、演讲，对老师的插话和同学突如其来的不同观点要做出实质性的回应，不能认为这是冒犯或干扰思路。到了大学阶段，美国更是强调课上发言讨论（participation）。课上发言有时能占一门课总成绩的 25% ～ 30%。“会说”要求一个人有过硬的心理素质，脑子不能“短路”，并且在逻辑和语言间构建一座桥梁。

这不是一个理科天才或文科学霸就可以直接做到的，而是一项跨学科技能。比如：当两个历史事件是正相关但不是因果关系时，用什么句式和语态表达最有效？再比如，评价两个政策的优劣，用对比论证还是举例论证更有说服力？十年磨一剑，欧美国家的孩子普遍更能说会道，这与教育制度的设计是分不开的。

很多中国留学生对此深有体会。初到美国上学的感触是：课上发言很难插上嘴。我们从小学英语，中考、高考、考托福、考GRE，很多人在国内的英语水平还不错，但到美国后才发现，班上的美国同学几乎个个滔滔不绝。仔细听听，他们的话并没有多深奥，但就是敢说、会说。我们一些学生虽然考试成绩不错，但却很怵头课堂发言，脑子还在组织语言、决定是否举手的时候，美国孩子已抢先说了一大堆。有时候他们又觉得必须强迫自己说两句，于是另起炉灶说些自己熟悉的中国话题，但却发现老师同学并没有太多了解的兴趣，场面十分尴尬，而自己偏又不具备从容应对这种尴尬的能力。

美国孩子的自信从何而来

除了教育的作用，美国孩子“会说话”的另一个原因来自家长和老师的鼓励。大人们相信，好孩子是夸出来的。

2017 年 2 月，一个年仅 11 岁的特朗普小粉丝的视频一夜走红。这个名叫米莉亚的小姑娘在回答记者时，以令白宫发言人汗颜的流利表达、超越自己年龄的成熟、牛气冲天的自信让观众为之赞叹。

记者问：“你为什么支持特朗普？”米莉亚先从第一次听特朗普演讲的故事讲起，诉之以情，振臂一呼，模仿特朗普说话风格，拖长每一个发音：“我们要建——那——堵——墙！”（We will build…that…wall！）米莉亚接着晓之以理，辩证地说，“政客们说的很多东西他们都兑现不了，这我理解，可是特朗普却不同……”“我其实喜欢移民，如果他们合法入境，我是说是合——法——入——境，合法！我喜欢合法这个词，我不喜欢‘不合法’这个词！但是很多人不是合法移民。”抑扬顿挫，霸气十足。之后米莉亚进入了自问自答时间，“你可能会问我：他（特朗普）未来要怎么做？让我来告诉你……”“人们会纳闷：我最喜欢他（特朗普）什么？答案是……”“哦，对了，还有一点，也是我最想说的一点，那就是……”为了强调自己的存在感，插不上嘴的记者来了一句：“那你长大了想做什么？”米莉亚不假思索，用机关枪一般的语速回答道：“我将会从宾夕法尼亚州立大学毕业，去陆军服役 5 年，之后成为一名警察，然后做私人凶杀侦探，再做侦探，然后成为一名检察官，再去追逐我的兴趣做一名埃及古物学家和天文学家，然后我就退休了。退休后我会成为一名法官，然后如果国家真的需要我，我就竞选总统。”10 秒！一个 11 岁的孩子就天马行空地描绘了自己“辉煌”的人生之旅，把一切“安排得明明白白”。

最让人惊艳的是这个 11 岁孩子由内到外散发出的自信：不管别人怎么看，她就是这么想的。这是一种来自内心最深处的自我肯定。米莉亚只是美国社会鼓励孩子表达自我的缩影。

我在美国生活工作期间，接触到的不少美国小孩都像小大人，能说会道，底气十足。其中很重要的原因是：在美国，大部分孩子是被夸大的；在国内，很多孩子是被家长骂大的。孩子是否自信，心智是否成熟，与小时候大人用什么态度对待他有很大关系。在孩子没有形成自我认知前，他们是根据父母和老师对他们的评价来认识自我的。美国家长培养孩子的过程是一个塑造孩子自尊的过程，有了自尊才有自信。而自尊是靠真心赞美、不断鼓励、耐心引导获得的。不是劈头盖脸地批评和挖苦，更不是打骂惩罚。在美国，大多数家长把孩子当大人一样平等对待，在机场经常可以看到四五岁小孩，自己提着迷你版的小手提箱，从小就有独立意识。即使需要批评，家长也常会用平等的口吻跟孩子讲话，“嗨，请你不要大声喧哗，周围还有其他人，谢谢！”“嘿，如果我是你，我不会那样做。”

在学校，老师也很少用“好”“坏”“美”“丑”“聪明”“笨拙”等含有价值评判色彩的主观形容词评价孩子，避免过早给孩子贴上人格标签，植入消极自我暗示。美国人经常用“judgmental”（审判的）这个词来讽刺那些动辄上纲上线、轻易下结论的做法。在文科和社会学科，老师鼓励学生从不同角度看待问题，鼓励批判性思考，而不是去背标准答案。一个孩子从自身兴趣出发，只要能自圆其说就会得到夸赞——“嗯，这个想法很新颖。”“对，你的回答很有意思。”“没错，这个解释是一个很重要的思路。”自己的想法从小就获得鼓励、赞许，自信也会一点点积累。绝大多数老师允许孩子插话、质疑，孩子也不会为自己的提问感到“不合适”，因为老师经常告诉他们：没有问题是愚蠢的。（No such thing as a stupid question.）

反思我们，至少在我们成长的年代，不同兴趣、天赋、特长的孩子依然被“钉”在一个个标准化考试的“十字架”上。班上常有好学生和差生，有上游生、中游生和下游生，有聪明孩子和笨孩子。

在人文和社会学科上，孩子们大都在追逐老师想要听到的标准答案。在不少家庭里，家长对孩子依然是批评多、真心赞美少——“这孩子真不争气”“看人家谁谁多优秀”。简单粗暴地贴标签和“谦卑文化”的惯性，虽然让中国孩子更加自省和勤勉，但不经意间可能已经摧残了一个正拼命从大人言语神情中寻找自我的幼小心灵。

赵小兰：中国人应该学会“撕破脸”

传统文化是我们的根，也是我们的优势。然而，同西方人交流，由于文化语境时常不同，如果我们一味地按照自己的思维和文化语境去跟对方打交道，未必会获得很好的效果。比如，我们的“爱面子文化”和东方式礼貌，本来无可厚非，但由于对方对面子和礼貌的理解不同，在互动中有时反倒成了阻碍。

2017 年，我对美国“三朝元老”、交通部华裔部长赵小兰进行了专访。她告诉我，8 岁来美国时她一句英文不会讲，又是班里唯一的亚裔女孩，受尽了白人同学的嘲讽和排斥。但她凭借一股韧劲儿，恶补英文，后来当上了班长。我问赵小兰，包括中国人在内的亚裔初入美国社会遇到的最大障碍是什么？她回答道：整个美国社会是一个非常有对抗性的社会，人们总是在争论，观点总在冲撞，“这是一个非常好斗、非常喜欢争论的舆论场，华裔必须适应这一点”。赵小兰认为，中国人要想融入，必须敢于表达。言外之意是，同美国人打交道，有时候中国人要学会“撕破脸”。

我们的文化讲事实胜于雄辩，酒香不怕巷子深，要懂得给对方留有余地。但这套东方处世哲学，很多时候西方人无法完全“get”（感受）到。美国人从小受的主流教育是“the squeaky wheels get the grease”，即只有吱吱作响的自行车链条才有润滑油上。换句话说，爱哭的孩子有奶吃。在西方社会，家长从小鼓励孩子：说出你的想法（speak your mind）。于是，我们看到，一个西方人可能一辈子没有到过中国，但他可以滔滔不绝地讲述中国社会的各种问题，还异常自信。而对于美国人对中国的偏见，我们常常不愿当场“撕破脸”，不想伤了和气。结果，我们发现在同西方人的对话中，对方经常在攻，我们经常在守、在澄清。

赵小兰还分享了一段关于礼貌的亲身经历。她说，刚来美国的时候，出于传统中国礼教，一般不愿意打断别人讲话，因为那样显得很无礼，所以总想等对方讲完再讲自己的观点。但是她发现，美国人一直说个不停，自己总也插不上嘴。后来她摸索出了规律，西方人并不把沉默当礼貌，打断对方或提出问题很正常。如果你沉默，会被认为没有疑问或者对对方说的很感兴趣，于是对方会继续说下去。赵小兰说，后来自己就更加大胆且礼貌地说“对不起，但我认为”，对方非但没有感觉被冒犯，反而欢迎她参与对话。这就是美国人的思维方式。

“撕破脸”和“敢插嘴”不是粗鲁地骂街或者蛮横地抢话，是在尊重对方的基础上，选择适当的时机，用恰当的语言分享自己的故事，坦诚地交换看法。面对一向强势的西方表述，有时我们需要更多一点勇气。真正做到“有理有利有节”。

最后，我想说，我并不是呼吁全盘接受美国的教育方式。中国教育所培养的学生的勤奋和低调做事能力让人终身受用。东方人的沉默是金、尊师重道文化也有它巨大的后劲和张力。然而，我们也可以借鉴其他文化有益的经验，博采众长，尤其当我们交流的对象是西方人的时候，更要知己知彼，方能百战不殆。

第5章

美国真的胸怀世界？

『大农村』美国和大城市美国

在我们这代人的集体印象中，美国是“国际化”的代名词，是文明的灯塔，是世界的中心。作为80后，我们是第一代用微软“视窗”操作系统（Windows）、上互联网、学美式英语的中国年轻人。随着视频高密光盘（VCD）、数字化视频光盘（DVD）的普及，好莱坞电影开始涌入，除了带来视觉的震撼，也让我们看到一个思想前卫、多姿多彩、经济文化领先的世界头号强国。我们这代人虽然没有太多挨饿的记忆，但儿时的生活依然俭朴拮据，对美好生活的渴望，也无意中放大了对另外一个“理想彼岸”的想象和憧憬。

因工作原因，我于2012年来到美国生活。一开始，一切都在印证印象中的那个“理想彼岸”：陌生人的微笑和“Hi,how are you?（嗨，你好吗？）”的标准美式寒暄；汽车永远让行人先行；公共场所人们互相扶门礼让；不同肤色和族裔的人友好共处。慢慢发现，这种多元背后是制度的功劳：美国《宪法》和修正案保障了不同阶层不同背景的民众的基本权利；美国的移民政策诠释着“移民国家”四个字的内涵：一个小孩出生在美国即可成为美国公民，享有出生公民权（birthright citizenship）；从战乱国的难民、特殊人才到外国投资客都有机会变成公民；允许双重国籍；在社会层面，美国没有一种正式的官方语言，大多数公共服务使用英语和西班牙语，越来越多的地方也开始有汉语；平权法案确保着少数族裔在大学录取、职场就业和社会生活中的一席之地。

然而，随着阅历的增加，初来乍到的新鲜感开始退去，慢慢发现，陌生路人的微笑大多是习惯性的客套，随口说出的“How are you?”（你好吗？）也并不在意你的回复；对共事多年的美国同事总感觉关系还停留在表面，交几个掏心掏肺、把酒言欢的哥们儿更是难上加难。人们视隐私为生命，灵魂深处崇尚独立和个人主义。对于中国，大部分普通美国民众除了对“熊猫”“功夫”“左宗棠鸡”等文化符号的肤浅认知和表面尊重外，更多时候是漠视。一个越来越强的感触是，美国多元不假，但它像一个马赛克：远看浑然一体，近看各种肤色、阶层的人们保留着相对独立和封闭的生活。美国是移民国家也不错，但很多时候，它像是一个把黑人、拉丁人、黄种人同化成美国主流白人意识形态的大熔炉。

摆在眼前的似乎是一个矛盾体——开放、自由、发达的美国，与生活在其中的许多保守、固化、向内看的美国人。为什么会这样？

当我们还在寻找问题答案的时候，2016 年 11 月，特朗普当选第 45 任美国总统。2020 大选，特朗普虽然输给拜登，但“特朗普主义”被很多人认为将在未来很长一段时间对美国政治和社会产生深远影响。

全世界一片哗然。很多人第一次睁开双眼，审视美国国民性中保守孤立、狭隘自负、白人至上的那一面。人们思索：胸怀世界与狭隘自负，哪个才是真正的美国？

我们平时生活在东部都市圈，但出差经常前往美国中西、西北和南方等腹地。不断穿梭在不同的区域，不难发现其实美国人生活在两个截然不同的世界，一个是“大熔炉”美国（melting pot America），一个是“大农村”美国（small-town America）。

好莱坞电影和美剧大都呈现了繁华都市的浮光掠影，取景地大多是纽约、洛杉矶、迈阿密、芝加哥几个屈指可数的大都市。那里的人同全球各地保持着频繁的政治、经济和人文交流。然而美国更广袤的地区是“大农村”，那里的人们基本过着两耳不闻窗外事的安闲生活。2010 年美国人口普查显示，美国人口超过 5 万的都市只有 497 个，而人口少于 5 万的小镇和乡村有 2000 多个。“大农村”是大都市数量的 4 倍。

除了人口数量外，“大农村”和大都市美国的区别还有很多。在“大农村”，80% 以上的人住独栋别墅[1]，在大都市，人们大多居住在公寓。在“大农村”，有外国移民邻居或朋友的人只有 2%，远低于大都市；当被问到“外来族裔的移民是否成为美国负担”时，42% 的居民答案是肯定的，特朗普支持者中 72% 的人持有这一观点，而在美国都市区持这一观点的人只有

[1] http://apps.washingtonpost.com/g/page/national/washington-post-kaiser-family-foundation-rural-and-small-town-america-poll/2217/

15%；“大农村”里有 78% 的人认为自己的基督教信仰和生活方式正遭到外来移民的威胁，这一比例是都市居民的两倍[1]。

大都市美国与“大农村”美国的对立在 2016 年总统大选中集中爆发：希拉里·克林顿赢得了大部分都市地区，而特朗普赢得了大部分乡村地区。

而另外一个有意思的对比是大都市和“大农村”美国人在护照拥有率上的差别。

从各州的护照拥有率看，大都市美国人护照平均拥有率在 50% 以上，而“大农村”的平均护照拥有率在 30% 以下。对比 2016 年大选中每个州的结果后发现，护照拥有率最低的 25 个州中有 24 个投票支持特朗普，其中护照拥有率最低的 11 个州全部投给特朗普。而护照拥有率最高的 8 个州全部投票支持希拉里。

“大农村”美国人为何大多支持特朗普？ 2014 年中期选举期间我和摄像师白帆开车穿越美国西部及南方各州（见图 5-1），2016 年大选前后我们又去中西部“铁锈带”探访。一路走下来，很多普通美国人的故事给了我们不少启发。

在阿肯色小镇小石城（Little Rock），我们遇到了一位工薪阶层的母亲埃里卡（Erica），家里三代人都生活在小镇上，她不明白为什么要让自己的儿子冒生命危险去推翻一个十万八千里之外的政权；在密歇根州麦克姆郡的一个特朗普集会上，钢铁工人杰里（Jerry）告诉我们，信仰全球化的精英和政客没有为普通蓝领撑腰。他还特意摘下绣着“让美国再次伟大

[1] https://www.washingtonpost.com/graphics/2017/national/rural-america/?utm_term=.fc0106303582

图 5-1　2014 年 10 月，王冠和摄像师白帆开车纵穿美国，报道美国中期选举途中的乡村景色

（Make America Great Again）”的帽子对我说：“看，这顶帽子可是美国制造，中国商品已经占领了我们的国家，现在是时候夺回来了。”在宾夕法尼亚州蒙罗维尔镇，我们采访了特朗普“铁粉”翠西亚（Tricia），她告诉我们，由于拉丁裔移民的涌入，现在去医院看病预约挂号的时间越来越长、人越来越多。另外，由于翠西亚儿子的班里有很多拉丁裔移民的小孩，他们在家只讲西班牙语，学校的英文课程只好把起点降得很低，“我的孩子几乎学不到东西”；而当我们驶入田纳西州的时候，密度明显增加的教堂和车里响起的宗教广播提醒着我们，在这片以盎格鲁－撒克逊白人清教徒为主的土地上，保持自己的信仰和生活方式是至关重要的。

“大农村”美国人向内看，遭到在“大熔炉”里的都市人的嘲讽，后者自诩更有见识，更开明，更有“国际范儿”。而事实是怎样呢？

我们先来看看美国人出行的足迹。回到护照拥有率的问题上，大都市美国人出国比例更高不假，但都去了哪里？根据美国国务院和美国商务部2018年最新统计显示，以2018年为例，49.5%的人去了墨西哥或加勒比海，14.8%去了加拿大，19%去了欧洲[1]。换句话说，高达83.3%的美国人虽然走出了国门，但所去的都是墨西哥坎昆、巴哈马等欧美游客扎堆的度假区，或者是英法等意识形态和文化相近的国家。去过亚洲的美国人只有6.7%，去过中东的只有2.6%，去过非洲的更是只有0.6%。

我们再来看看教育。的确，全球最好的大学和研究所依然在美国，哈佛、麻省理工是全球学子向往的殿堂。但是除了"塔尖"上的精英，中等教育程度的美国人对这个世界有多了解呢?

2013年皮尤民调显示[2]，在拥有高中及以上学历的美国人中，43%无法识别出中国国旗，50%无法在地图上指出叙利亚。2016年，美国外交关系委员会（CFR）举行了一次国际知识测试，给受过大学教育的美国人出了75道题目，比如中国和美国哪国国内生产总值（GDP）更高？（大部分人错选了中国。）联合国安理会常任理事国是哪五个？印度尼西亚、印度和菲律宾中哪个是以穆斯林为主的国家？结果，在这些受过大学教育的美国人中，只有29%的人获得了及格成绩。感兴趣的人可以搜索CFR校园全球扫盲调查（CFR Campus Global Literacy Survey）自行测试。[3]

[1] https://travel.trade.gov/view/m-2018-O-001/index.html

[2] http://www.people-press.org/2013/02/05/what-the-public-knows-in-pictures-maps-graphs-and-symbols/

[3] http://www.cfr.org/society-and-culture/college-aged-students-know-world-survey-global-literacy/p38241

这些数字反映的更深层问题是美国中心式思维。

美国大学在培养思辨能力和创新能力方面依然是全球领先。但在人文社会类学科，比如国际关系专业里，班里美国学生的美国中心式思维根深蒂固，有时想在他们脑中撬开微弱缝隙都很难。就拿商科来说，美国商学院工商管理硕士（MBA）课堂上的国际学生比例远低于欧洲商学院。

美国人越来越缺乏对世界的了解，媒体难辞其咎。大部分没出过国门的美国人是通过媒体了解世界的。美国主流媒体的国际新闻报道逐年缩减，要在其中找到不同的声音更是困难，尤其是对中国和俄罗斯的报道。美国式的“政治正确”保证了每一个受众几乎都不会了解到：美国曾经借军舰帮助中国收复南海，中情局在巴基斯坦的无人机误杀让当地民众每天像过“9 · 11”，或者郑成功收复台湾的历史故事。

记得在 2016 年 10 月，我在美国投票“摇摆州”俄亥俄州主持了一场美国大选草根辩论（见图 5-2）。我原本准备的最后一个问题是：民调显示希拉里是过去 30 年最不被信任的候选人，而特朗普被认为是“最不靠谱”的候选人，选出这样的两个候选人角逐总统宝座，美式民主是否出了一些问题？一个美国同行看过问题后，警觉地对我说：“冠，你可知道，这是一个很‘不美国’的问题？”（Guan, this is a very un-American question, you know that right?) 并建议我调整措辞。

总而言之，“大农村”里的很多人渴望“远离世界”，而大都市里自诩“国际范儿”的美国人中又有许多人对这个世界缺乏多角度认知。而这一民意基础也在影响着美国的外交决策，形成了历史上一次次“扩张—收缩—扩张”的规律。对此，基辛格直言不讳地说，美国人缺乏对世界知识复杂性

图 5-2　中国央视记者王冠 2016 年 10 月在美国俄亥俄州主持民众辩论

的了解，特别是在电视取代书本阅读的时代，美国人对世界形成的是“印象”而不是“认知”。这样的后果是，美国的外交政策在民意的影响下“像一个钟摆似的在孤立和承诺间徘徊”[1]。

[1] 沃尔特·拉塞尔·米德:《特殊天命》(*Special Providence: American Foreign Policy and How It Changed the World*)，泰勒弗朗西斯出版集团，2002 年出版。

美国：在孤立与扩张中摇摆

美国可谓是一个“孤立”与“干预”基因都很强大的民族。

先说孤立。美国人“向内看”的情结远非始于特朗普。

首任总统乔治·华盛顿就为美国奠定了孤立主义的基调。在《告别词》中，华盛顿说，要将美国建成伟大的国家，最重要的一点是：“排除对某些个别国家抱有永久且根深蒂固的反感，也不要对另外某些国家产生感情上的依赖；不要与任何国家建立永久的联盟。美国独处一方，远离他国，这种地理位置允许美国走出一条独特的外交道路。”

然而另一方面，美国人又有较深的干预主义情结。有学者将其归结为清教徒式的“己所欲，施与人”精神，将美国式自由与民主传播到全世界。此外，美国摆脱了英殖民和“旧世界”枷锁后在新大陆上建国，是所谓的“山巅之城”。这种美国特殊论（US exceptionalism）也逐渐成为美国干预世界的驱动力。而19世纪将拉美定位为后院的“门罗主义”（The Monroe Doctrine）、20世纪初总统威尔逊决定干预“一战”等里程碑式的事件，正式开启了美国在近现代史上对世界事务的干预模式。

而每当美国过于“胸怀世界”，都能触动美国人的孤立主义神经，促使其收缩。这一循环，周而复始。

20世纪40年代末，杜鲁门启动了全面遏制苏联的冷战战略。之后，戎马半生的艾森豪威尔总统在卸任前警告美国：冷战中不断壮大的军工复合体，将来可能把美国变成战争贩子。

20世纪60年代，肯尼迪和约翰逊秉承“反共”理念，将战火烧到越南。而随着电视时代的来临，第一次目睹战争惨状的美国民众开始厌战，倒逼尼克松结束越战，开始战略收缩。

20世纪70年代，卡特总统奉行多边主义外交，反对军事干预，但卡特在伊朗人质危机中的“软弱”遭对手痛批，保守派里根让卡特成为“一任总统”。

里根上任后开始了新一轮扩张，大搞“星球大战”计划对抗苏联，还在拉美大搞政权颠覆。而后冷战时期的自由派总统比尔·克林顿再次选择收缩，甚至因不肯干预数百人死伤的肯尼亚恐怖袭击，被当时初出茅庐的本·拉登公开嘲讽“胆小”。

“9·11”事件之后，小布什发动了两场中东战争，再次开启政权颠覆行动，消耗至少24万亿美元并造成4万美国大兵伤亡，留下了走不出的中东乱象。在厌战情绪的推动下，奥巴马胜选，并开始了新一轮撤军。

对此，美国著名政治传播学者沃尔特·李普曼（Walter Lippmann）总结道:“美国政府原本知道什么是更聪明、更必要或更有效的外交政策，但美国民意压力迫使政府的对外干预要么太慢太少、要么太快太久。和平时期就大搞和平主义，战争时期又大搞侵略扩张。”[1]（They the people have compelled the government, which usually knew what would have been wiser, or was necessary, or was more expedient, to be too late with too little, or too long with too much, too pacifist in peace and too bellicose in war.）

不可否认，美国拥有全球一流的大学和研究机构，能够吸引全世界最杰出的人才。也不可否认，美国的政治、金融、学术精英们深谙世界事务，“胸怀世界”，在全球范围内捍卫着美国利益。这些精英是好莱坞电影和国际新闻头条聚焦的对象。然而，像大多数国家一样，精英毕竟是少数。普通民众是一个社会更全面的写照。只有了解美国普通民众对这个世界的态度，才能理解为何会有“政治素人”特朗普上台的现象，也才能更好地研判未来美国社会的走向。

[1]沃尔特·拉塞尔·米德:《特殊天命》。

『另类』基辛格的『孤掌难鸣』？

“你的思路很缜密，提问准备上很下功夫。”采访结束时，时年 91 岁的基辛格语气平缓、面带微笑地对我说。透过那副标志性的黑框眼镜，可以强烈地感受到他依然锐利的目光和强大的气场。在他面前提问时，也不由得分外谨慎。“谢谢您，我赶在采访前把您写的《论中国》（*On China*）和《世界秩序》两本书读完了，很受启发。”获得眼前这位长者的肯定，心里还是暗喜了一下。

这是 2014 年秋天中美元首会晤前的一次约采，地点是纽约曼哈顿基辛格律所（见图 5-3）。整个采访比原定时间长了一倍。把所有严肃提问问完后，还有幸和这位 91 岁的长者畅谈了人生和理想，算是采访的意外之喜。基辛格言谈间风采不减当年，岁月和经历沉淀出了厚重

图 5-3　王冠在美国纽约对基辛格的专访（杨建 摄）

的气质。他历经了 10 任美国总统，每一任都奉他为座上宾。他拜会过中华人民共和国成立以来所有中国国家领导人，且都交情不浅，是为数不多能真切影响到白宫的“中国人民的老朋友”。2018 年，中美关系被贸易战的阴云笼罩，坊间又盛传基辛格是“联俄制中”的幕后推手。一时间，人们在心中对这位长者画上了一个小小的问号。没想到短短几个月后，基辛格再次出场，往返于北京和华盛顿，为中美两国关系的缓和而奔走。

“你多大了？”基辛格似乎也意犹未尽。

“31岁。”我回答。“不错。”他点了点头。看着眼前这位美国外交界“活化石级”的巨擘，我不禁陷入了片刻沉思，31岁的时候他在做什么？

30岁出头的基辛格已经出版了《重建的世界》和《核武器与对外政策》两本著作，不仅奠定了他的学术地位，还引起了白宫注意，被肯尼迪总统任命为特别顾问，完成了从默默无闻的新移民到主流知识精英的阶层跨越。

此次专访，我一共提了10个问题，大多涉及政治和中美关系，而其中唯一一次即兴问答，也成了当天的亮点。“今年您91岁了，在美国外交舞台活跃了60年，完成了很多看似不可能完成的任务。您对今天中国的年轻人有什么忠告吗？”

“首先，你要对自己现在所处的位置和状态做一个正确的分析，还要清晰地知道自己想要达到什么目标，然后把目标设定在你能力的上限。这并不容易。”基辛格说话语调如常，不急也不缓，或许是因为字字句句都是他的人生经验之谈。

“能力的上限”，听到这几个字，我有一种强烈的共鸣。在生活中，有多少时候我们都是在跟自己的潜力做较量？在健身房里挥汗如雨，体力耗尽之际再咬牙做3个仰卧起坐或俯卧撑，是最长肌肉、最能塑形的时刻；某个英语单词再多听一遍可能就会被大脑深度记忆，下次对话时更能灵光乍现般脱口而出；即将冲动行事的刹那，最后一次深呼吸，同自己的理智对话，可能避免一次后悔终生的举动。到达上限需要坚韧，而在此之前停歇下来则可停留在自己的舒适区，两者云泥之别，收获的不同尽人皆知，而到达者少有人在。

“能力的上限”，这几个字从基辛格嘴里说出，尤其让人感慨。

回想起20世纪70年代中美筹划建交前的岁月，当时美国朝野各派将苏联和中国等社会主义国家视为不二天敌，民间也接受了长年“反共”宣传，对中国的敌意根深蒂固。而当时的中国正处在“文革”中后期。对尼克松和基辛格所代表的美国政府来说，同退守台湾岛的中国国民党当局断交，转而同“红色中国”建交，在当时被认为是不可能完成的任务，需要极大的历史担当。

“您能不能把我们带回1971年和1972年，您秘密访华和中美关系‘破冰’前的那几个月，那几个星期，那几天，对尼克松总统和您来说，突破意识形态和国内政治的束缚，同中国建交，有多难？”40多年后，我问对面的这位亲历者。

“我觉得自己很幸运，有机会同一些伟大的人物一起做了一些前面的人没有做过的事情。这样的机会不是经常有。”基辛格很谦虚。有些人觉得这听上去像外交辞令，但设身处地想想40年前的国际政治环境，何尝不是心声。“在我访华之前，美中已经进行了162次秘密会谈，在瑞士日内瓦和波兰华沙，但都没有什么结果。尼克松总统和毛泽东主席的伟大之处就在于，两人会面时没有过多纠缠之前让双方‘卡壳’的具体细节，而是从战略高度出发，为未来美中关系做了顶层设计。”

尼克松总统和毛泽东主席的所有对话，基辛格都在场。“除了大家熟知的正史，在现场聆听两人谈话是一种什么感觉？”我问基辛格。“听他们谈话，就像听两个哲学家对话一样……两人很多时候在谈思想，而不是具体问题。”基辛格津津乐道地回忆起那段往事。

两国领导人在建交大方向上建构了框架、达成了重要共识，但“魔鬼”

在细节中。比如当时双方在谁邀请谁的问题上迟迟争执不下：双方都想让对方发出邀请。如何解决？在中方和基辛格的反复沟通下，最终的公告是这样写的："获悉，尼克松总统曾表示希望访问中华人民共和国"，周恩来"代表中华人民共和国政府邀请"，尼克松"愉快地接受了这一邀请"。另外一个较劲的细节是1972年《中华人民共和国和美利坚合众国联合公报》（简称"《上海公报》"）关于台湾问题的措辞。《上海公报》中强调："美国认识到，在台湾海峡两边的所有中国人都认为只有一个中国，台湾是中国的一部分。"这句绕口令式的表述成为1972年签署的《上海公报》中最关键的一句话。随着《上海公报》的诞生，中美第一次确立了建交意向，为后来最终建交奠定了最重要的基础。而这一绕口令语言的主要设计者基辛格，把这种暂时搁置争议的做法称作"建设性模糊"（constructive ambiguity）。

一些人觉得战略模糊并非十全十美。可在当时严酷的国际政治现实下，有多少条约是完全理想的？在当时的冷战大环境下，之前的历任美国总统，从杜鲁门、艾森豪威尔、肯尼迪到约翰逊，倒都是怀揣了"理想"，而这个理想就是"反共"。30年来他们将面积约是中国大陆的0.3%、人口约是中国大陆的1%的台湾视为整个中国的"合法"代表。在历史的转折点上，中美建交是大势所趋。

端详着对面这位美国政治现实主义学派代表人物，感叹他这一生一次次对云谲波诡的世界局势做出准确判断，每逢关键时刻总能应时出场。不管时局多么紧张、环境有多少杂音，他总能秉持一种以不变应万变的超级务实态度。我总在思索，他的这种灵活、务实的态度是如何练就的？

很多人或许不了解，基辛格准确地说是德国犹太人后裔。他出生在德国巴伐利亚州，性格形成的童年和少年时代都是在德国度过的，以至于时至今日讲起英语还有较浓郁的德国口音，这一点他也经常自我调侃。15 岁那年，为了逃离希特勒对犹太人的迫害，基辛格一家移民美国，在纽约犹太人社区安家，成为漂泊纽约的异乡人。当时的基辛格几乎不会讲英语，没有国籍和身份。教育改变命运，高中毕业后，基辛格一边在剃须刷工厂打零工养家，一边在纽约城市大学上夜校读会计专业，且成绩十分优异。此时，“二战”爆发，基辛格把握住了融入美国主流社会的好机会，于是休学加入美国陆军。在军队里，他发挥了精通德语的优势，成为“二战”美军驻德国情报员，表现突出。退伍并顺利获得美国国籍后，基辛格又开始了求学，从哈佛本科、硕士一口气读到哲学博士学位，用 20 年的时间完成了从社会底层新移民向美国权力核心的跨越。正是这一过程，塑造了日后国际舞台上的基辛格。当年他的上司，军官弗里茨 · 克雷默回忆道：“这段经历使基辛格寻求秩序，使他渴望被认可，即使这意味着要取悦他认为智力比他低的人。”[1]克雷默认为，渴望被认可也是纳粹德国给他童年带来的心理阴影的自然反应。历史学家小阿瑟 · 施莱辛格认为，正是基辛格“渴望被认可的难民心态”[2]使他具有很高的务实性和灵活性，帮助他后来能在国际外交风云场上左右逢源。

回到采访中，我们也从中美的过去，聊到了现在。

很多西方学者和政客并不相信中美能避免守成大国和新兴大国必有一斗的“修昔底德陷阱”。对此，基辛格如何解读？“您在《论中国》一

[1] https://book.douban.com/review/4913095/

[2] 沃尔特 · 埃萨克森：《基辛格传》（*Kissinger*），西蒙与舒斯特公司，2005 年出版。

书中开篇就详细阐述了中国特殊论和美国特殊论（也译为‘美国例外论’）的异同，如果两个国家都认为自己是独一无二的，您真心觉得双方能建立一种新型大国关系吗？”我问。

“中国特殊论没有传教色彩，它源于中华文化。中国并不想让全世界都效仿中国人的行为方式。中国特殊论建立在自身所取得的成就的基础之上，希望由此获得别人的尊重。美国特殊论则多了传教士的色彩。两个国家的确会在某些时候产生分歧。但对两国的真正考验，是理解双方不同的制度和考量，同时认识到携手合作才更为重要。”

这正好是我要问的下一个问题。协同演进（co-evolution）是基辛格在《论中国》一书中对未来50年中美关系提出的一个新概念和新设想，“如何具体解释协同演进？”我问基辛格。

基辛格思索片刻后说：“这个概念的意思是，我们不应该要求中国和我们一样行事，同时中国也不应该期望我们在所有方面都像中国那样行事。我们应该努力做到让双方都用自己认为最恰当的方式来发展自己的社会。与此同时，我们都在驶向相似甚至相同的目标。这样我们才能协同前进，和而不同。”

采访前，我通读了基辛格的《论中国》一书。在书中，我发现了一段将中西思维方式差异用象棋与围棋比较的论述：

“如果说象棋代表一场一决胜负的战斗，围棋则更像一场持久的战役。象棋玩家以胜负为目标，围棋玩家则争取相对优势。在象棋中，对手的实力全部展现在你的眼前，因为棋子都摆在棋盘上；而在围棋中，对方的实力和力量并不一目了然。象棋教给我们克劳塞维茨的‘重心论’和‘决胜时刻论’，开局就在棋盘中心展开厮杀，而围棋教给人们战略包围的艺术。象棋玩家盯住对手的棋子，通过一系列硬碰硬的厮杀消灭对手，而围棋高手则走进棋盘上的空地，逐步加强自己的同时，削弱对手的战略优势。象棋培养专一思维，而围棋则培养战略灵活性。”[1]

两种游戏规则、两套棋局，一个在东方流行，一个在西方普及，折射出东西文化的不同。基辛格的归纳可谓经典。

采访结束，我们合影留念，基辛格还饶有兴致地为我们在《论中国》一书上签了名。我们话别，期待下次再见。

在国际政坛和学界，有人支持基辛格的理念，自然也有人反对。然而很少有人能够否认：他是过去半个世纪对美国外交政策走向影响最深远的人之一。

当美国朝野政客、主流战略学界、“建制派”媒体依然在冷战框架和“反共”思维下讨论美国外交议题时，通晓历史、务实理性的基辛格看上去像是一个异类。过去 60 年，为了维持在政坛的影响力，基辛格保持着平均每 4 年出一本书的惊人效率。经常可以在《华尔街日报》等主流刊物看到他的文章、在 CNN 等主流电视媒体看到他的访谈节目，为美国政策“纠偏”献言。在华盛顿、莫斯科、北京的各种高端学术论坛上，也可以看到他的身影。随着时代的变迁，书本逐步被手机排挤，精读慢慢让位于“标题党”，深度访谈和调查报道也渐渐被电视里的 15 秒同期声淹没。当纵深思维和大历史观变得愈发稀有时，基辛格是否也感到孤掌难鸣？

[1] 亨利·基辛格:《论中国》，企鹅出版集团，2012 年出版。

对话克里：竞争与合作

2021年，克里被总统拜登任命为美国总统气候问题特使，并于4月访华，成为拜登政府首位访华高官。回想第一次“认识”克里，还要追溯到大学时代。

2004年，我在中国传媒大学国际新闻专业读大二。当时火热进行中的美国总统大选辩论成了我们每日的新闻教材。时任总统小布什发起的中东战争被全球舆论口诛笔伐，美国国内反战声此起彼伏。主流舆论都寄希望于民主党候选人把小布什变成“一任总统”。而这名候选人也不负众望，民调一路领先，风头一时无两。在民主党党内提名大会上，他演说的感召力甚至超过了同台的比尔·克林顿，但在随后的总统大选辩论中他还是完败共和党小布什。我从课堂上第一次了解到，这个民主党候选人名叫约翰·克里，是当时的资深参议员。

为扭转选情，共和党保守派使出狠招：借助两场伊拉克战争将克里塑造成一个靠不住的自由派。克里那句著名的“我投票支持伊拉克战争前曾经投票反对过它”，更是被右翼当作笑柄。“战时不能换总统，更不能换一个立场不坚定的总统”成了小布什阵营的口号。克里出身外交世家，从小随家人常驻欧洲，能讲流利的德语和法语。这竟也成了把柄，共和党保守派拿克里的“国际范儿”说事，给他扣上“不爱国”的帽子。某堂课上，我们分析了 FOX 的一段视频，里面克里在各种场合讲外语的片段被断章取义地拼凑在一起，看上去像是个崇洋媚外的小丑，节目中添油加醋的旁白更是让人哭笑不得：“来认识一下美国总统候选人——法国人克里……”“他或许觉得自己正在竞选法国总统……”“如果今天他来参加我们的节目，克里开场会说‘Bonjour（你好）’”。在“9·11”事件阴云未散之时，小布什乘保守主义之东风，最终打败了克里。克里明白这是他唯一一次参选总统的机会，因而在败选演说中泪洒讲台，多少有些悲壮。当时我就想：如果有一天能和这个“国际范儿”的前总统候选人面对面，肯定会是一场有趣的对话。

出于好奇，我查阅了克里更多的资料，也发现了更多有意思的细节，比如克里在大学时代曾是一个十足的“愤青”。

“比起共产主义，西方帝国主义的阴云给亚洲人民和非洲人民带来了更多的恐惧，西方帝国主义是自取灭亡。”[1]（It’s the specter of western

[1] https://yaledailynews.com/blog/2003/02/14/kerry-66-he-was-going-to-be-president/

imperialism that causes more fear among Africans and Asians than communism and thus, it is self-defeating.）这是22岁的克里获得耶鲁大学演讲冠军时的慷慨陈词。当时大三的他已经是校园学生运动的领袖。克里还发表过一篇批评美国外交政策的演讲檄文，并因此名声大噪。在演说中，克里奉劝当时的美国政府结束单边主义和霸权主义，尊重联合国的作用，因为“联合国是一个大家可以和而不同的地方”。（The United Nations supplied a meeting place for harmonizing differences.）后来，克里还作为领导者参加了反越战示威运动，作为代表参加了国会听证，同政府对簿公堂。

也许是人生阅历的增长，克里后来意识到，改变社会的更好办法是成为规则的制定者，于是他决定从政，并当选为美国参议员。1994年，克里在参议院参与起草了《结束对越南经济制裁》议案，促使美国与越南正式建立外交关系。从22岁的“愤青”到52岁的参议员，从一个批判制度的大学生到制定规则的立法者，克里用了30年时间，终于实现了当年的梦想。

克里走出败选总统的阴影，后来成为奥巴马总统提名的国务卿，成为美国头号外交官，而我也从国际新闻课堂上的学生，变成了报道美国时政的新闻记者。在华盛顿，我和克里有机会相遇了。

对外国记者来说，“抓到”总统或国务卿这样的人物并不容易。最好的机会往往出现在领导人互访前的预热报道或双边活动后的记者会。

2013年中美战略与经济对话前夕，美方原本已经答应了我们对克里的专访申请，一切准备就绪。然而采访前两天，克里夫人特蕾莎突然病重。第二天早上，美国国务院官员告诉我们，克里已经连夜赶回马萨诸塞州老

图 5-4　2014 年 6 月，王冠专访美国时任国务卿约翰 · 克里和财政部长雅各布 · 卢

家照顾夫人。后来克里虽然回到华盛顿参加了中美战略与经济对话的开幕式，但只待了几个小时，当天下午又赶回了老家。虽然那次采访未成，但给人留下了不浅的印象：克里，是一个顾家的男人。

一年之后的 2014 年中美战略与经济对话前夕，经过央视北美分台团队的努力，美国国务院再次答应了我们的申请。这一次，采访终于成行（见图 5-4）。

6 月 30 日上午，克里准时走进了位于美国国务院内的采访地点。他 1.93 米的身高，满头银发，风度翩翩。我在门口迎接受访嘉宾。

"您好，克里国务卿。"

"嗨，冠，你好吗？"

他竟然叫出了我的名字，令我颇感意外。此前，美国国务院官员问我名字的发音，还让我录音后邮件发给他们。我以为是留存备案，没想到是克里本人询问。

“克里国务卿，感谢您给我们这次机会。”见到当年课堂里观摩的风云人物，我还是有点兴奋的。

“没问题，很高兴接受你的采访。你在美国工作几年了？感觉怎么样？”克里问我。

“3 年了。很忙，但是很充实。”我告诉他。

采访正式开始之前，我们从美国的工作生活，聊到了他手术后正在恢复的伤腿。我知道从小随父母常住欧洲的克里也是一个足球迷，于是，又聊起了当时正在进行的巴西世界杯。

“您看好哪支球队？”我问他。

现场的人乐了，期待着这位美国最高外交官的答案。“感情上我当然支持美国队，这支美国队很年轻，充满活力。但从实力上看，这届世界杯德国队人马整齐，很强大，巴西队在家门口踢也有很大优势。你支持谁？”

“很遗憾，我们中国队没能打进世界杯。我喜欢巴西队。”

摄像师白帆和朱海清提醒我，一切就绪。采访正式开始，气氛瞬间转为严肃。

一开场，我请克里对中美关系做一个定位：“克里国务卿，这届美国政府视中国为真正可信赖的伙伴（a true partner），还是终将不可避免的对手（inevitable rival）？”

“我们肯定不把中国视为不可避免的对手，而是希望同中国打造合作领域不断增强的伙伴关系。这是一个非常重要的关系。卢财长和我都期待着此次美中战略与经济对话，这对双方很重要。我希望中国能理解，美中不必成为对手。两国当然有竞争，但双方的合作更重要，因为世界需要领导力。中国是崛起大国、经济大国、联合国安理会常任理事国。美中在很多事情上需要合作，比如伊朗、叙利亚，美方希望两国关系能不断增强，不认为美中是不可避免的对手。”

说克里是对华关系中的“鸽派”并不为过。他主张中美增强贸易关系，任内牵头同中方达成了历史性的气候变化协议，积极推动“十万强计划”等人文项目。中美密切协调的伊核谈判中，克里也是美方牵头人。克里用“不断增强的伙伴关系”（increasing partnership）给中美关系定位，事实上是美方对华全面接触政策（engagement policy）的延续，甚至升级。扩展合作领域，让中美之间“同”的东西变多，化解“异”的可能性才能变大。

接下来，我问克里对关于此次中美战略与经济对话的期待，克里同样释放了积极信号。他透露，中美在朝鲜半岛、军事互信等领域将寻求进一步合作，尤其还强调了气候变化。克里希望此次访华能为 2015 年巴黎气候协定的签订夯实细节，尤其是那些难啃的“硬骨头”。事实证明，中美 2014 年的磋商为 2015 年签订的那份历史性的气候协定奠定了基础。

除了合作，我们也聊到了分歧。奥巴马政府提出的“重返亚太”战略，或者叫“亚太再平衡”战略，让很多中国人感到不安。这是否意在遏制中国？这是我的下一个问题。

我手拿美军亚太部署地图问道：“克里国务卿，从地图上看，美军的亚太前沿部署构成了对中国的围堵（encircled China），很多人认为，美国‘亚太再平衡’的目的就是遏制中国，是这样吗？”

耶鲁辩论冠军出身的克里果然经验老到，也懂得如何在镜头前控制场面。他立刻从我手中要过地图，化被动为主动，并开始在地图上指指点点：

“让我来告诉大家，美军的分布并不是一个完整的圆圈（circle），地图上这片地方（中国的西侧和北侧）都是同中国关系很好的国家，美国并没有插手……美国只是在捍卫这片地区（菲律宾、日本等）的传统盟友以及新兴伙伴国的关系，美国同这些太平洋国家的关系已经有几百年了，美国是一个太平洋国家。”因为不是圆圈（circle），所以不构成遏制（encirclement）？这显然是在玩文字游戏。但这一轮问答，从临场应变和视觉效果来看，这位美国最高外交官丝毫没有示弱。

接下来，我们谈到了钓鱼岛、南海，还有日本修宪，美国在伊拉克撤军等国际议题。原定的 10 分钟采访时间飞快过去。助理两次提醒我：时间到，最后一个提问！没时间纠结，我决定把最后一个问题留给重要而敏感的网络窃密。

采访前，网络黑客议题给中美关系蒙上了一层阴影。一边是美国中情局前雇员斯诺登揭秘的美国对包括中国在内的全球各国的大规模监控，另一边是被美国媒体炒得沸沸扬扬的中国网络窃密事件。中方和很多国家都反对美国在全球布下的监控“天罗地网”，而美国却大搞双重标准，称：中国对美国进行的是商业窃密，是不能被允许的，而传统情报搜集是每个国家都做的，因此是能够被默许的，两者不是一码事。就在专访克里前，美方司法部还高调公布了所谓中方涉案人员的大头照片，主流媒体纷纷刊登，高调羞辱。

如何用事实揭穿美国监控的双重标准，成了采访前一个让我很头疼的问题。经过不断查找，我终于从美国国会档案馆浩如烟海的资料库中找到了一份名为《阿思彭 · 布朗报告》的资料。在数百页报告中，我发现了美国国会报告承认美方对欧盟、巴西和中国的商业监控活动，并称“多亏了这些情报搜集活动，我们为美国海外企业挽回了数十亿美元的经济损失”。面对美国最高外交官，我毫不客气地将报告摘要引述后问对方：“这算不算美方的商业窃密行为？这是不是美国的双重标准？”

“没有（双重标准），”克里眉头紧锁地回答道，“或许有来自美国的个人做过这样的（网络商业窃密）事情，这我不敢保证，但我可以告诉你，本届美国政府从来没有命令、允许或支持过这样的行为。”

克里并没有否认可能有美国个人或机构对中国进行过商业窃密行为，只是称美国官方没有授意过这样的行动。这是美国领导人对美国“商业窃密”的一次罕见公开表态。

采访结束，克里的心情似乎并没有受到最后“不友好”提问的影响，笑着拍了拍我的肩膀，“冠，你采得不错。”克里再次用比较标准的发音叫我名字的时候，我脑海中闪过10年前在课堂上看到他讲外语的那一幕视频画面：FOX嘲讽克里讲外语……最终克里同总统宝座失之交臂。当年电视里的美国总统候选人，如今退而求其次成了国务卿。看着眼前的克里，依然洒脱，一瞬间我竟心生惋惜，可这就是政治。

华盛顿很大，也很小。两年后，我再次遇到了克里。在2016年2月王毅外长访美后的联合记者会上，我获得了现场中国记者唯一的提问机会。当时的中美关系因南海问题和几个月后即将公布的“南海仲裁案”而变得复杂。尤其令人困惑的是奥巴马政府对中国发出的矛盾信号，“鹰派”和“鸽派”、文职部门和军事部门难掩对华政策的分歧。在军事领域，时任美国太平洋司令部司令哈里斯批评中国将“南海军事化”，还冷嘲热讽地说:“全世界都这样认为，除非你还活在相信地球是平的那个时代。(You'd have to believe in a flat earth to think otherwise.)”而美国国防部长卡特将中俄列为美国“最头疼的对手”(most stressing competitor)，并称中国是美军增加亚太军力的原因。而在经贸人文领域，中美的交融依然在加深。2015年中美双边贸易额超过5800亿美元，使中国取代加拿大成为美国最大贸易伙伴。两国在气候合作、伊核和朝鲜半岛等问题上也有密切合作。10年多次往返签证更是拉动了两国的人文交流。

看似分裂的对华政策，谁来主导？我提问克里:“克里国务卿，中美关系似乎正在两个很不同的轨道上发展。在战略安全领域，您的同事、国防部长卡特两周前公开将中国称为‘最头疼’的对手，并以此为由申请更多的军事预算，升级美军亚太武器装备和部署。然而在外交和经贸领域，其中一部分由您本人负责，中美拥有世界上最大的经贸关系，中美在伊核和气候问题上都有紧密合作。您觉得美国国防部、美国太平洋司令部和由您领导的美国国务院在对华政策上的利益一致吗？”

克里用“a very very good question”来形容我的提问，让我稍感意外。在西方，一般来讲，“good question”有时只是对方的礼貌客套而已，要视具体语境而定。如果说“very good question”一般是由衷而发的赞许。而如果用两个“very ”，则是对方的真心大赞。思考许久的问题没有白费，我暗自高兴。

考虑到克里文职机构负责人的身份，以及国务院同白宫国安委、国防部向来微妙的关系，这并不是一个容易回答的问题。思考片刻后，克里说:“美国只有一个外交政策，不论是太平洋舰队、国防部、国务院，还是中情局，我们在亚太地区的政策是一致的。我们在国务院的工作是通过外交磋商来解决冲突。但太平洋司令部和国防部的任务是确保外交谈判若不成功仍有预备方案。那些部门可以说是‘预防部门’。美国军事部门是从可能发生的潜在威胁的角度看这个世界，其实，中国军队也是这样的。”

克里还旁征博引，拿冷战时期美苏两国领导人达成的削减核弹头协议举例，说明外交接触最终可以缓和军事对峙。克里称：“美国军方的声明是对未来可能情景做出的最佳判断，如果美中两国的外交部门能够通过和平方式化解分歧，那么把钱花在那些（军事）部门上的必要性就变小了。尤其考虑到当下，迫在眉睫的威胁是恐怖主义、极端主义和国家的衰败，把钱花在这些问题上要远比花在国与国军备竞赛上重要得多。”

克里给出了一个国际政治自由主义学派教科书式的回答。然而，在特朗普上台后，白宫“鹰派”幕僚曾批评克里的这种主张“没骨气”。

两次近距离互动，克里的随和与开明给我留下了深刻印象。每个人都被自己的经历塑造。从小跟随父母周游世界、常春藤名校毕业的克里更不例外。他是美国利益的捍卫者，是美国价值观的拥护者，但他相信通过国际多边主义可以更好地实现这一国家利益，更好地输出美国价值观。克里也认为，通过各国利益的交融和文化的交流，国际社会不必然遵循充满零和博弈色彩的“丛林法则”，他甚至宣布了美国将拉美视作后院的“门罗主义”的终结。

然而在现实中，保守派的力量是强大的。2004 年，我在大学课堂上见证了克里被后“9 · 11”时代的保守力量击败。而 2016 年，我在美国大选第一线又目睹了后经济危机时代的保守洪流帮助特朗普胜选。

『铁娘子』的心不甘情不愿

苏珊·赖斯是过去20年间美国政坛叱咤风云的人物，33岁成为美国历史上最年轻的助理国务卿，辅佐时任总统克林顿。后深受奥巴马和克里赏识，先后成为两任总统竞选班子的核心幕僚。2021年，赖斯又重返白宫，被拜登任命为新设立的国内政策委员会主任。在奥巴马的第一个任期，赖斯被任命为美国驻联合国大使，从此走进国际公众视野。她多次对中国的强硬表态，想必仍令不少国人记忆犹新。

赖斯和奥巴马关系铁，在华盛顿圈内尽人皆知。这两位非洲裔民主党人不仅在政治舞台上不离左右，私交也颇为密切，休闲时常一起打篮球。赖斯是体育健将，在校篮球队还是控球后卫，想必在球场上也有一定实力。

奥巴马任内，赖斯的仕途一片大好，2012 年还一度传出奥巴马已内定了赖斯出任国务卿的消息。

然而，祸从口出。赖斯在 2012 年美国驻班加西领事馆遇袭事件后的访谈中淡化了事件的性质，称“这不是一场有预谋的袭击”。当时的麦凯恩等国会共和党人穷追猛打，指责她为奥巴马政府粉饰太平、误导民众、置国家安全隐患于不顾。近百名国会议员联名上书要求总统放弃对赖斯国务卿提名的考虑。重压之下，奥巴马被迫放弃赖斯。这也成了这位政治女强人“开挂”之路上的几许遗憾。

如此夺目的履历在华盛顿政治圈尚不能算稀有，真正特别的是赖斯的性格和行事作风。她是华盛顿政治圈内横冲直撞的狠角色，以直来直去著称。赖斯曾对斯坦福大学校刊记者说：“也许你会说我是个直言不讳的人。如有需要，我也会使用外交手段，但是我对废话没有耐心。”赖斯在联合国安理会上的表态也带有鲜明的个人特色。她曾毫无顾忌地使用“可耻”一词谴责中国在叙利亚问题上的态度。安理会上，一些外交官称赖斯私下说话时尺度更大，甚至经常爆粗口。

2014 年 11 月，终于有机会拜会了这位传说中的“铁娘子”（见图 5-5）。当时的中美关系大局基本稳定，但美方对此前发生的“3 · 1”云南昆明火车站暴力恐怖案件的表态让人们再次看到了两国关系的复杂性。美国官方曾迟迟不肯用“恐怖袭击”一词定性这次事件，美国媒体更是将“恐怖袭击”一词打上了引号。当时，中国接二连三遭遇致使无辜百姓死伤的恐怖袭击事件，美方却继续着那套十几年不变的官方说辞，甚至连用词都一样，给人罔顾事实和不近人情的感觉。于是，那次采访中，我给自己定下了目标：

图 5-5　2014 年 11 月，王冠专访时任美国总统国家安全事务助理苏珊 · 赖斯

在规定动作之余，一定要当面问下这位美国国家安全头号人物，发生在中国的暴力流血事件是不是恐怖袭击?

当天下午，我们早早来到白宫西边的艾森豪威尔行政楼等候。赖斯同奥巴马参加的国家安全会议比原计划延时了，专访也因此顺延。1 小时沉默的等待之后，赖斯忽然大步流星地走了进来。她虽然身材娇小，但一股无法忽视的强大气场立刻灌满房间，打破了这里的沉寂。不同于很多女性握手时的蜻蜓点水，赖斯的握手异常结实有力。

化妆师开始为她化妆。

“只需要薄薄涂一层粉。”赖斯叮嘱道。后来化妆师告诉我，也许在政治界赖斯是个令人头疼的角色，但从化妆师角度看，赖斯算是“最好对付”的一位女嘉宾了。

赖斯在化妆。我在聚精会神、争分夺秒地对个别问题的措辞做最后打磨。看到我周围一团凝固的空气，赖斯意外地先开了口，“所以，你们把我当成康多莉扎·赖斯了？”（采访前 2 个月，国内某新闻报道苏珊·赖斯时，误用了小布什时期国务卿康多莉扎 · 赖斯的照片。两人都是非洲裔美国女性，都姓赖斯，张冠李戴，摆了一个乌龙。）眼前这位大人物突然的提问令我猝不及防，一时语塞。我一脸尴尬地环顾四周，下意识地寻求同事的帮助。整个房间哄笑起来，紧张的空气被幽默打破了。我长叹一口气：“真抱歉，赖斯大使，说实话我也不知道那是怎么发生的，但我替我的同胞给您道歉。”“不用，我就是觉得挺好玩的。”赖斯笑道，心里似乎毫无芥蒂。

没想到国内电视节目的一个差错也能进入赖斯的视野。既然她挑起话头，那我也就借势而上，化被动为主动，问道：“那您给奥巴马总统的‘每日总统简报’是否涉及中国媒体的内容呢？比如中国媒体如何报道奥巴马总统的政策？”我脱口而出后又突然觉得这个问题可能涉及国家机密，但也无法收回。赖斯也没有回避，轻描淡写地说道：“一般情况下‘简报’不会涉及媒体，除非那些媒体报道对我们（美国）的国家安全产生实质性影响，我才会告知他（奥巴马）。”

正式开场前的热身，不期而遇的“第一回合”，让这场采访有了迅速的带入感。

三个机位的摄像师付鹏、白帆和乔尔·维特（Joel Witte）示意我一切已经准备就绪。制片人高晓岚双手一拍，采访正式开始。

这是一场美国总统对中国进行国事访问前的专访，问题当然聚焦访问本身和中美关系。美国对中美关系的定位是复杂的，有时甚至是模糊的：是对手，伙伴，还是亦敌亦友？我开场把这个问题抛给了赖斯：“您每天向总统汇报国家安全问题，您处在美国外交政策制定的核心层，奥巴马和本届美国政府到底如何定位中国，是一个不断强化的伙伴，还是越来越强大的对手？”

赖斯没有正面回答，而是对美方的对华政策做出了一个全面的概括："我们把同中国的关系看作美国最重要的双边关系之一。因为中国的体量、中美经济的交融度以及美中共同面对的全球安全挑战，美国把中国看作一个在共同利益领域最大限度合作的国家（with whom to work to the greatest extent possible where our interests converge）……比如经济、安全、外交和公共卫生……美中的分歧不可避免，两国应该小心地、负责任地、坦诚地管控分歧。这些分歧不应该演化为不必要的冲突。"

虽然属于奥巴马政府国安班子里的强硬派，但从赖斯的回答中依然可以看出奥巴马政府对中美关系的清晰定位，美国同中国的全面接触政策（engagement policy）并没有变化。当时，中美关系的压舱石是两国日益深化的经贸利益，而两军关系则被认为是两国关系的短板。

"您同意这种判断吗？"我问赖斯。

"我觉得美中在各个方面都有提升空间，而这是一件好事，因为它意味着潜在的机会。其实，两军关系过去几年一直在增强，合作也在增加。美中进行了多次联合军事演练。我们的信息共享在增加。我们两军也在建立互信机制，最大限度地避免意外冲突。"赖斯说。

听上去是外交辞令，但比起后来"鹰派"当道的白宫国安班子主导的对华政策，当时的中美军事关系的确不算很糟糕。两国在人道主义援助和反海盗等方面进行了多次联合训练，美国还多次邀请中方参加环太平洋演练。虽然美军在南海和台湾海峡有时也搞小动作，但频率远低于后来。

当时，中美合作的亮点是气候变化。在双方的支持下，《巴黎气候协定》于2015年生效。这被认为是一份历史性的全球节能减排协定。而2014年，中美正在为达成后来的协定相向而行。

“报道中美关系这些年，不难发现两国在气候变化上的合作不断增强。这背后，美国有哪些考虑？两国接下来会有哪些新的动作？”我问道。

赖斯说：“美中是世界上两个超大的碳排放国。明年在巴黎举行的气候变化大会非常重要。各国都将决定如何履行自己在新时期的责任。美中两国一直在商讨如何为管控气候变化问题贡献力量。我们正在积极地扩展新能源技术和知识交流。气候变化合作带动着双边的经贸合作，也给两国政治关系的增强提供了契机，两国高层都对环境治理和应对气候变化非常重视。”赖斯的回答总是简明扼要，像她自己所说，“没有废话”。对记者来说，这是最理想的采访嘉宾。

关于中美之间，我们还谈到了人文交流。也许是“热身”充分，赖斯面对我的采访“自我加戏”，用她自己的亲身经历说明了中美交流的重要性。她透露了 30 年前她同中国的一段鲜为人知的深度接触，以及由此催生的姻缘：“1987 年，我在英国（牛津大学）读书，当时同我一起结伴去中国的人后来成为我的丈夫。我们在中国背包游了一个月。我们去了北京，还有西安、上海、桂林、广州和其他地方。当时我们是穷学生，只好处处节省，主要是坐火车、汽车。我很高兴有机会看到今天的中国和当时的中国的强烈对比。”

面前这位蜚声国际政坛的铁娘子竟展现出极少袒露的柔软一面，这还是让我颇感意外。

中美话题告一段落。

采访当周，美国国防部长哈格尔受白宫排挤准备辞职的消息传得沸沸扬扬。任内已经更换了 2 名国防部长的奥巴马如果再撤掉哈格尔，就将创下继杜鲁门后任内更换国防部长最多的纪录。哈格尔与奥巴马及赖斯不和，是传言还是实情？作为第一个在撤换风波后面对面采访赖斯的记者，我自然要问这个问题，听“宫斗”者说。

“近日有报道称，今年（2014 年）10 月初，国防部长哈格尔给你写了一份简报，批评了白宫对付极端组织的政策，简报中写道，‘白宫应该对如何处理同巴沙尔政府的关系有更明确的判断’。有没有这回事？”

“他（哈格尔）的确给我们写了一份简报，但简报的内容不像你说的那样。简报提出了一些关于伊拉克和叙利亚的问题。提出疑问的目的是让我们重新思考和调整一些政策，来适应不断变化的局势。我们的国家安全团队基于他（哈格尔）的这份简报进行了几次讨论。”赖斯虽然在掩饰哈格尔同奥巴马的矛盾，将一些战略层面的不和描述为战术层面的分歧，但事实胜于雄辩。专访结束三星期之后，国防部长哈格尔还是宣布了辞职。白宫的公开解释是，哈格尔和奥巴马在白宫私下进行了多次长谈后，“两人共同做出了决定”。

随着采访的步步延伸，我的发问也到了最后加磅的时刻：“中国面临着国内安全挑战。极端组织去年（2013 年）在天安门发动暴力袭击，造成约 40 人死伤，今年初他们还在中国南方（昆明）一个火车站实施砍人袭击，造成了约 140 人死伤，美国如何定性这个事件，这到底是不是……”

还没等我把“恐怖袭击”一词说出，赖斯似乎就知道我的本意，迫不及待打断了我，“我们一直很明确地谴责所有形式的恐怖主义，我们以同样的态度谴责过你说的这些袭击。显然，我们同遇难者站在一起，向他们的家人表示哀悼。我觉得这是中美可以增强合作的一个领域。”

“那云南昆明‘3·1’暴恐案是不是恐怖袭击（are they terrorist-attacks）？”我追问。

“我们已经管它叫作恐怖袭击了。（we’ve called them terrorist attacks.）我不知道为什么大家还有疑问，我们的态度很明确，恐怖主义就是恐怖主义，但我们也说过，而且这也是很重要的一点，那就是人们需要把和平示威表达异见和真正的恐怖主义分开。”

虽然态度依然强硬，内心也未必情愿，但这也算是奥巴马内阁高官罕见地公开使用“恐怖袭击”一词为发生在中国的暴力事件定性。

此时，赖斯的助理提醒我们采访必须结束。摄像机的红色指示灯停止闪烁，赖斯经验丰富，马上转换为另一副神态，露出轻松笑容，让刚才紧张的气氛烟消云散。

“你老家在哪里？”

赖斯简洁而干脆地跟我拉近着距离，没有了刚刚被尖锐追问时的剑拔弩张。如果说克里风度翩翩、亲和力十足，那么赖斯给人的第一印象则是沉着应对、一剑封喉，也许是拜她篮球场上控球后卫的“童子功”所赐。

“山东。”我告诉她。

“离北京有多远？”或许不希望仅仅给中国记者留下一个“铁嘴钢牙”的印象，赖斯一时忽略了助理的提示，又跟我闲聊起了中国地理和历史，还有她那次来中国一个月的深度游。

后记

《让世界听懂中国》于2017年动笔，2019年初完稿。本书得以出版，要衷心感谢北京凤凰联动图书发行有限公司和民主与建设出版社，以及相关单位各级领导的支持。

完稿后的两年，国际形势又有很多新的变化。新冠肺炎疫情肆虐全球，美国选出了新总统。虽然中美关系停止了螺旋式下滑，但依然没有全面回暖的迹象。国际舆论场风起云涌，“中国病毒”叙事、“中国富侵略性”叙事、“新疆集中营”叙事和“香港民主遭侵蚀”叙事此起彼伏。同时涉华负面舆论助推着美国等西方国家对华敌对政策的形成。国际舆论场上谁更会讲道理、谁更会讲故事的比拼将是一场持久战。

我们的新征程刚刚开始。

两年间，我个人的生活也发生了变化。2019年我结束了八年的驻美生涯，回到了阔别许久的北京。网购和外卖的速度，城市建设的进程，随处可见的自行车道和健身房……北京的日新月异令人振奋。回到国内，我在工作上也有了一点突破，由记者变成了主持人，在总台、CGTN和评论部各级领导的大力支持下，我有了自己的新栏目《冠察天下》(*Reality Check with Wang Guan*)。这是一个以记者调查为核心的国际时事评论节目。截至2021年5月，《冠察天下》在海外各平台共发布40余期，全球阅读量超过4亿，视频观看量超过1亿。其中，《探访新疆系列》《西媒对中西封城双标》《特朗普称世卫被中国控制》等评论登上热搜，在海内外引发热议。CGTN更是在改变"西强我弱"国际传播格局中，取得了诸多实质性突破，在中国抗疫、新疆反恐、香港暴乱和中美关系等重大议题上发出强有力的中国声音，令很多西方学者和海外群众刮目相看。CGTN在诸多国际社交媒体上的粉丝数也已跻身国际媒体前列，不负当年"外宣旗舰媒体"的期许。

我从10岁起开始在校足球队和田径队训练、比赛，1995年夏天还在山东济南泰山少儿俱乐部待过，直至今天，我也会下意识地把生活和工作中的各种挑战看作是一场场比赛。比赛的目标是胜利，而胜利不仅是超越对手，更是逼近自己潜力的上限。这也是我写这本书的最大动力。

在华盛顿做时政记者多年，参加了200多场美国白宫和国务院的发布会，报道了两届美国总统大选和各种竞选人集会，这让我对美国式演说技巧、修辞话术、思维逻辑和宣传手段有了很多直观感触。我在想，如果不能系统地总结出一些具有规律性的东西，助力中国的国际新闻事业，不免辜负了这段宝贵经历。

另外，我驻美八年，看到太多西方媒体对中国以偏概全的描绘。这也让我暗下决心：不能只是笼统地抱怨"西方媒体有偏见"，而是一定要系统地研究他们，用数字、事实去论证对方是否有偏见，有哪些偏见，抹黑我们的套路是什么，我们自身还有哪些需要提高的地方？因此，我写这本书的时候，花了很大一部分时间抓取和分析数百篇西方媒体的涉华报道。虽然能力有限，但在2017-2019年的两三年时间里，我把工作之外的所有时间都用来撰写这本书。

感谢那段不眠不休的日子，也感谢开篇提到的所有人。虽然这本书集聚了我八年驻外工作的心血和经验，但是它仍有许多不足和遗憾，请大家多提宝贵意见，未来我会继续努力。

王冠　2021年5月